Jessica Kremser · Frau Maier hört das Gras wachsen

Frau Maier ist ein Original. Jenseits der 60 lebt sie gemeinsam mit ihrer Katze in einem kleinen Häuschen am See. Vielleicht würden Außenstehende sie als verschroben bezeichnen, aber Frau Maier hat nicht nur einen wachen Verstand, sondern auch ein großes Herz. Um ihre magere Rente aufzubessern, nimmt sie eine Putzstelle in einem schicken Kurhotel an. Doch dann passieren seltsame Dinge im Hotel und in ihrer Nachbarschaft. Frau Maier will den Ereignissen natürlich auf den Grund gehen und entdeckt dabei in einem leer stehenden Haus die Leiche einer jungen Frau. Und der Täter ist noch im Haus …

**Jessica Kremser** wurde in Traunstein geboren und wuchs am Chiemsee auf. Zum Studium der englischen und italienischen Literatur und der Theaterwissenschaften zog es sie nach München, wo sie heute als Redakteurin für verschiedene Zeitschriften schreibt.

Von Jessica Kremser bereits erschienen:
**Frau Maier fischt im Trüben** (2012)
**Frau Maier hört das Gras wachsen** (2013)
**Frau Maier sieht Gespenster** (2015)
**Frau Maier wirbelt Staub auf** (2018)
**Frau Maier macht Dampf** (2021)
**Frau Maier geht ein Licht auf** (2024)

Jessica Kremser

# Frau Maier
# hört das Gras wachsen

PENDRAGON

*Meinen Usual Suspects*

# Erstes Kapitel
## Samstag

# I

Das Gras war leuchtend grün, beinahe giftgrün. Und ganz weich. Unter den Pfoten der Katze fühlte es sich an wie ein samtiger Teppich. Sie schnurrte laut und zufrieden. Oben am Schlafzimmerfenster stand Frau Maier und schaute der Katze zu. Sie lächelte, ebenfalls zufrieden.

Frühling! Der See schimmerte in einem fast unwirklich strahlenden Blau zu ihr herüber und die Berge standen glasklar und zum Greifen nah dahinter. Die Fische würden jetzt im immer wärmeren Wasser herumflitzen und sich ihres Lebens freuen. Doch bald würden auch die Fischer wieder hinausfahren und mit vollen Netzen zurückrudern. Die Fischer …

Frau Maier schüttelte sich leicht und konzentrierte sich wieder auf die Katze. Die hatte gerade ein wenig Erde an ihrer weißen Pfotenspitze entdeckt und sich sofort darangemacht, die Tatze fein säuberlich und mit Hingabe wieder sauber zu lecken. Frau Maier klopfte ihre Bettdecke aus und erntete dafür einen kurzen, aber deutlich irritierten Blick von der Katze. Dann machte sie das Fenster wieder zu und ging über die Treppe ihres kleinen Hauses nach unten in die Küche. Die dritte Stufe von unten, die laut knarzte, übersprang sie wie immer aus Gewohnheit.

Als Frau Maier einen starken Kaffee aufsetzte, ertappte sie sich dabei, wie sie leise vor sich hinsummte. Elvis. *You are always on my mind. Ich denke dauernd an Dich.* „Nein", murmelte Frau Maier vor sich hin und holte sich das Glas mit den leckeren Essiggurken aus dem Regal. „Nein. Die Zeiten sind vorbei." Und anstatt weiter zu summen, biss sie in eine große Gurke und stellte fest, dass sie ihr wie immer besonders saftig und würzig gelungen waren.

## II

Frau Maier trug einen Stuhl in die Frühlingssonne auf die kleine Holzveranda und freute sich über ihren freien Tag. Noch mehr aber freute sie sich darüber, diesen Luxus überhaupt genießen zu können. Denn nur wer eine feste und regelmäßige Arbeit hatte, konnte sich schließlich über einen freien Tag freuen.

Frau Maier hatte in ihrem Leben bereits verschiedene Arbeitsplätze gehabt, aber in den letzten Jahren hatte sie mit einigen wenigen Putzstellen in Kauzing über die Runden kommen müssen. Doch vor einigen Wochen war Elfriede Gruber zum Kaffee gekommen und hatte ihr gesagt, dass sie ihr eine feste Stelle im Kurhotel am See verschaffen könnte, wenigstens für einige Monate. Eine Angestellte hatte sich einen komplizierten Beinbruch zugezogen, und die Hotelleitung hatte ganz dringend und kurzfristig nach Ersatz gesucht. Seitdem half Frau Maier an fünf Tagen in der Woche von acht bis zwei Uhr mit. Sie putzte die Zimmer, bezog die Betten oder half, wenn Not am Mann war, auch einmal in der Küche oder im Restaurant aus. Und jede Woche hatte sie an zwei Tagen frei, je nach Dienstplan.

Manchmal spürte sie, dass sie mit ihren Kräften vielleicht etwas mehr haushalten müsste, ihr 60. Geburtstag lag schließlich schon eine ganze Weile zurück. Aber ihrem Sparschwein war es noch nie so gut gegangen. So gut, dass Elfriede, die als Filialleiterin in der Sparkasse in Kauzing arbeitete, sie überredet hatte, sich das erste Sparbuch ihres Lebens zuzulegen. Nur widerwillig hatte Frau Maier sich davon überzeugen lassen, dass das eine bessere Variante war als das uralte Schwein in ihrem Wohnzimmerschrank.

Frau Maier schloss die Augen und genoss die warmen Strahlen auf ihrem Gesicht. Sie lächelte, wie jedes Mal, wenn sie an Elfriede Gruber dachte. Sie trafen sich inzwischen jede Woche auf einen Kaffee oder Tee, meistens besuchte Elfriede Frau Maier im kleinen Haus am See. Über die Monate waren sie sich immer vertrauter geworden und jetzt fühlte es sich fast schon so an, als wären sie Freundinnen. Und damit war Elfriede vermutlich die erste echte Freundin in ihrem Leben. Es ist eben nie zu spät, dachte Frau Maier zufrieden. Für nichts.

Ein lauer Wind strich sanft durch die Bäume, deren Knospen sich gerade zu öffnen begannen und deren Äste schon von einem zarten Grün überzogen waren. Ganz leise hörte Frau Maier den See plätschern, denn sie hatte Ohren wie ein Luchs. Auch, wenn vielleicht ihr Knie und manchmal auch ihr Rücken nicht mehr alles mitmachten, mit ihren Augen und Ohren und mit ihrem Gedächtnis, da stimmte noch alles. Ein Vogel fing an zu singen. Welcher war das? Frau Maier überlegte und merkte gleichzeitig, dass ihre Gedanken abschweiften.

Sie sah ein Boot vor sich, ein Fischerboot. Und in dem Boot saß sie selbst. Langsam ruderte es über den tiefblauen See, gleichmäßig und friedlich. Wer ruderte das Boot? Sie selbst war es nicht. Der Karli? Oder bewegte es sich ganz von alleine? Sie ließ eine Hand ins Wasser gleiten und genoss die samtige Kühle auf ihrer Haut. Doch plötzlich streifte etwas ihre Hand. Etwas Kaltes, Glitschiges. Frau Maier bemerkte, dass das Boot zum Stehen gekommen war und beugte sich über den Rand, um nachzuschauen, wogegen ihre Hand gestoßen war. Sie erkannte einen hell schimmernden Fleck und lehnte sich noch weiter vor. War das ein Fisch? Ein silbriger Fisch? Nein, jetzt sah sie es ganz deutlich, und ihr wurde kalt in der warmen Frühlingssonne: Es war eine Hand. Eine Hand, die unter Wasser leise winkte. Frau Maier beugte sich noch ein kleines Stück weiter vor, um sehen zu können, wem diese Hand gehörte. Und plötzlich war da ein Gesicht, ein weißes Gesicht mit großen, weit aufgerissenen blauen Augen, direkt unter der Wasseroberfläche. Frau Maier verlor das Gleichgewicht und fiel nach vorne. Gleich würde sie im Wasser liegen, direkt neben dem verzerrten Gesicht, und die Hand würde sie ins dunkle, kalte Wasser hinunterziehen … Sie wollte schreien, aber sie konnte nicht. Und der Mensch, der das Boot gerade noch gerudert hatte, war verschwunden. Sie war wieder einmal allein …

Mit einem Ruck setzte sich Frau Maier in ihrem Stuhl auf. Nur langsam kam sie zu sich und sah, dass sie immer noch auf ihrer Veranda saß. Vor ihr lag der kleine Garten ganz still in der Frühlingssonne, dahinter der blaue, ruhige See. Sie schüttelte sich und wischte sich einige Schweißperlen von der Stirn. Ihre Hand zitterte leicht.

„Na bravo", murmelte sie. Offensichtlich verfolgten sie die Ereignisse von damals immer noch, als sie die Leiche im See direkt vor ihrem Haus gefunden hatte. Der nette Polizeipsychologe, Dr. Frank Schön, hatte ihr Hilfe angeboten, um „das alles zu verarbeiten", wie er sich ausgedrückt hatte. Aber Frau Maier hatte abgelehnt. Sie würde allein damit fertig werden. Wie immer in ihrem Leben. Allein, ohne Hilfe.

Nicht zum ersten Mal regten sich bei ihr leise Zweifel an diesem Lebensentwurf, als sie jetzt von ihrem Stuhl aufstand und feststellen musste, dass auch ihre Knie zitterten.

Die Katze lag immer noch im Gras, ganz friedlich auf den ersten Blick. Frau Maier kniff die Augen zusammen. Sie sah, dass die Schwanzspitze der Katze leicht zuckte und dass sich das Fell auf ihrem Rücken fast unmerklich aufgestellt hatte. Was hatte sie gesehen? Oder gespürt? Plötzlich erschien Frau Maier die Frühlingssonne weniger warm und sie ging ins Haus, um sich eine Strickjacke zu holen.

### III

Es war schon dunkel draußen, und Frau Maier fühlte seit dem Nachmittag eine eigenartige Unruhe. Eine Unruhe genau wie damals, als sie die Leiche gefunden hatte und dann all die Dinge passiert waren. Die Dinge, die ihr Leben auf den Kopf gestellt hatten. Die Dinge, die sie zum Beispiel Elfriede Gruber näher, die aber auch ihre innere Ruhe ins Wanken gebracht hatten.

Frau Maier schaute aus dem Fenster. Ganz schwach erhellte der Mond den Garten. Ansonsten war es wirklich dunkel. „Es hilft ja trotzdem nix", seufzte sie und setzte sich ein wenig schwerfällig auf die Treppe, um sich ihre Schuhe anzuziehen. Sie musste noch einen kleinen Spaziergang machen, ein anderes Mittel gegen die Unruhe fiel ihr nicht ein. Sie konnte noch nicht einmal jemanden anrufen, zum Beispiel die Elfriede. Frau Maier hatte nämlich kein Telefon. Und selbst wenn sie eines gehabt hätte, hätte sie nicht so richtig gewusst, was man bei so einem Telefongespräch sagte. *Hallo, hier ist die Frau Maier. Ich fühle mich gerade so unruhig.* „So ein Schmarrn", brummte sie.

Sorgfältig sperrte Frau Maier die Tür ihres Hauses hinter sich zu und betrat den Weg, der durch den kleinen Wald an ihrem Haus vorbei führte. Sie zögerte einen Moment. Nach links ging es zum Dorf, dort gab es Straßenlaternen und Häuser. Nach rechts ging es durch das Wäldchen und die Dunkelheit. Das war immer ihr Lieblingsweg gewesen. Bevor das alles passiert war. Und sie wollte ihre Angst besiegen und wieder so gelassen sein wie früher. Frau Maier atmete tief durch, holte ihre Taschenlampe aus der Jackentasche und stapfte hinein in die Dunkelheit.

Es war ganz still, die leichte Brise hatte sich gelegt. Der See war nicht zu hören, aber Frau Maier spürte ihn, wie er groß und dunkel neben ihr lag. Sie ging mit raschen Schritten die kleine Anhöhe hoch und hörte auf einmal, wie laut ihr eigenes Schnaufen in der Stille klang. Vielleicht sollte sie doch einmal etwas weniger essen? Sie blieb stehen und seufzte. Weniger essen. Weniger Freude, weniger Glück. Frau Maier tastete nach den Speckrollen an ihren Hüften. „Keine Sorge, ihr dürft bleiben", murmelte sie und ging weiter. Oben auf der Anhöhe verharrte sie einen Augenblick an der Aussichtsstelle, an der man über den ganzen See schauen konnte. Schwaches Mondlicht ließ das dunkle Wasser an manchen Stellen silbrig glänzen. Geheimnisvoll sah er aus, der See. Und irgendwie unantastbar, mächtig.

Frau Maier versuchte, ganz ruhig zu atmen, aber es wollte ihr nicht gelingen. An der kleinen Anhöhe, die sie gerade erklommen hatte, konnte es nicht mehr liegen. Nach fünf ruhigen Minuten hätte sogar ihr unsportlicher Atem sich wieder beruhigen müssen. Nein, es war etwas anderes. Frau Maier spürte ein leichtes Kribbeln in ihrem Nacken und dann merkte sie, wie sich die Härchen an ihren Armen aufrichteten. Sie kannte dieses Gefühl nur zu gut und sie wusste, was es bedeutete. Leider. *Ich bin nicht alleine*, bedeutete dieses Gefühl.

Sie drehte sich blitzschnell um und versuchte, mit ihren scharfen Augen die Dunkelheit zu durchdringen. Nichts. Doch als sie sich ganz umdrehte, um den Heimweg anzutreten, fiel ihr Blick auf das unbewohnte Haus, das direkt auf der Anhöhe stand. Sie hatte ihm vorher keine Beachtung geschenkt, denn seit Jahren schon lebte dort niemand mehr. Jetzt war das offensichtlich anders.

Im ersten Stock sah Frau Maier einen schwachen Lichtschein, der sich unruhig bewegte. Den Strahl einer Taschenlampe. *Das kann alles sein*, versuchte sie sich zu beruhigen. *Ein Hausmeister, der Besitzer, ein Sicherheitsdienst.* Aber gleichzeitig wusste sie, dass es nicht so war. Frau Maier konnte es nicht in Worte fassen, aber das unruhige Zucken dieses Lichtes hatte für sie etwas so Bedrohliches, fast Bösartiges, dass sie noch lange, nachdem sie wieder in ihrem kleinen Haus angekommen war und die Tür sicher hinter sich versperrt hatte, ein leichtes Zittern nicht unterdrücken konnte.

# Zweites Kapitel
## Sonntag

Zum *Kurhotel Bergblick* brauchte Frau Maier zu Fuß ungefähr fünfzehn Minuten. Mit dem klapprigen Fahrrad, das hinter ihrem Haus gemütlich vor sich hin rostete, hätte sie vermutlich höchstens fünf Minuten gebraucht. Aber sie mochte keine Fahrräder. Frau Maier fühlte sich am wohlsten, wenn sie mit beiden Beinen sicher auf dem Boden stand.

Zwei Tassen starken Kaffees hatten sie an diesem Morgen nicht richtig auf Trab bringen können nach einer unruhigen Nacht. Die kühle Morgenluft, die jetzt vom See zu ihr herüberströmte, tat ihr gut und sie atmete tief ein und aus.

Das Hotel lag etwas oberhalb des Dorfes. Ein kurzer, aber relativ steiler und von Bäumen gesäumter Weg führte zum Eingangstor der Anlage. Das Hotel selbst war ein hellgelb gestrichenes, freundlich wirkendes Gebäude mit einem Erker an jeder Hausecke. Von den Fenstern aus hatte man einen herrlichen Ausblick bis zu den Bergen. Frau Maier kam bei dem Anstieg zum Eingang schon wieder ins Schnaufen und war froh, als sie das Tor erreicht hatte.

Auf dem Parkplatz kam ihr Barbara Winkler entgegen, die hübsche junge Erzieherin, die mit zwei weiteren Mitarbeiterinnen für die Kinderbetreuung verantwortlich war, die im Kurhotel angeboten wurde. Normalerweise hatte sie ein freundliches Lächeln für jeden übrig, aber heute wirkte sie zerstreut und abwesend und würdigte Frau Maier keines Blickes. Da hat wohl noch jemand schlecht geschlafen, dachte Frau Maier und betrat den Eingangsbereich durch die große Schwingtür.

Sofort spürte sie, dass irgendetwas nicht stimmte. Sie blieb kurz stehen und schloss für einen Moment die Augen. Was genau lag hier in der Luft? Unruhe? Hektik? Nein ... dachte Frau Maier und öffnete ihre Augen wieder. *Angst.* Angst liegt hier in der Luft.


## II


Regina Willmers kam im Laufschritt die Treppe herunter. Ihr brauner Pferdeschwanz wippte bei jedem Schritt aufgeregt und als sie Frau Maier unten stehen sah, winkte sie ihr nervös zu. Obwohl Regina Willmers schon über fünfzig war, wirkte sie äußerst jugendlich. Frau Maier hätte sie höchstens auf Mitte vierzig geschätzt. Ihre jugendliche Erscheinung lag zum einen an ihren schönen langen Haaren, in denen keine einzige graue Strähne zu sehen war. Zum anderen aber an ihrer wachen

Ausstrahlung, dem offenen Blick und der lebhaften Mimik. „Frau Maier", rief sie jetzt ein wenig atemlos. „Haben Sie es schon gehört?"

„Nein, ich habe noch gar nichts gehört. Was ist denn los?", erwiderte Frau Maier.

„Die Frau Lenz ist weg. Und die Vivien auch!" Regina Willmers klang ehrlich besorgt.

„Weg? Sie meinen abgereist?", hakte Frau Maier nach.

„Nein, nein, das wäre ja halb so schlimm!", rief Frau Willmers. „Nein, sie sind gestern Nachmittag weggegangen und immer noch nicht wieder da. Niemand weiß, wo sie hin wollten und aus dem Zimmer scheint nichts zu fehlen. Sogar der Geldbeutel von der Frau Lenz ist noch da und liegt direkt auf dem Nachtkästchen."

„Das klingt erst einmal eigenartig", gab Frau Maier zu und bemühte sich, so gelassen wie möglich zu klingen. Regina Willmers wirkte ganz aufgelöst. So hatte sie die sonst so souveräne Frau noch nie erlebt. „Aber es kann dafür wirklich eine ganz einfache Erklärung geben", fuhr sie fort. „Das ist doch in solchen Fällen meistens so."

„Uns fällt aber keine Erklärung ein", seufzte Regina Willmers. „Und das Schlimme ist … das Schlimme …" Sie stockte, zögerte und redete dann mit leiser Stimme weiter: „Wussten Sie, dass die Frau Lenz psychisch äußerst labil ist?

Weiß Gott, auf welche Ideen sie kommt und die arme Vivien ... Sie ist so ein liebes Kind!"

Frau Maier wollte gerade antworten, da unterbrach sie eine strenge Stimme. „Frau Willmers, Sie werden in der Küche gebraucht. Und Frau Maier, kommen Sie bitte kurz in mein Büro."

## III

Die Leiterin des Kurhotels, Ulrike Rupprecht, schloss die Tür ihres Büros hinter Frau Maier und wies auf einen der beiden Stühle am kleinen Besuchertisch im Erker. Unterhalb der großen Fenster lag friedlich der schimmernde See. Zarte weiße Wolken hingen am Himmel über dem Wasser und dazwischen blitzten die frechen Frühlingsstrahlen der Sonne hervor. Aber Frau Rupprecht hatte an diesem Morgen keinen Sinn für die Aussicht, sondern kam sofort zur Sache.

„Frau Maier, ich nehme an, Frau Willmers hat Ihnen gerade erzählt, was passiert ist?"

Frau Maier suchte in ihrem Hirn blitzschnell nach einer Antwort, die keine Lüge war und gleichzeitig Frau Willmers nicht als Klatschtante dastehen lassen würde. Aber Ulrike Rupprecht erwartete offenbar sowieso keine Antwort, sondern fuhr nach einer kleinen Pause fort: „Ich werde versuchen, heute mit allen, die hier arbeiten, kurz persönlich zu sprechen. Noch ist nichts wirklich Schlimmes passiert und ich gehe davon aus, dass Frau Lenz und ihre Tochter jeden Augenblick wieder wohlbehalten hier auftauchen."

Dafür sind Sie aber ganz schön nervös, dachte Frau Maier und beobachtete das kaum merkliche Zucken am rechten Auge der Hotelleiterin. Die schien kurz nach den richtigen Worten zu suchen und zögerte einen kleinen Moment. Dann fing sie sich und sagte: „Mein Problem ist der mögliche Imageschaden für das Kurhotel. Sobald das hier die Runde macht, sobald im ganzen Dorf bekannt wird, dass die beiden Gäste aus unserem Haus verschwunden sind, haben wir die Presse des gesamten Landkreises hier. Und danach spielt es keine Rolle mehr, ob Frau Lenz und die Kleine wieder auftauchen. Die Leute werden das Hotel immer mit etwas Negativem in Verbindung bringen."

Mit einer hastigen Bewegung strich sich Frau Rupprecht eine Haarsträhne hinters Ohr, die sich aus ihrem strengen Pagenkopf gelöst hatte. Die Anspannung war ihr deutlich anzumerken, aber das war eigentlich kein Wunder: Durch ihren Ehrgeiz und ihre ambitionierten Neuerungen war das Kurhotel von einem unbekannten kleinen Haus an einem bayerischen See zu einer landesweit angesehenen Institution geworden, die ihren Gästen alles bot: Erholung, Kinderbetreuung, ärztliche Versorgung, Physiotherapie, Ernährungsberatung … Das Kurhotel war Frau Rupprechts Lebenswerk und in diesem Augenblick hatte sie dessen Untergang vor Augen.

Frau Maier sah ihre Chefin an und dachte, dass sie in gewisser Hinsicht das Gegenteil von Regina Willmers war. Die eine sah wesentlich jünger aus, als sie war, die andere wesentlich älter. Ulrike Rupprecht war erst Anfang vierzig, aber sie wirkte verhärmt und erschöpft. Sie war klein und drahtig, trieb in jeder freien Minute Sport und kleidete sich auch bei der Arbeit sehr sportlich. Obwohl sie die Leiterin des gesamten Hotels war, trug sie nie Kostüme oder Hosenanzüge, sondern immer Jeans und Poloshirts oder Fleece-Jacken. Ulrike Rupprecht stammte aus Paderborn und wie viele, die aus den nördlicheren Bundesländern in den äußersten Süden gezogen waren, konnte sie nicht genug von den Bergen bekommen. Ständig plante sie neue Touren und versuchte, die eigene Leistung dabei immer wieder zu übertreffen. Vor zwei Wochen hatte sie sich allerdings bei einer Bergtour verletzt und musste seitdem einen Gips tragen. Vielleicht ist sie auch deshalb so nervös, überlegte Frau Maier. Es soll ja tatsächlich Menschen geben, die sich nur nach sportlicher Betätigung wohl und ausgeglichen fühlen. Unvorstellbar.

Jetzt stand Ulrike Rupprecht auf und stieß durch eine ungeschickte, hektische Bewegung die Krücke um, die sie wegen des Gipses zurzeit als Gehhilfe benötigte. „Scheiße!", entfuhr es ihr. Frau Maier erschrak. Es war nicht so, dass ihr nicht selbst manchmal ein Fluch herausrutschte, aber bei der sonst so kühlen und beherrschten Ulrike Rupprecht wirkte es irgendwie befremdlich. Sie drückte sich normalerweise immer sehr gewählt aus in ihrem geschliffenen Hochdeutsch. Frau Maier hatte das Gefühl, dass sie gerade eine Maske hatte fallen sehen und es war ihr unangenehm. Doch im nächsten Augenblick hatte Frau Rupprecht die Krücke schnell wieder aufgehoben und eine Entschuldigung gemurmelt. Der Moment war vorüber.

Frau Maier wollte irgendetwas Beruhigendes sagen, aber zum zweiten Mal in diesem kurzen Gespräch wollte ihr einfach nichts Passendes einfallen. Und zum zweiten Mal erwartete Frau Rupprecht offenbar keine Antwort, denn sie war schon zur Tür gehinkt und hielt sie für Frau Maier auf.

„Also, Frau Maier, bitte gehen Sie ganz normal an Ihre Arbeit. Ich möchte keinen Klatsch und Tratsch unter den Angestellten und möglichst wenig Unruhe unter den Gästen. Kann ich mich auf Sie verlassen?"

Frau Maier nickte, und im nächsten Augenblick hatte die Hotelleiterin sie schon auf den Gang geschoben und die Bürotür wieder hinter ihr geschlossen. Das Gespräch war beendet.

Und sie hat sich kein einziges Mal wirklich besorgt über die Mutter und ihre Tochter geäußert, dachte Frau Maier. Sie denkt nur an den Ruf des Hotels. Ganz anders als Regina Willmers. Deren Worte fielen ihr wieder ein. *Wussten Sie, dass die Frau Lenz psychisch äußerst labil ist? Weiß Gott, auf welche Ideen sie kommt.* Sie spürte ein leichtes Kribbeln in ihrem Nacken und schüttelte sich kurz. „Spinn nicht und geh an die Arbeit", sagte sie sich leise, aber sehr streng. Das half. Mit einem Seufzer machte Frau Maier sich auf den Weg zu den Zimmern, die sie heute putzen sollte.

## IV

Das fünfte Zimmer an diesem Vormittag war das von Simone Lenz und ihrer Tochter Vivien. Frau Maier öffnete langsam die Tür. Sie kam sich wie ein Eindringling vor, wie eine Schnüfflerin. Dabei hatte ihr Frau Leitner, die jeden Tag die Putzpläne erstellte, das Zimmer zugewiesen und dabei so getan, als sei alles so wie immer. Frau Rupprechts strenge Ermahnung hatte offenbar gewirkt. *Ich möchte keinen Klatsch und Tratsch unter den Angestellten.*

Langsam ging Frau Maier durch das Zimmer, in dem Mutter und Tochter die letzten Wochen verbracht hatten. Sie fühlte sich dabei genauso wie damals, als sie die Leiche im See gefunden, und hinterher das Zimmer der toten Frau betreten hatte. Sie zog die Strickjacke enger um ihren Körper und versuchte, das hartnäckige Kribbeln in ihrem Nacken zu ignorieren. Aber wenn sie sich genauso fühlte wie damals im Gästezimmer der toten Anita Graf ... Hieß das dann nicht vielleicht ... War das nicht vielleicht ein Zeichen dafür, dass ... „Dass die Frau Lenz nicht mehr lebt", flüsterte Frau Maier in den stillen Raum hinein.

Ihr Blick fiel auf ein knallgrünes Plüschkrokodil, das grinsend auf dem Bett saß und wartete. Auf Vivien. Beim Gedanken daran bekam Frau Maier ganz kurz weiche Knie. Denn wenn vielleicht die Mutter nicht mehr lebte, was war dann mit der Tochter? Sie dachte an die zehnjährige Vivien, die sie auf dem Gang immer so fröhlich begrüßt hatte. Sie hatte hellblonde Haare und große, braune Augen. Dieser Kontrast war Frau Maier sofort aufgefallen. Vivien war ein Kind, das einem leicht im Gedächtnis blieb. Und Frau

Maier dachte an Simone Lenz, Viviens Mutter. Sie seufzte leise, denn was Frau Willmers über ihre psychische Verfassung gesagt hatte, war bei jeder Begegnung offensichtlich gewesen: Simone Lenz wirkte immer etwas abwesend, verloren und traurig. Sie war eine hübsche Frau, aber ihre kraft- und freudlose Ausstrahlung überdeckte alles Positive, Schöne. Und Vivien … Frau Maier hatte immer den Eindruck gehabt, dass die Kleine extra fröhlich und aufgeschlossen gewesen war. So, als würde sie diesen Part für ihre Mutter mit übernehmen. Oder mit übernehmen müssen.

Aber nein. Diese Überlegungen brachten jetzt nichts. Man musste positiv denken. Vielleicht hatte Frau Rupprecht doch Recht und die beiden waren bald wieder da. Frau Maier zog ihre Strickjacke aus und machte sich an die Arbeit. Schnell und gründlich, wie es ihre Art war, putzte sie das kleine Bad. Im Zimmer selbst sah es einigermaßen ordentlich aus, das Bett war noch gemacht, vermutlich vom Vortag, denn in dieser Nacht hatte ja niemand darin geschlafen. Auf einem der Korbstühle vor dem Fenster lagen einige Kleidungsstücke, auf dem Boden daneben ein Stapel Brettspiele. Auf dem kleinen Tisch standen zwei leere Wasserflaschen und eine Coladose. Frau Maier ging zum Tisch und räumte den Müll weg. Dann zog sie ihre Strickjacke wieder an, um weiter ins nächste Zimmer zu gehen. An der Tür drehte sie sich noch einmal um und atmete tief durch.

Es war immer noch da, dieses unheimliche Gefühl, das sie seit ihrem nächtlichen Spaziergang gestern nicht mehr abschütteln konnte. Frau Maier hatte sich ihr Leben lang auf ihre Sinne verlassen, auf ihre scharfen Augen und Ohren und ihre feine Nase. Sie glaubte nur an das, was sie mit diesen Sinnen erfassen konnte. Eigentlich. Aber seit einiger Zeit wusste sie, dass es da noch mehr gab. Dass es neben diesen Sinnen auch einen sechsten Sinn gab, einen Spürsinn, der sie unnachgiebig auf Dinge stieß, die sie vielleicht lieber gar nicht gewusst hätte.

Frau Maier wollte gerade gehen und hatte die Türklinke schon in der Hand. Sie warf einen letzten prüfenden Blick auf das Zimmer, da stutzte sie. Auf der einen Seite des Bettes war das Laken nicht sauber in den Bettrand gesteckt worden und wölbte sich nach außen. Das störte ihren Ordnungssinn und sie ging schnell zurück, um alles auch wirklich fein säuberlich zu hinterlassen. Doch als sie die Wölbung glatt streichen wollte, stießen ihre Finger an etwas Festes, Kantiges. Sie schlug das Laken leicht zurück und entdeckte ein kleines Buch. Es war in pinkfarbenes Papier eingebunden. Ein Malbuch? Ein Poesiealbum? Frau Maier konnte der Versuchung nicht widerstehen, einen Blick hineinzuwerfen. Eine weiche, runde Schrift füllte die Seiten und es dauerte nur ein paar Sekunden bis Frau Maier verstand, was sie in ihren Händen hielt: das Tagebuch von Simone Lenz.

## V

Als Frau Maier mit klopfendem Herzen wieder im Gang stand, konnte sie kaum glauben, was sie gerade getan hatte. Nicht die Vernunft hatte sie geleitet (und dabei wollte Frau Maier so gerne vernünftig sein), sondern reiner Instinkt. Neugier. Ehe sie gewusst hatte, wie ihr geschah, hatte sie das Tagebuch unter ihrer Strickjacke versteckt und es mit zitternden Händen im Aufenthaltsraum des Personals in ihrer Handtasche verschwinden lassen. Jetzt wäre es noch nicht zu spät, es wieder ins Zimmer zurück zu legen, aber Frau Maier wusste, dass sie das nicht tun würde. Sie konnte nicht anders. Sie musste wissen, was in diesem Tagebuch stand.

Stimmen rissen sie aus ihren Gedanken und sie schaute auf. Am Ende des Korridors sah sie Frau Rupprecht aus ihrem Büro zur Treppe hinken. Wenige Sekunden später erschienen dort

zwei Polizisten in Uniform, mit denen die Hotelchefin in ihrem Zimmer verschwand. Es ging also
los mit den Befragungen und Nachforschungen.
Offenbar ist sich doch nicht jeder hier so sicher,
dass Frau Lenz und ihre Tochter wohlbehalten
wieder auftauchen, dachte Frau Maier.

## VI

Sobald sie zurück in ihrem kleinen Haus am See
war, schlug Frau Maier das Tagebuch auf. Sie zog
nicht einmal ihre Schuhe aus, sondern setzte sich
sofort auf die Treppe und begann zu lesen.

*Heute treffe ich ihn endlich. Ich kann es kaum
erwarten, aber ich habe auch Angst. Wie wird er
sein? Wie wird er aussehen? Zum Glück kann ich
ihn alleine treffen, Vivien ist ja gut versorgt. Und
beim nächsten Mal nehme ich sie dann vielleicht
schon mit. Ich habe ja den Eindruck, dass er sie
unbedingt kennenlernen will. Er fragt so oft nach
ihr. Endlich ein Mann, der Kinder mag!*

Das war der letzte Eintrag. Frau Maier blätterte
zurück.

*„Fußballfan_13" schreibt mir jetzt ständig. Endlich*

*gibt es wieder etwas, worauf ich mich freuen kann. Etwas, was mich herausreißt aus meinen düsteren Gedanken und aus diesem trübsinnigen Alltag. Ich kann ihm schreiben und vielleicht werde ich ihn bald treffen. Es macht mich nur traurig, dass der Gedanke an Vivien mich nicht so aufmuntern kann wie der Gedanke an einen Fremden, den ich noch nie gesehen habe. Ich fühle mich schuldig. Aber ich weiß, dass ich schon immer eine schlechte Mutter war.*

Frau Maier runzelte die Stirn und blätterte noch ein paar Seiten nach hinten.

*Es war doch eine gute Idee, mich bei „Lokale Singles" anzumelden. Natürlich habe ich auch komische Nachrichten bekommen. Aber einer ist dabei, der könnte nett sein. „Fußballfan_13" nennt er sich. Nicht besonders einfallsreich. Aber „Eisprinzessin" ist vielleicht auch nicht besser. Ich habe mich unter der Postleitzahl eingetragen, wo auch das Kurhotel ist, und er wohnt ganz in der Nähe. Ich denke, es wird einfacher, dort jemanden zu treffen, als hier, wo ich Papa sofort Rechenschaft ablegen muss.*

„Wo ich Papa sofort Rechenschaft ablegen muss …", wiederholte Frau Maier leise. Dann las sie noch einen Eintrag, relativ am Anfang des Büchleins.

*Ich hasse mein Leben. Jeden Tag bin ich froh, wenn ich das Aufstehen geschafft habe. Wenn ich es geschafft habe, Vivien ein Frühstück zu machen und sie zum Schulbus zu bringen. Dann habe ich endlich ein paar Stunden nur für mich. Ich gehe ins Internet und in meine verschiedenen Foren. Ich suche und suche. Alles Mögliche. Menschen, denen ich schreiben kann. Die mir schreiben! Dinge, die ich mir kaufen kann. Aber dann kommt Vivien aus der Schule und ich muss Mittagessen kochen. Alles wäre leichter, wenn ich jemanden an meiner Seite hätte. Jemanden, der mir hilft.*

*Papa hat für mich und Vivien eine Kur in einem schicken Hotel bezahlt. Sechs Wochen. Angeblich gibt es dort viele Mütter und Kinder. Irgendwo ganz im Süden, fast schon in Österreich. Er meint, das würde mir guttun und ich könnte dann mehr Zeit mit Vivien verbringen. Dabei wäre es für Vivien bestimmt besser, so wenig Zeit wie möglich mit mir zu verbringen. Was kann ich ihr schon bieten? Aber ohne sie ... hätte ich niemanden. Ich werde sie niemals hergeben. Auch wenn Papa meint, dass ich mich nicht genug um sie kümmern kann. Lieber sterbe ich. Und Martin wird sie nie bekommen. Niemals. Er hätte mich eben nicht verlassen dürfen.*

Frau Maier klappte das Tagebuch zu. Sie fühlte sich elend. Wie hatte sie das Buch nur einfach

mitnehmen und in Frau Lenz' Leben herumschnüffeln können? Jetzt wusste sie Dinge, die sie
lieber gar nicht gewusst hätte. Sie hörte wieder
Regina Willmers' Stimme: *Die arme Vivien.* Frau
Maier stand von der Treppe auf und fluchte leise.
Das verdammte Knie machte ihr wieder einmal
zu schaffen. Langsam ging sie in die Küche und
sah aus dem Fenster zum See herüber. So friedlich
lag er da. So still und blau. Er wusste nichts von
dem Aufruhr in ihrem Inneren. Oder wenn er es
wusste, dann kümmerte er sich nicht darum. Frau
Maier seufzte. Ihr war klar, was zu tun war.

## VII

Auf dem kurzen Weg durch das Wäldchen bis
zum Parkplatz am See hörte Frau Maier ein eigenartiges Brummen. Es kam näher und sie sah
durch die Baumwipfel, dass es ein Polizeihubschrauber war. Er flog eine Schleife und kreiste
dann über dem See. Frau Maier fröstelte in der
lauen Frühlingsluft. *Sie suchen. Sie vermuten,
dass etwas Schlimmes passiert ist.* Sie fühlte sich
immer schuldiger und war erleichtert, als sie die
Telefonzelle auf dem Parkplatz erreicht hatte.
Eigentlich war es gar keine richtige Telefonzelle,
sondern eine dieser Säulen, an denen man im

Freien steht. Sie war vor nicht allzu langer Zeit erst aufgestellt worden, vermutlich für die Touristen, denn gleich in der Nähe befand sich eine Aussichtsplattform am See. Frau Maier fand die Säule hässlich und ungemütlich. Aber heute war sie froh darüber. Sie sah sich um. Niemand zu sehen, der sie belauschen könnte. Sie entfernte das rote Geschenkband von der kleinen Karte, die sie aus ihrer Jackentasche geholt hatte, und wählte die Handynummer von Dr. Frank Schön. Er war Psychologe und er arbeitete häufig mit der Polizei zusammen. Und damals, als sie die Leiche im See gefunden hatte, war er immer auf ihrer Seite gewesen. Er musste einfach einen Rat wissen.

Freizeichen. Frau Maier atmete erleichtert auf.

Frank meldete sich. „Dr. Schön hier."

„Frank? Hier ist …"

„Frau Maier! Schön, dass Sie anrufen. Obwohl, das kann ja nur bedeuten, dass etwas passiert ist, oder?"

„Ja. Also vielleicht. Es ist so …"

Frank unterbrach sie. „Frau Maier, wo sind Sie eigentlich?"

„In der Telefonzelle am Parkplatz natürlich, wieso?"

Frank seufzte. „Dann haben Sie sich also immer noch kein Telefon in Ihrem Haus installieren lassen?"

„Nein."

„Warum denn nicht, um Himmels willen?"

„Niemand ruft mich an und ich rufe niemanden an."

„Sie rufen mich doch jetzt gerade an!"

„Ja, aber jetzt ist ja auch etwas passiert."

„Also doch. Sehen Sie jetzt ein, dass es eine gute Idee von mir war, Ihnen die Telefonkarte zu schenken?"

„Ja. Ich habe etwas Schlimmes getan, Frank." Frau Maier holte Luft. Sie konnte sogar durchs Telefon spüren, dass Frank jetzt auch angespannt war. „Ich habe wichtiges Beweismaterial entfernt", sagte sie schnell.

„Wie bitte? Sie haben was? Wo denn?"

„Also, aus dem Kurhotel ist jemand verschwunden und ich habe in dem Zimmer geputzt. Und da habe ich etwas gefunden. Etwas Interessantes."

„So interessant, dass Sie es gleich mitnehmen mussten?" Franks Stimme klang einen Augenblick lang scharf, dann seufzte er noch einmal. „So kenne ich Sie, Frau Maier. Was war es denn?"

„Ein Tagebuch. Ich weiß nicht, warum ich das getan habe. Ich musste es einfach mitnehmen. Aber es stehen Informationen darin, die die Polizei unbedingt wissen muss!"

Frank wurde ernst. „Welche Informationen?"

„Dass die Frau, die verschwunden ist, sich mit jemandem treffen wollte, zum Beispiel. Mit einem Mann."

Frank schwieg einige Sekunden. Dann fragte er: „Haben Sie eine Möglichkeit, das Tagebuch noch heute zurückzubringen?"

„Ich weiß nicht. Es könnte schon auffallen. Und wenn das herauskommt …"

„Vor allem sollte es die Polizei nicht erfahren", unterbrach sie Frank. „Sie wissen ja, dass Sie dort nicht bei allen beliebt sind …"

„Ja, ich weiß", sagte Frau Maier und dachte an den Kommissar Brandner, mit dem Sie damals nach dem Leichenfund einige unschöne Begegnungen gehabt hatte.

„Vielleicht müssen wir das Tagebuch irgendwie anders zurückbringen und es nicht einfach wieder ins Zimmer legen", meinte Frank nachdenklich. „Die Polizei hat sich dort vermutlich schon umgesehen und wenn jetzt nachträglich ein Tagebuch auftaucht … Das könnte den ganzen Fall verfälschen."

Frau Maier rutschte das Herz in die Hosentasche. Wahrscheinlich musste sie doch zur Polizei gehen und das Tagebuch persönlich abgeben. Und das wäre dann das Ende ihres Jobs im Kurhotel. Und es würde Ärger mit dem Brandner geben. Und was Elfriede wohl von ihr denken würde, wo sie ihr doch extra diese Stelle verschafft hatte … Frau Maier wurde es heiß. Doch dann registrierte sie plötzlich in einem Hinterstübchen ihres Gehirns, dass Frank „wir" gesagt hatte. Würde er ihr helfen? Ihr Herz klopfte schneller.

„Frau Maier, sind Sie noch dran?"

Frau Maier räusperte sich. „Jaja, ich bin noch dran."

„Wie Sie ja bereits von Anfang an so scharfsinnig bemerkt haben, gibt es da jemanden bei der Polizei, bei dem ich keine schlechten Karten habe …"

Trotz der verzwickten Situation musste Frau Maier lächeln. Die junge Polizistin Cornelia Klauser war damals bei der Sache mit der Anita Graf an den Ermittlungen beteiligt gewesen und Frau Maier hatte gleich gemerkt, dass sie eine Schwäche für Frank hatte. Auch wenn der es damals noch geleugnet hatte.

„Frau Maier, ich komme jetzt bei Ihnen vorbei und hole das Tagebuch ab. Den Rest überlassen Sie mir. Niemand wird erfahren, dass es bei Ihnen war. Allerdings glaube ich, dass die Polizei auch ohne dieses Tagebuch darauf kommen wird, dass die verschwundene Frau jemanden getroffen hat. Ganz dumm sind die auch nicht, wissen Sie."

Na ja, dachte Frau Maier, aber laut sagte sie

nur: „Vielen Dank, Frank. Sie ahnen gar nicht, wie froh ich bin."

„Frau Maier", erwiderte Frank und klang ehrlich verblüfft. „So kleinlaut habe ich Sie ja noch nie erlebt!"

„Auf Wiederhören", sagte Frau Maier schnell und legte den Hörer auf. Sie wollte nicht, dass Frank hörte, dass außer ihren Händen jetzt auch ihre Stimme zitterte.

## VIII

Es war dunkel geworden, aber Frau Maier machte das Licht nicht an. Sie saß in ihrem Wohnzimmer im alten Cordsessel und streichelte die Katze. Die schnurrte zufrieden und wärmte Frau Maiers Bauch. Einatmen, ausatmen, streicheln. Einatmen, ausatmen, streicheln. Ruhig werden. Ruhig.

Aber Frau Maier konnte nicht ruhig werden. Draußen hörte sie das Brummen der Polizeihubschrauber. Zwei waren inzwischen unterwegs. Vom Küchenfenster aus konnte sie ihre Suchscheinwerfer sehen, wie sie eigenartige Striche in den Himmel malten. Wie lange Zeigefinger aus Licht. Auf dem Wasser tanzten helle Kegel, wenn sie über den See flogen. Ob sie wohl auch schon mit Wärmebildkameras suchten? Frau Maier hatte einmal gelesen, wie damit nach vermissten Personen gesucht wurde. Solange diese Personen noch nicht ganz kalt waren. Frau Maier schluckte.

Frank war kurz da gewesen und hatte das Tagebuch geholt. „Sie haben mir ja gar nicht gesagt, dass auch ein Kind verschwunden ist!", hatte er anstatt einer Begrüßung gesagt. Es hatte vorwurfsvoll geklungen.

„Gibt es denn etwas Neues?", hatte Frau Maier ihn gefragt und sich bemüht, das Zittern in ihrer Stimme zu unterdrücken.

„Nein. Sie haben die Suche jetzt intensiviert. Der Großvater der Kleinen ist angereist und scheint ziemlich Druck zu machen. Er war außer sich, dass die Polizei erst am nächsten Morgen und nicht noch am Abend des Verschwindens verständigt wurde."

Papa, dachte Frau Maier. Der Papa, dem man sofort Rechenschaft ablegen musste. Nach dem Wenigen, was sie aus Simones Tagebuch über ihn wusste, war sie nicht erstaunt über Franks Aussage.

Als Frank mit dem Tagebuch schon zur Tür hinaus war, hatte Frau Maier sich ein Herz gefasst und doch noch gefragt: „Was sagen Sie denn der Cornelia Klauser jetzt? Ich meine, sie wird doch fragen, wie Sie an das Tagebuch gekommen sind."

„Das lassen Sie mal meine Sorge sein", hatte Frank kurz angebunden geantwortet. „Aber Sie können sich auf die Cornelia und mich verlassen."

Dann war er ohne eine weitere Verabschiedung gegangen.

*Auf die Cornelia und mich*, dachte Frau Maier. Schau an.

Die Katze hörte plötzlich auf zu schnurren, setzte sich ruckartig auf und sprang von Frau Maiers Schoß. Mit einem vorwurfsvollen Blick machte sie einen Satz aufs Sofa und rollte sich dort zusammen. „Jaja, ist schon Recht", murmelte Frau Maier. „Ich bin dir zu nervös, ich weiß." Sie stand auf, ging ins Treppenhaus, zog Schuhe und Jacke an und verließ das Haus. Eine kleine Runde würde ihr sicher guttun.

Frau Maier konnte nicht wissen, dass diese kleine Runde ihr ganz und gar nicht gut tun würde.

## IX

Die kühle Nachtluft war angenehm und die Hubschrauber waren gerade weit genug entfernt, dass Frau Maier ihr beunruhigendes Brummen nicht hörte. Schneller, als es normalerweise ihre Art war, ging sie mit der Taschenlampe durch das Wäldchen und die kleine Anhöhe hinauf. Oben angekommen war sie so außer Atem, dass sie sich sofort auf eine der Bänke an der Aussichtsstelle sinken ließ. Sie schaute auf den dunklen See und holte tief Luft. Nach ein paar Minuten wurde sie ruhiger. Sie schloss die Augen und hörte der Stille ringsum zu. So blieb sie noch eine ganze Weile sitzen, dann öffnete sie ihre Augen und stand auf, um nach Hause zu gehen. Sie lächelte zufrieden. Der See und die frische Luft konnten sie doch fast immer beruhigen.

Doch als sie sich umdrehte, erstarrte sie. Im verlassenen Haus brannte wieder Licht. Keine Taschenlampe dieses Mal, sondern eine Glühbirne, die aus einer Fassung von der Decke in einem der Zimmer im ersten Stock hing. Sie war durch einen schmalen Spalt im Vorhang zu sehen, der ansonsten zugezogen war. Frau Maier starrte auf das Licht und spürte, wie sich die Härchen an ihren Armen aufrichteten.

Sie folgte ihrem Instinkt und trat so schnell wie möglich den Heimweg an. Nur weg von diesem Licht, das da nicht hätte sein sollen. Weg von diesem Licht, das ihr solche Angst einjagte, obwohl sie nicht wusste, warum.

# X

Auf halber Strecke hielt Frau Maier inne. Das Licht im verlassenen Haus blinkte wie ein Warnlicht vor ihrem inneren Auge. Ihr Herz klopfte schneller. Ihr Atem wurde lauter. Noch bevor sie weiter darüber nachdenken konnte, hatte sie sich wieder umgedreht und ging zurück.

Wahrscheinlich gab es eine ganz einfache Erklärung für das Licht. Wahrscheinlich hatte jemand das Haus gekauft und wollte bald dort einziehen. Wahrscheinlich überlegte der Käufer gerade, wo er welche Möbel hinstellen würde. *Trotzdem*, flüsterte eine innere Stimme. Die Stimme, die sich um die Vernunft nicht scherte. *Trotzdem*, flüsterte die Stimme, *diese nagende Unruhe ist doch immer noch da. Warum wohl?* Ich muss jetzt einfach nachsehen, was in dem Haus los ist. Danach bin ich beruhigt und kann das Ganze vergessen, dachte Frau Maier und versuchte, der Vernunft wieder die Oberhand zu gewähren. Verdammte Neugier, fluchte sie gleichzeitig.

Das Licht war jetzt aus. Das Haus lag dunkel und still da. Mit klopfendem Herzen setzte sich Frau Maier wieder auf die Bank und wartete. Nichts. Es blieb dunkel und still. Nach einer Weile ging Frau Maier langsam auf das Gartentürchen des Hauses zu. Wie von einer unsichtbaren Macht gezogen öffnete sie es und stand auf dem Grundstück des verlassenen Hauses. Kleine Schweißperlen standen ihr auf der Stirn, als sie langsam und vorsichtig um das Haus herumging. Es war so dunkel, dass sie ihre Taschenlampe anschalten musste. Gut, dass ich so gute Nerven habe, dachte sie und beschloss, nach der Runde ums Haus endgültig heim zu gehen. In diesem Moment fiel ihr Blick auf die Terrasse und sie sah, dass die Tür einen winzigen Spalt breit offen stand.

## XI

Vorsichtig betrat Frau Maier das Haus. Ich sollte ganz schnell wieder von hier verschwinden, dachte sie und ging weiter. Sie dachte daran, dass sie auf diesem Grundstück schon einmal angstvolle Stunden verbracht hatte. Damals, als sie sich im Schuppen vor dem Mann mit der Maske versteckt hatte. Warum konnte sie die Dinge eigentlich nie ruhen lassen? Warum musste sie sich selbst in solche Situationen bringen? *Es ist Zufall, ich kann nichts dafür*, dachte ein Teil von ihr. Doch der andere Teil wusste, dass das nur zur Hälfte stimmte. Die ganze Sache mit der Leiche damals hatte ihr Leben verändert. Sie hatte zum ersten Mal seit ungefähr vierzig Jahren nicht mehr dauernd an den Karli gedacht. An verpasste Chancen. An die Vergangenheit. Sondern nur an die Gegenwart, an die Gefahr und an den Fall und seine Lösung. Und sie war gezwungen gewesen, sich Hilfe zu suchen und anderen Menschen zu vertrauen. Seitdem gab es so etwas wie zwei Freunde in ihrem Leben. Frank Schön und Elfriede Gruber. Es war also alles auch für etwas gut gewesen.

Frau Maier biss die Zähne zusammen und ging durch das leere Wohnzimmer in den Flur. Es war ein eigenartiges Gefühl, durch ein Haus zu gehen, in dem schon so lange niemand mehr gewohnt hatte. Die Räume waren leer und schienen auf jemanden zu warten. Und doch … Frau Maiers Herz klopfte. Und doch spürte sie irgendeine Präsenz, die sie nicht genauer benennen konnte.

Sie gelangte ins Treppenhaus. Das Licht hatte im ersten Stock gebrannt. „Nur dieses eine Zimmer schaue ich mir noch an, dann gehe ich aber wirklich!", sagte sie leise zu sich selbst, als sie über die Stufen langsam nach oben stieg. Oben im Flur gab es ein paar Möbelstücke. Einen großen Schrank, ein Regal mit wenigen Büchern. Das Licht hatte im linken Zimmer gebrannt. Als Frau Maier die Tür zu diesem Raum öffnete, war

45

ihr plötzlich, als würde sie eine eiskalte Hand im Nacken packen. Sie zuckte zusammen und hätte beinahe ihre Taschenlampe fallen lassen. Sie spürte Panik in sich aufsteigen, sie wollte die Tür nicht öffnen, aber es war zu spät. Sie hatte sie bereits aufgestoßen und der Lichtkegel ihrer Lampe fiel auf zwei Füße, die schlaff in der Luft baumelten.

## XII

Vor Schreck riss Frau Maier ihre Hände vor den Mund. Dadurch leuchtete die Taschenlampe nach oben und direkt auf den Menschen, der da von der Decke hing. Frau Maier sah die Schnur, die an einem Haken an der Decke befestigt war. Sie sah die Schlinge um den Hals. Sie sah die dunkelblonden Haare der Frau, die ihr ins Gesicht und über die weit geöffneten Augen fielen. Und sie sah, dass die Frau Simone Lenz war.

Jetzt ließ Frau Maier die Taschenlampe wirklich fallen. Mit einem dumpfen Schlag kam sie auf dem Boden auf. Es war dunkel. Das Entsetzen lähmte Frau Maier, sie konnte keinen einzigen Teil ihres Körpers bewegen. Sie spürte ein eigenartiges Rauschen in ihrem Kopf und sie wusste, dass sie noch nie in ihrem Leben von einem so kalten Grauen erfasst worden war. Nicht einmal, als sie Anitas Leiche gefunden hatte. Nicht einmal, als der Mann mit der Maske in ihrem Schlafzimmer gestanden hatte.

Die Sekunden vergingen, oder waren es Minuten? Stunden? Plötzlich drang ein Geräusch in Frau Maiers Bewusstsein und automatisch richteten ihre scharfen Ohren ihre ganze Aufmerksamkeit darauf. Es kam von draußen. Es waren Schritte. Schritte auf dem Grundstück. Erst viel später fragte sich Frau Maier, warum sie instinktiv gewusst hatte, dass sie sich verstecken musste. Allem Anschein nach hatte sie gerade eine verzweifelte Frau entdeckt, die ihrem Leben ein Ende gemacht hatte. Warum also sollte von der Person, die jetzt ins Haus kam, eine Gefahr ausgehen? Aber Frau Maier dachte in diesem Augenblick nicht darüber nach. Keine Sekunde.

Sie tastete nach ihrer Taschenlampe. Keine Scherben, keine Splitter. Die Lampe war heil geblieben. Ihre Augen hatten sich inzwischen an die Dunkelheit gewöhnt und es gelang ihr, geräuschlos in den Korridor zu gehen. Da hörte sie, wie die Terrassentür noch ein Stück weiter aufgeschoben wurde, und schlich schnell zu dem großen Bauernschrank, der ihr vorhin aufgefallen war. Die Tür knarzte leise, als Frau Maier sie öffnete. Sie hielt die Luft an. Von unten war nichts zu hören. So leise wie möglich setzte sie sich in den leeren Schrank. Groß war sie ja zum Glück nicht, aber eben auch nicht wirklich schlank. Doch die Angst machte sie anscheinend gelenkig. Sie kauerte sich zusammen und zog die Tür mit einem Finger zu sich heran. Es gelang ihr nicht, sie ganz zu schließen. Ein Spalt blieb offen. Und durch diesen Spalt sah sie jetzt den Lichtkegel einer Taschenlampe die Treppe heraufkommen. Er huschte über den Schrank. Würde er auf dem Spalt verharren? Nein, der Kegel wanderte weiter ins Zimmer. In *das* Zimmer. Frau Maier hörte das Blut in ihren Ohren rauschen. Ihre Hände waren so nass geschwitzt, dass sie nicht sicher war, wie lange sie die Schranktür noch mit dem einen Finger würde halten können oder ob sie ihr im nächsten Augenblick entgleiten und sich langsam und knarzend öffnen würde …

Nichts geschah. Nach einer Zeit, die ihr wie eine Ewigkeit vorkam, kam der Lichtkegel wieder zurück in den Gang. Langsam gingen die Schritte in Richtung Treppe. Es waren leicht schleppende Schritte, zögerliche und ungleichmäßige Schritte. Konnte es eine Person sein, die nicht richtig gehen konnte? Gerade als Frau Maier das Gefühl hatte, ihr Kopf müsse explodieren, zog sich die Person mit der Taschenlampe langsam über die Treppe nach unten zurück.

Frau Maier lauschte so angestrengt sie nur konnte und hörte nach einer Weile wieder das Schiebegeräusch der Terrassentür. Sie ließ die Schranktür los und kroch aus ihrem Versteck. Erst jetzt bemerkte sie, dass ihr Knie höllisch weh tat und sie sich anscheinend den Nacken verrenkt hatte. Ihre Kiefer fühlten sich ganz verkrampft an, fast taub. Offenbar hatte sie die Zähne zu fest zusammengebissen. Doch die Schmerzen waren ihr egal. Sie horchte wieder und nahm die Schritte im Garten wahr und dann das leichte Quietschen des Gartentürchens.

Und jetzt wollte sie nur noch weg. Weg aus diesem Haus, weg von diesem grausigen Fund, weg von dem bösartigen Schein der Taschenlampe. Auf dem Weg zur Treppe sah sie etwas Helles auf dem Boden schimmern und bückte sich. Ein Stück Papier. Ohne zu überlegen, steckte sie es ein, lief nach unten und aus dem Haus hinaus in die kühle Nachtluft.

# Drittes Kapitel
## Montag

# I

Erst im Morgengrauen hatte Frau Maier allmählich das Gefühl, wieder zu sich zu kommen.
Sie saß in der Küche, noch immer in Jacke und
Schuhen. Sie wusste nicht mehr genau, wie sie
von dem Haus weg gekommen war. Sie musste
gerannt sein. Gerannt und gefallen, denn ihre
Hose war an den Knien völlig verdreckt. Sie hatte sich wohl wieder aufgerappelt und war weiter-
gerannt. Durch das Wäldchen, immer weiter, an
ihrem Haus vorbei und bis zum Parkplatz. Gott
sei Dank hatte sie noch die Telefonkarte in der
Tasche gehabt von ihrem Anruf bei Frank.

Der Anruf. Er schien eine Ewigkeit her zu sein.

Frau Maier wusste nicht mehr, wer sich bei der
Polizei gemeldet hatte. Sie wusste nur noch, dass
sie versucht hatte, ihre eigene Stimme höher und
jünger klingen zu lassen. Und dass es ihr nicht
gelungen war, die Panik darin zu verbergen.

„Sie müssen kommen, es ist dringend. Fahren
Sie zu dem unbewohnten Haus auf der Anhöhe
zwischen Kauzing und Seeham. Bitte. Es hat mit
den verschwundenen Personen aus dem Kurhotel zu tun."

So etwas in der Art hatte sie gesagt. Und aufge-
legt, bevor der Polizist am anderen Ende der Leitung irgendwelche Fragen hatte stellen können.

Später hatte sie von ihrem Garten aus durch die Bäume des Wäldchens das Blaulicht von Polizeiautos schimmern sehen. Und der einzige klare Gedanke, der ihr immer wieder durch den Kopf gegangen war, war *Vivien. Wo ist Vivien?*

## II

Zuerst hatte sie es noch schön gefunden. All das neue Spielzeug und sogar ein eigenes kleines Sofa. Nur für sie alleine! Es war mit einem rosaroten Stoff bezogen, der sich ganz weich und ganz kühl anfühlte. Und sie hatte sich ihr Lieblingsessen wünschen dürfen. Aber jetzt war sie alleine. Sie war eingeschlafen und seit sie wieder wach war, hatte sie kein Geräusch mehr im Haus gehört.

„Mama?", sagte sie zaghaft in die Stille hinein.

Sie spürte, wie ihr Tränen in die Augen stiegen, aber sie wollte nicht weinen. Mama weinte doch schon so viel. Da konnte sie nicht auch noch weinen. Zum Glück war es nicht dunkel im Zimmer, eine hübsche Lampe mit bunten Perlen brannte auf dem kleinen Tisch in der Ecke und warf farbig schimmernde Punkte an die Wand. Aber es gab kein Fenster.

Sie ging zur Tür. Die Tür war zu. Sie rüttelte daran. Sie bekam sie nicht auf.

„Mama?", sagte sie noch einmal, dieses Mal lauter. Es kam keine Antwort, aber das hatte sie schon vorher gewusst. Sie ging zu dem Sofa zurück und kauerte sich darauf zusammen. Sie versuchte, ihre Knie so nah wie möglich an ihren Körper zu ziehen und umklammerte sie mit beiden Armen. Ganz klein machen. Ganz klein. Dann konnte ihr nichts passieren.

## III

Um kurz vor sieben klingelte es. Frau Maier wusste, dass es die Polizei war, noch bevor sie die Tür geöffnet hatte. Voller Erleichterung erkannte sie die junge Beamtin, die sie forschend ansah. Es war die Cornelia Klauser. Gott sei Dank nicht der Kommissar Brandner. Seitdem Frau Maier und die Polizistin sich zum ersten Mal begegnet waren, war Cornelia befördert worden. Es war offensichtlich, dass sie jetzt die Vorgesetzte des blassen, verlegenen Jungen in Polizeiuniform war, der hinter ihr stand.

„Frau Maier, bitte entschuldigen Sie. Ich hoffe, wir haben Sie nicht geweckt."

„Nein, ich …" Frau Maier bemerkte, dass sie immer noch Schuhe und Jacke anhatte. „Ich habe mich gerade für die Arbeit fertig gemacht."

Cornelia Klausers Blick verharrte kurz auf den verschmutzten Knien von Frau Maier, aber sie sagte nichts.

„Kommen Sie doch herein", beeilte sich Frau Maier zu sagen.

„Danke."

Die Klauser Cornelia betrat das Haus und ging gleich ins Wohnzimmer weiter, wo sie schon einmal gesessen hatte. Täuschte sich Frau Maier, oder wirkte sie ein bisschen forscher als sonst? Strenger? Abweisender? Bestimmt wusste sie von der Sache mit dem Tagebuch. Frau Maier spürte wieder die Gewissensbisse. Vielleicht will sie sich aber auch einfach nur ihrer neuen Position gemäß verhalten, redete sie sich selbst gut zu.

Die Polizistin setzte sich auf das kleine Sofa, der junge Kollege stellte sich unbeholfen daneben. Frau Maier nahm im Cordsessel Platz und atmete tief durch. Ruhig bleiben. Sie lächelte Cornelia an, sah ihr fest in die Augen und fragte: „Worum geht es denn?"

„Sie haben ja vielleicht bemerkt, dass ganz in Ihrer Nähe heute Nacht einiges los war?" Die Klauser Cornelia zog kaum merklich die Augenbrauen hoch. Als Frau Maier nichts sagte und nur weiterhin freundlich lächelte, fuhr sie fort. „Wir haben oben im verlassenen Haus eine Leiche entdeckt. Es gab einen anonymen Anruf, der uns darauf gebracht hat. Und Sie wohnen am nächsten an diesem Haus, zumindest von der Kauzinger Seite aus."

Frau Maier musste all ihre Willenskraft und ihre guten Nerven bündeln, um ihre ruhige Fassade zu wahren. Cornelias Worte brachten die Bilder der vergangenen Nacht mit einer solchen Wucht zurück, dass Frau Maier einen stechenden Schmerz in der Magengegend spürte.

*Die baumelnden Beine. Die Schlinge. Der Hals. Die Haare. Die Augen.*

„Frau Maier?" Cornelia Klauser beugte sich leicht vor. „Ist Ihnen nicht gut?"

„Doch, doch. Ich bin nur noch nicht ganz wach. Soll ich uns einen Kaffee machen?"

„Nein, danke. Sie sollen uns bitte nur sagen, ob Ihnen vergangene Nacht irgendetwas aufgefallen ist. Ob Sie jemanden draußen gesehen oder gehört haben. Ob irgendetwas anders war als sonst."

Frau Maier tat, als würde sie scharf nachdenken und zählte innerlich langsam bis drei. Sie spürte die schmerzenden Muskeln in ihrem Kiefer, wo sie in der Nacht die Zähne vor Entsetzen so fest zusammengebissen hatte.

„Nein", sagte sie dann und schüttelte bedauernd den Kopf. „Nein, leider kann ich Ihnen da nicht weiterhelfen."

„Na gut." Die Klauser Cornelia sah sie noch

einmal prüfend an, dann stand sie auf und bedeutete dem jungen Kollegen mit einer Kopfbewegung, dass das Gespräch beendet war.

An der Tür fragte Frau Maier: „Frau Klauser, leiten Sie diesen Fall?"

„Nein, der Kommissar Brandner wurde natürlich hinzugezogen. Er ist noch oben bei der … im Haus. Er hat mich zu Ihnen geschickt." Da war es wieder, dieses kurze Zucken der Augenbrauen. Cornelia Klauser wusste, dass das Verhältnis von Frau Maier zum Kommissar nicht das beste war.

Bereits im Gehen wandte sie sich noch einmal um. „Frau Maier, da ist noch etwas. Ich weiß ja, dass Sie im Kurhotel arbeiten und sie werden es sowieso nachher erfahren. Bei der Toten handelt es sich um die verschwundene Frau aus dem Hotel."

Frau Maier musste ihren entsetzten Gesichtsausdruck nicht spielen. Wenn sie an Simone Lenz dachte, dann packte sie das Entsetzen von ganz alleine.

## IV

„Du bist so eine feige Kuh!", schimpfte Frau Maier leise vor sich hin, als sie am See entlang in Richtung Hotel stapfte. Anonym hatte sie angerufen. Geschwindelt hatte sie bei der Klauser Cornelia. Oder war so ein Vorenthalten von Informationen bereits eine ausgewachsene Lüge? Egal. Noch schlimmer war, dass sie, die immer so stark und aufrecht und unabhängig sein wollte, vor dem Brandner Angst hatte wie ein kleines Schulmädchen.

Aber was hätte er wohl davon gehalten, dass wieder einmal ausgerechnet sie über eine Leiche gestolpert war? Nicht viel, wahrscheinlich. Gar nichts, vermutlich.

Er hätte garantiert einen Grund gefunden, ihr Ärger zu machen. *Unbefugtes Betreten eines Grundstücks* wäre da wohl noch das geringste Übel gewesen. Dem Brandner traute Frau Maier noch viel mehr zu. Zum Beispiel, sie zu verdächtigen, etwas mit dem Verschwinden und dem Tod von der Frau Lenz zu tun zu haben … Bei diesem Gedanken brach Frau Maier der Angstschweiß aus. Nein, Feigheit hin oder her. Es war sicher das Beste, den Anruf und ihre Verwicklung in die ganze Angelegenheit geheim zu halten.

Auf dem kleinen Parkplatz, direkt hinter dem Wäldchen, hielten gerade mehrere Polizeibusse. Die Beamten sprangen aus ihren Fahrzeugen, einige führten Hunde mit sich. Die Polizisten scharten sich um einen großen Mann, den Einsatzleiter. Frau Maier konnte sich denken, was ihr Auftrag war: das Wäldchen und das Seeufer zu durchkämmen, auf der Suche nach Vivien.

## V

Frau Maier sah zu, wie der schmutzige Schaum langsam vom Topf abglitt und dann im Abfluss verschwand. Ihre Hände waren schon ganz runzelig, noch runzeliger als sonst, dachte sie, vom vielen Abspülen. Aber die Arbeit tat ihr gut und beruhigte sie. Es war so einfach, den Schmutz und das Fett und die Essensreste von den Pfannen und Töpfen zu schrubben und dann mit Wasser nachzuspülen, bis es klar und sauber wurde und bis alles wieder glänzte. Wenn es doch auch so einfach wäre, im Leben manche Dinge einfach so wegzuschrubben und so lange zu spülen, bis nichts mehr übrig war von den alten, verklebten Resten …

„Frau Maier?" Eine Hand legte sich sanft auf ihre Schulter.

Frau Maier zuckte zusammen. Sie mochte es nicht, wenn ihr jemand zu nahe kam. Oder war sie es vielleicht einfach nur nicht gewohnt? Sie drehte sich um und blickte in die klaren blauen Augen von Regina Willmers. Sie entspannte sich und lächelte. „Ich habe Sie gar nicht bemerkt, entschuldigen Sie. Ich war so vertieft ..."

In diesem Moment betrat Hans-Peter Kruse, genannt Hape, die Küche. Der rundliche, gemütliche Mann mit dem immer geröteten Gesicht war der Koch im Kurhotel. Er kam aus Hamburg, lebte aber seit vielen Jahren in Bayern.

„Na, Frau Maier, wollen Sie das ganze Geschirr und Besteck vom Frühstück heute vielleicht auch noch mit der Hand schrubben? Oder nehmen Sie dafür dann doch unsere Spülmaschine?" Er bemühte sich, so munter wie immer zu klingen, aber auch ihm merkte man den Schock über das, was passiert war, an. So wie allen im Hotel.

Frau Maier hatte nicht gewusst, was sie erwarten würde, als sie vor etwa zwei Stunden zur Arbeit erschienen war. Wussten schon alle Bescheid? Wie sollte sie sich verhalten? Doch diese Fragen wurden ihr sofort beantwortet, denn unten im Treppenhaus waren alle Mitarbeiter, die Dienst hatten, und die meisten Gäste versammelt. Oben auf der Treppe stand eine fahrige Frau Rupprecht, die ihre Bestürzung hinter einer Fassade von kühler Effizienz zu verbergen versuchte.

„Ich bitte kurz um Ihre Aufmerksamkeit", sagte die Hotelleiterin laut und deutlich, und musste sich nach diesen einleitenden Worten heftig räuspern. Vielleicht, weil ihre Stimme zu versagen drohte? „Es ist etwas Schreckliches geschehen und ich denke, Sie sollten es alle erfahren, bevor Gerüchte die Runde machen. Simone Lenz ist heute Nacht von der Polizei tot aufgefunden worden. Die Ermittlungen dazu sind in vollem Gange und ich möchte Sie bitten, der Polizei für Befragungen zur Verfügung zu stehen, sollte das nötig werden. In unserer Kapelle liegt ein Kondolenzbuch aus und dort wird auch heute um 18 Uhr eine kleine Andacht für die Verstorbene stattfinden."

An dieser Stelle hatte Frau Rupprecht kurz gezögert. Wollte sie noch etwas sagen? Sie hatte sich wohl dagegen entschieden, denn sie hatte sich auf dem Absatz umgedreht und war schnell in ihrem Büro verschwunden. Sie hatte die Tür lauter als nötig geschlossen.

Gemurmel hatte sich im Treppenhaus ausgebreitet, ein Stimmengewirr, in dem eine Frage immer lauter wurde: „Und was ist mit der Kleinen? Wo ist Vivien?"

Zum Glück hatten einige Mitarbeiter des Hotels genügend Geistesgegenwart besessen, die Situation zu retten. Die Erzieherin Barbara Winkler hatte alle Kinder zusammengerufen und ihnen vorgeschlagen, sich erst einmal gemeinsam ins Spielzimmer zurückzuziehen. Regina Willmers hatte versucht, die erwachsenen Gäste zu beruhigen und sie sanft, aber bestimmt, in Richtung Frühstücks-, Aufenthalts- oder Gymnastikraum bugsiert. Und wie schon so oft hatte Frau Maier Regina Willmers für ihren selbstverständlichen und positiven Umgang mit anderen Menschen bewundert und ein bisschen beneidet. Frau Leitner hatte betont sachlich die Dienstpläne an alle Mitarbeiter verteilt und jeden an die Arbeit geschickt. Sie war auch zu Frau Maier gekommen und hatte sie gebeten, heute in der Küche mitzuhelfen.

Langsam trocknete sich Frau Maier die Hände ab und lächelte dem dicken Küchenchef zu. Täuschte sie sich oder wurde der noch ein wenig röter, als er es üblicherweise sowieso schon war? Sie hatte keine Zeit, darüber nachzudenken, denn Regina Willmers führte sie sanft zum Tisch in der Ecke der großen Küche.

„Hans-Peter, machst du uns vielleicht einen Kaffee?", bat sie. „Ich glaube, den brauchen wir jetzt alle." Sie sah Frau Maier in die Augen und drückte kurz ihren Arm.

Frau Maier setzte sich hin und sagte dankbar: „Ein Kaffee ist, glaube ich, eine sehr gute Idee."

„Ich weiß. Sie wirken heute sehr mitgenommen, Frau Maier. Kein Wunder!", erwiderte Regina Willmers ruhig.

Seit Frau Maier in dem Hotel arbeitete, war ihr schon oft aufgefallen, wie gut Reginas Gespür für andere Menschen war. Sie schien immer das Richtige zu tun oder zu sagen und es war so leicht, mit ihr ins Gespräch zu kommen. Sogar für eine eingefleischte Eigenbrötlerin wie Frau Maier eine war. Eigentlich. In den letzten Wochen war sie aber immer öfter von sich aus zu Regina in die Küche gekommen, auf einen schnellen Kaffee und auf ein kurzes Gespräch. Sie freute sich darüber, denn anscheinend war sie wirklich auf dem besten Weg, ihr Dasein als Einsiedlerkrebs hinter sich zu lassen. Und sie freute sich darüber, nach Elfriede und Frank noch einen Menschen gefunden zu haben, mit dem sie sich so gut unterhalten konnte. Auf der anderen Seite war es ihr manchmal fast unheimlich, wie gut Regina sich in sie hineinversetzen konnte, welche Fragen sie manchmal stellte und wie sie sofort merkte, ob sie müde, fröhlich oder angespannt war. Frau Maier fühlte sich durchschaut, und das mochte sie nicht. Eigentlich. Es gab ihr aber irgendwie auch ein Gefühl der Vertrautheit, der Verbundenheit ...

„Haben Sie nicht schlafen können, letzte Nacht?", fragte Regina jetzt, und da war es wieder, dieses Gefühl, ertappt worden zu sein.

„Doch. Oder vielmehr nein. Ich ..." Frau Maier

kam ins Stocken. „Ich schlafe manchmal nicht so gut. Das liegt am vielen Kaffee. Wahrscheinlich sollte ich jetzt auch lieber keinen trinken, aber er schmeckt mir halt so gut. Seit Jahren nehme ich mir vor, nur noch Pfefferminztee zu trinken, aber ich schaffe es einfach nicht."

Sie lächelte Regina an. Sie hatte sich wieder gefangen. Das wäre ja auch noch schöner! Schließlich hatte sie ein ganzes Leben lang Erfahrung darin gesammelt, sich nichts anmerken zu lassen. Sich zusammenzureißen. Niemanden zu nahe an sich heran zu lassen. Erst als Fremde im Dorf. Dann bei der Geschichte mit dem Karli. Und dann ihr ganzes restliches Leben. Nein, Frau Maier war die Meisterin im Verbergen ihrer wahren Gefühle und daran würde auch Regina Willmers nichts ändern. Frau Maier sah Regina jetzt direkt in die Augen. Die nickte langsam.

„Ich habe heute Nacht kein Auge zu gemacht", sagte sie leise. „Ich kann an nichts anderes denken als …"

Ihre Augen füllten sich mit Tränen und Frau Maier schämte sich plötzlich. Wieso konnte sie eigentlich nicht einfach einmal jemandem vertrauen? Wieso setzte sie eine Maske auf und versuchte, sich vor Regina nichts anmerken zu lassen, während die offenbar genug Vertrauen in sie setzte, um sogar vor ihr zu weinen? Spontan streckte Frau Maier ihre Hand aus und legte sie auf die von Regina. Doch noch bevor die darauf reagieren konnte, kam Hans-Peter mit drei dampfenden Kaffeetassen an den Tisch. Er stellte die Tassen ab, ließ sich auf einen Stuhl sinken und wischte sich kleine Schweißperlen von der Stirn.

„Eine schlimme Sache ist das", sagte er dann und schüttelte traurig den Kopf. „Eine ganz schlimme Sache." Er nickte Regina mitfühlend zu und schaute dann Frau Maier einen Moment in die Augen. Bildete sie sich das nur ein oder hatte er ihr kurz zugezwinkert?

## VI

Sie hatte Hunger, aber sie konnte nichts essen.

Die Gestalt hatte ihr einen Teller mit Nudeln und Tomatensoße gebracht. „Mit viel Käse, das magst du doch, oder?", hatte die Gestalt gesagt. In der offenen Tür und mit dem hell beleuchteten Flur dahinter war sie nicht mehr als ein dunkler Umriss. Die Stimme der Gestalt klang freundlich, aber trotzdem unheimlich. Sehr unheimlich sogar. So sehr, dass es bestimmt besser war, zusammengekauert auf dem Sofa liegen zu bleiben und nicht so genau hinzuschauen, wenn die Tür sich öffnete. Die Gestalt hatte das Essen abgestellt und war wieder gegangen. „Keine Angst, wir machen es uns richtig schön zusammen", hatte sie noch gesagt und dann die Tür von außen wieder zugesperrt.

*Wir machen es uns richtig schön zusammen.* Der Satz hing in der Luft, füllte den ganzen kleinen Raum ohne Fenster aus. Herzklopfen. Angst. Tränen.

Aber Papa würde sie holen. Mama nicht, aber Papa. Ganz sicher.

## VII

Frau Rupprecht steckte den Kopf zur Küchentür herein. Normalerweise hätte sie bestimmt die Stirn gerunzelt, wenn sie Hape, Regina und Frau Maier in trauter Runde bei der Kaffeepause entdeckt hätte, denn ihr war es am liebsten, wenn immer alle Angestellten eifrig bei der Arbeit waren. Aber heute gab es Wichtigeres.

„Die Polizei will alle Gäste und alle Angestellten befragen", sagte sie kurz angebunden. „Frau Leitner macht einen Plan, wer wann an der Reihe ist und kommt dann auf Sie zu." Sie wartete keine Antwort ab, sondern zog sich sofort wieder zurück.

Die drei in der Küche sahen sich ein wenig ratlos an, doch noch bevor einer von ihnen etwas sagen konnte, drang von draußen eine Männerstimme herein. Sie war so laut, dass jedes einzelne Wort deutlich zu verstehen war.

„Was fällt Ihnen eigentlich ein! Ich werde Ihnen meine Anwälte auf den Hals hetzen. Ich werde Sie verklagen und nach dem Prozess werden Sie das Kurhotel dicht machen können, das verspreche ich Ihnen!"

Dann war eine Frauenstimme zu hören, die in normaler Lautstärke sprach und deshalb nicht zu verstehen war. Bestimmt Ulrike Rupprecht.

„Nein, ich beruhige mich nicht, verdammt noch mal!", brüllte dann wieder der Mann. „Wir reden hier von meiner Tochter. Und von meinem Enkelkind!"

Bei den letzten Worten überschlug sich die Stimme fast und Frau Maier konnte hören, dass die Wut darin nur vordergründig war. Darunter lagen große Trauer und großer Schmerz.

Es war jetzt wieder ruhig draußen, der Mann musste gegangen sein. Die plötzliche Stille war unangenehm, voller offener Fragen und unausgesprochener Ängste. Betretenes Schweigen breitete sich in der Küche aus.

Natürlich war es Regina Willmers, die das Schweigen brach und die richtigen Worte fand: „Ein schrecklicher Verlust für den armen Mann", sagte sie ruhig. „Und nicht zu wissen, was mit der Enkelin ist ..." Wieder stiegen ihr die Tränen in die Augen.

„Was ist eigentlich mit Viviens Vater?", fragte Frau Maier leise.

„Das ist der Exmann von Simone Lenz, er heißt Martin Lenz. Er wird auch noch herkommen", antwortete Frau Willmers. „Ich habe vorhin gehört, dass die Polizei ihn dringend sprechen will. Ich denke mal, er gilt als ..." Sie brach den Satz ab und senkte den Kopf.

*Verdächtig*, dachte Frau Maier und schwieg ebenfalls. Natürlich. Wenn ein Kind so plötzlich verschwindet und die Eltern sich getrennt haben, vielleicht noch im Streit ... Wenn zum Beispiel eine Mutter dem Vater die Tochter vorenthält ... Dann konnte es natürlich sein, dass ein Vater sich sein Kind zurückholen will. Sie dachte an Simones Tagebuch: *Und Martin wird sie nie bekommen. Niemals. Er hätte mich eben nicht verlassen dürfen.*

Aber selbst wenn Vivien bei ihrem Vater war, warum war Simone Lenz tot? Das konnte doch kein Zufall sein? *Lieber sterbe ich*, hatte sie geschrieben. Frau Maier fröstelte.

Hape räusperte sich. „Ich weiß ja noch nicht einmal, wie die Frau Lenz ... Wie sie gestorben ist. Der Kramer aus der Physio sagt, dass sie sich ... Also dass sie sich selbst ..."

Regina Willmers seufzte. „Es würde mich nicht wundern", murmelte sie. „Leider."

*Die baumelnden Beine. Die Schlinge. Der Hals. Die Haare. Die Augen.* Frau Maier stand schnell auf. „Ich muss jetzt weiter abspülen", sagte sie und ging zurück in die Küche, ohne eine Antwort der anderen abzuwarten.

## VIII

Als Frau Maier im Supermarkt den Seppi sah, wie er eifrig die Regale einräumte, da wusste sie plötzlich, was sie ihn fragen wollte. Sie wusste nur noch nicht so richtig, wie. Und als sie am Kühlregal das Angebot an Fisch durchsah, da war sie sich auf einmal nicht mehr sicher, ob sie nicht vielleicht vor allem deshalb in den Supermarkt gekommen war, um den Seppi zu sehen. Sie hatte gedacht, dass sie einkaufen wollte, weil ihre Vorräte beinahe aufgebraucht waren. Aber ihr Unterbewusstsein schlug manchmal seltsame Wege ein.

„Frau Maier, hallo!", hörte sie Seppis fröhliche Stimme hinter sich und drehte sich um. Der junge Mann, den sie in ihr Herz geschlossen hatte, seitdem er als Lehrling im Supermarkt zu arbeiten begonnen hatte, strahlte sie an.

„Hallo Seppi, wie geht es dir?"

„Ganz gut, danke. Wenn nur die Frauen nicht immer so kompliziert wären …" Er rollte übertrieben mit den Augen und grinste.

Frau Maier musste lachen. „Ach geh, es gibt sicher auch unkomplizierte Frauen."

„Vielleicht, aber die muss ich erst einmal finden!"

Frau Maier hatte einen Geistesblitz. Sie wusste plötzlich, wie sie das Thema anschneiden konnte, das sie so brennend interessierte. „Aber kann man das heutzutage nicht mit dem Computer machen? Mit dem Dings, du weißt schon?"

„Mit dem Internet, meinen Sie, oder?" Seppi lächelte. „Wie meine Oma. Die wollte von dem ganzen modernen Zeug auch nichts wissen."

„Ach, ich weiß nicht …" Frau Maier zögerte. „Ich weiß gar nicht, ob ich davon nichts wissen will. Mir hat neulich eine Bekannte erzählt, dass es da so was gibt, das heißt *Lokale Singles*. Und dass man da nette Leute kennenlernen kann, die ganz in der Nähe wohnen. Die kann man dann treffen."

Seppi guckte verdutzt, dann grinste er über das ganze Gesicht. „Frau Maier! Jetzt hauen Sie mich aber um! Sie wollen sich doch nicht wirklich bei einer Partnerbörse im Internet anmelden?"

„Na ja, Partnerbörse …" Frau Maiers Verlegenheit wirkte echt. „Ich würde mir das einfach mal gerne anschauen. Schließlich kannst nicht immer nur du mir die schweren Einkaufstüten nach Hause tragen. Da wäre doch so ein Kavalier praktisch." Frau Maier zwinkerte ihm zu.

Der Seppi war jetzt Feuer und Flamme. „Das finde ich echt cool! Das hätte meine Oma nie gemacht. Soll ich Ihnen mal zeigen, wie das geht? Ich kann bei Ihnen vorbeikommen und Ihnen das zeigen!"

„Das würdest du machen?"

„Na klar! Aber haben Sie denn einen Computer, Frau Maier?"

Frau Maier musste sich blitzschnell eine Antwort zurechtlegen. „Noch nicht", flunkerte sie. „Ich denke allerdings schon länger darüber nach, mir einen zu kaufen."

Als sie Seppis begeistertes Gesicht sah, schämte sie sich, dass sie ausgerechnet ihn anschwindelte. Schnell fügte sie hinzu: „Aber eigentlich würde ich gerne erst einmal nur sehen, was sich die Leute da überhaupt so schreiben. Wie man sich da anredet und so … Ich weiß ja gar nicht, ob das was für mich ist. Kann man das irgendwo nachlesen?" Sie sah den Seppi ein bisschen hilflos an, und das wirkte sofort.

„Man kann vielleicht im Forum nachlesen, was Leute da öffentlich zugänglich reinschreiben. Also die privaten Nachrichten natürlich nicht.

Aber vielleicht gibt's einen offenen Chat für alle Mitglieder, das kann schon sein. Dazu müsste ich mich natürlich erst bei *Lokale Singles* anmelden, aber das ist ja vielleicht eh gar keine schlechte Idee." Er grinste wieder.

Frau Maier hatte kein Wort verstanden, aber sie sagte bewundernd: „Was ihr jungen Leute heute so alles wisst!"

Der Seppi versuchte bescheiden zu lächeln, sah dabei aber ziemlich selbstzufrieden aus.

Er ist halt auch ein Mann, dachte Frau Maier und musste innerlich schmunzeln. Egal, ob 18 Jahre alt oder 81, ein bisschen Schmeicheln wirkte bei jedem von ihnen.

„Ich lege mir gleich heute Abend noch einen Account an und schaue, was man da so nachlesen kann. Und dann kann ich Ihnen ja einfach einige Seiten von dem Chat ausdrucken und vorbeibringen."

„Kostet das denn nichts?", fragte Frau Maier besorgt.

„Ach wo, das bissl Papier … Und meinen Laserdrucker habe ich ja eh daheim. Kein Problem, Frau Maier. Und dann können Sie immer noch überlegen, ob Sie sich einen Computer kaufen. Da könnte ich Sie dann auch beraten. Das macht mir Spaß!"

Frau Maier überlegte, ob es wohl die neue

Coolness, die sie in den Augen vom Seppi gerade erlangt hatte, empfindlich stören würde, wenn sie ihn fragen würde, was denn ein Laserdrucker wäre. Aber in diesem Moment kam der dynamische Filialleiter um die Ecke geschossen und runzelte die Stirn. Doch er schien sich unsicher zu sein, ob in diesem Moment die Ermahnung des Mitarbeiters oder der Respekt vor der Kundin Vorrang hatte, und glitt mit einem kurzen Nicken, aber ohne etwas zu sagen, an ihnen vorüber. Schnell trat Seppi den Rückzug zu seinen Regalen an. Im Weggehen zwinkerte er Frau Maier noch einmal verschwörerisch zu.

Frau Maier erledigte zufrieden ihre Einkäufe. Nicht nur, dass sie vielleicht etwas Neues über Simone Lenz in Erfahrung bringen würde. Vor allem freute sie sich ehrlich über Seppis Hilfsbereitschaft. Er hatte ihr schon so oft einen Gefallen getan. Hatte ihr die Einkaufstaschen mit dem Fahrrad nach Hause gefahren oder besondere Fischangebote für sie zurückgelegt. „Weil Sie so ausschauen wie meine Oma, und die ist schon tot", hatte er ihr einmal verraten. Wie schön es wäre, so einen Enkel zu haben, dachte Frau Maier. Wie schön es wäre, einen solchen Jungen auf seinem Weg zu begleiten, ihn von klein auf zu kennen und ihm immer sein Lieblingsessen zu kochen.

Frau Maier war so in Gedanken versunken, dass sie ihren Einkaufswagen beinahe gegen ein Regal gefahren hätte. In letzter Sekunde konnte sie bremsen und richtete ihre Aufmerksamkeit wieder auf die Realität. Und in dem Moment sah sie am anderen Ende des Supermarktes die Maria. Die Maria, die der Karli geheiratet hatte. Die Maria, die der Karli an ihrer Stelle geheiratet hatte.

Schnell duckte sich Frau Maier wieder hinter das Regal. Nach all den Jahren hatte sie normalerweise kein Problem mehr, der Rivalin von damals zu begegnen. Es war nur jedes Mal eine ziemlich verkrampfte Situation und sie hatte immer das Gefühl, dass die Maria ein größeres Problem mit ihr hatte als umgekehrt. Obwohl *sie* doch diejenige war, die den Karli bekommen hatte! Heute aber war Frau Maier nicht nach einer Begegnung mit der Maria zu Mute. Denn sie war sich nicht sicher, ob sie sich den Schrecken nicht würde anmerken lassen. Den Schrecken darüber, wie die Maria aussah. Schon die ganzen letzten Jahre war sie immer magerer und blasser geworden. Frau Maier hatte gedacht, dass sie nicht zufrieden wirkte und dass sich das auch in ihrem Aussehen niederschlug. Aber jetzt hatte sie eine Frau gesehen, die nur noch ein Schatten ihrer selbst war. Sie ist krank, dachte Frau Maier, todkrank. Und ich habe nichts davon gewusst. Weil ich den Karli nicht mehr sehen wollte.

Sie musste ein paar Mal tief ein- und ausatmen, weil der Stich ins Herz ihr so wehtat. Dann ging sie schnell zur Kasse und schaffte es, zu bezahlen und zu gehen, ohne die Maria noch einmal zu sehen.

## IX

Der Weg zurück zu ihrem kleinen Haus am See erschien ihr mit jedem Schritt länger. Die Einkaufstasche hing wie Blei an ihrem Arm und sie musste mehrmals stehen bleiben und den Arm wechseln. Müde ließ sie den Blick über den See schweifen. Es war ein schöner Nachmittag und das Wasser schimmerte verlockend blau. Doch Frau Maier wusste, dass es vom Winter noch eisig kalt war. Sie spürte auf einmal eine große Vorfreude auf den Tag, an dem es endlich warm genug wäre, um sich hineingleiten zu lassen. Um einzutauchen in den großen See und weit hinaus zu schwimmen. Auf die Berge zu, immer weiter, bis die Vernunft einen ermahnte, doch wieder umzukehren. Der Rückweg zum Ufer war nie so befreiend und herrlich wie das Hinausschwimmen aufs offene Wasser.

Frau Maier hievte die Tasche auf den linken Arm und ging langsam weiter. Die Polizeibusse standen noch immer auf dem kleinen Parkplatz, aber sie konnte nirgends einen Beamten sehen. Wahrscheinlich hatten sie die unmittelbare Umgebung längst abgegrast und waren über die kleine Anhöhe weiter am Seeufer entlang in Richtung der nächsten Dörfer unterwegs.

Als sie endlich an ihrer Gartentür angekommen war, seufzte sie erleichtert auf. Das rote Dach ihres Hauses strahlte in der Frühlingssonne, die grünen Fensterläden ergaben ein fein abgestimmtes Patchwork-Muster mit den vielen Grüntönen ringsum: dem satten Grasgrün des Rasens, dem gelblichem Maigrün der Knospen, dem edlen Dunkelgrün der glatten Blätter an den Schneeglöckchen und Krokussen. Sie ging in den Garten und auf das Haus zu, um die Katze zu begrüßen, die sich auf der Veranda sonnte. Doch beim Näherkommen bemerkte sie, dass die scheinbare Idylle trog. Ganz leicht peitschte der Schwanz der Katze hin und her. Sie hatte die Ohren angelegt und die Augen zusammengekniffen. Aber nicht auf die genüsslich-träge, sondern auf die angespannt-aufmerksame Art.

Frau Maier wurde langsamer und spürte ein leichtes Kribbeln in ihrem Nacken. Sie hatte gelernt, dass die Katze immer wusste, wenn etwas nicht so war, wie es sein sollte. Sie wusste es meistens noch vor Frau Maier, obwohl deren Frühwarnsystem auch ziemlich gut ausgeprägt war.

Und da hörte sie es. Ein Geräusch hinter dem Haus. Ganz leise nur, aber für scharfe Ohren wie die der Katze und die von Frau Maier trotzdem eindeutig. Normalerweise hätte sich Frau Maier dabei nichts gedacht. Normalerweise. Aber seit der Sache mit der Leiche und dem Maskenmann konnte sie einen Rest Ängstlichkeit immer noch nicht ganz abschütteln. Sie dachte an die Augen, die kalten Augen, die sie damals durch den Schlitz in der schwarzen Mütze angeschaut hatten und sie spürte ihr Herz schneller schlagen. „Jetzt reiß dich mal wieder zusammen, du alte Kuh", brummte sie und zwang sich, um ihr Haus herum und in Richtung des Geräusches zu gehen. Was war es? Ein Rascheln, ein Klopfen?

Frau Maier atmete tief ein und bog um die Hausecke. Dort saß eine Ente und versuchte verzweifelt, sich auf ihre Füße zu stellen und ein kleines Stück zu watscheln. Aber sie war zu schwach und fiel immer wieder gegen die Hauswand. Als sie Frau Maier sah, flatterte sie voller Panik auf, sank dann aber sofort wieder erschöpft in sich zusammen. Trotz dieses armseligen Anblicks musste Frau Maier kurz schmunzeln. Was hatte sie denn erwartet? Einen bösen Geist? Der Maskenmann saß schließlich im Gefängnis.

Rasch ging sie ins Haus und leerte den alten Karton aus, in dem sie ihr Schuhputzzeug aufbewahrte. Sie legte ihn mit einigen Schichten Küchenpapier aus und griff sich ein sauberes Geschirrhandtuch. Draußen ging sie neben der Ente in die Hocke und redete beruhigend auf sie ein. „Du Arme, wie bist du denn hier gelandet? Du gehörst doch rüber in den See. Aber jetzt setzt du dich erst mal schön in die weiche Schachtel und ruhst dich ein bissl aus bei mir. Dann geht es dir bald besser, wirst sehen." Unter Frau Maiers Redestrom schien sich die Ente zu entspannen und ließ sich mit dem Handtuch nehmen und in die Schachtel setzen.

Im Haus stellte Frau Maier die Schachtel samt Ente auf den grünen Cordsessel und brachte ihr eine Schale mit Wasser. Die Ente tauchte den Schnabel kurz darin ein und sah sich dann um. Sie schien zu bemerken, dass Frau Maier ihr den besten Platz im Wohnzimmer angeboten hatte, denn sie quakte leise. Es klang irgendwie anerkennend, fand Frau Maier.

# Viertes Kapitel
## Dienstag

Um halb elf war Frau Maier für die Vernehmung vorgesehen. Sie hatte schweißnasse Hände, als sie das Bibliothekszimmer betrat, das Ulrike Rupprecht der Polizei für die Gespräche zur Verfügung gestellt hatte. Sie machte sich darauf gefasst, dass der Brandner sie nach allen Regeln der Kunst löchern würde und dass er nichts unversucht lassen würde, sie aus der Fassung zu bringen.

Frau Maier straffte die Schultern. Sie würde es ihm nicht leicht machen, das schwor sie sich. Verdutzt blieb sie stehen, als sie zwei ihr völlig unbekannte Polizisten an einem der Lesetische sitzen sah. „Wo ist denn der … Ich meine, führt nicht der Kommissar …?" Sie stockte, aber die Polizisten schienen sich nicht zu wundern.

„Der Herr Kommissar hat gerade Wichtigeres zu tun", sagte der Ältere der beiden knapp. Er hatte kurz geschnittenes, graues Haar, ein glatt rasiertes Gesicht und trug eine schwarze Hornbrille. Durch die musterte er Frau Maier, als sie sich ihm gegenüber setzte.

Frau Maier lächelte ihn freundlich an. Ruhig beantwortete sie alle Fragen. Wie lange sie schon im Kurhotel arbeite? Wie gut sie Frau Lenz und ihre Tochter gekannt habe? Was sie über deren

Hintergrund und Familiengeschichte wisse? Ob ihr die Frau Lenz psychisch stabil vorgekommen sei? Was für einen Eindruck das Mädchen auf sie gemacht habe? Wann sie die beiden das letzte Mal gesehen habe? Ob sie wisse, ob Frau Lenz sich mit irgendwelchen anderen Gästen aus dem Hotel angefreundet habe?

„Das war's dann, Frau Maier. Vielen Dank!" Der Polizist nickte ihr kurz zu und schaute dann zu seinem jüngeren Kollegen, der Protokoll führte. „Hast du alles?", fragte er. Der junge Polizist nickte eifrig.

Als Frau Maier schon an der Tür war, sagte der ältere Polizist: „Ach übrigens. Wir haben einen Psychologen im Haus, Herrn Dr. Frank Schön. Er steht den ganzen Tag für Gespräche zur Verfügung und sitzt im Physiotherapieraum II im Erdgeschoss. Wenn Sie mit ihm sprechen wollen, gehen Sie einfach hin." Er zögerte. „Das ist schließlich keine einfache Situation für alle Gäste und Mitarbeiter hier." Und er ließ sich tatsächlich zu der Andeutung eines Lächelns hinreißen.

II

Als Frau Maier den Physiotherapieraum II im Erdgeschoss nach einem kurzen Klopfen und

Franks „Ja, bitte!" betrat, sah der nicht sonderlich überrascht aus. Eher ein bisschen erfreut, dachte Frau Maier. Aber vielleicht hoffte sie das auch nur. Schließlich hatten sie sich seit der Sache mit dem Tagebuch nicht mehr gesehen, und von der war Frank eindeutig nicht besonders begeistert gewesen.

„Grüß Gott, Frau Maier", sagte er und lehnte sich in seinem Stuhl zurück. „Wollen Sie mir endlich einmal Ihr Herz ausschütten?" Er grinste sein überraschend freches Grinsen, das Frau Maier jedes Mal wieder entzückte.

„Also wenn ich ganz ehrlich bin ...", setzte sie an.

Frank zog die Augenbrauen hoch. „Seit wann sind Sie denn ganz ehrlich, Frau Maier? Sie sagen doch immer nur gerade so viel, wie unbedingt sein muss." Er sah sie direkt an.

Frau Maier wurde es trotz des scherzenden Tons etwas unbehaglich zu Mute. Immerhin war Frank Psychologe. Und er ist nicht so harmlos, wie er aussieht, dachte sie nicht zum ersten Mal. Und er hatte gerade den Nagel auf den Kopf getroffen.

Frau Maier entschied sich für die Flucht nach vorne. „Ich wollte eigentlich nur fragen, ob Sie irgendetwas wissen", sagte sie. „Über die Frau Lenz und ihre Tochter, meine ich."

Frank konnte sich ein Lächeln nicht verkneifen. „Das nenne ich tatsächlich einmal ehrlich", murmelte er anerkennend. Dann wurde er ernst. „Ihnen ist doch wohl klar, dass ich Ihnen darauf keine Antwort geben darf?"

„Natürlich!" Frau Maier nickte zustimmend. „Aber Sie können mir doch sagen, warum Sie hier sind?"

„Das ist kein Geheimnis. Ich bin als Ansprechpartner hier. Wie Sie ja wissen, gibt es zwar den hausinternen Arzt, Dr. Grammling, der die Kurgäste betreut. Aber die Polizei dachte, dass es sinnvoll sei, in dieser besonderen Situation noch zusätzlich jemanden zur Verfügung zu stellen. Einen Psychologen eben. Für die Gäste und die Mitarbeiter, die von der Angelegenheit verunsichert sind. Und für die Angehörigen."

„Sie haben mit den Angehörigen gesprochen?" Frau Maier bemühte sich, nicht allzu interessiert zu klingen.

Vergeblich. Frank grinste und machte eine kleine Kunstpause. „Ja, habe ich. Der Vater von Frau Lenz, Rüdiger König, und der Vater des Mädchens, Martin Lenz, sind hier. Beide fix und fertig." Frank schüttelte mitleidig den Kopf.

„Na ja, dann ist es ja gut, dass Sie da sind, Frank. Auch für die Ermittlungen."

„Für die Ermittlungen?"

„Natürlich!" Frau Maier gab sich betont ruhig. „Schließlich war die Tote recht labil, und bei einem Suizid ist ja wohl eine Experten-Meinung neben der von Dr. Grammling nie verkehrt."

„Bei einem Suizid? Wird hier etwa erzählt, dass es ein Suizid war? Wie kommen die Leute denn darauf? Wegen des Abschiedsbriefes?"

„Es gab einen Abschiedsbrief?"

Frank biss sich auf die Lippe und sah so aus, als hätte er sich am liebsten noch in ein anderes Körperteil gebissen. „Ich dachte, das wäre allgemein bekannt. Hören Sie, Frau Maier, das muss unter uns bleiben!"

„Natürlich!" Frau Maier nickte eifrig. „Aber was stand denn in dem Brief?"

Frank zögerte, dann seufzte er. „Da Sie ja sowieso keine Ruhe geben werden … Und da ich ja weiß, dass ich mich auf Sie verlassen kann … Und vor allem, da ich Sie ja wegen der Sache mit dem Tagebuch in der Hand habe …"

Er sah Frau Maier einen Augenblick streng an. Die hielt die Luft an. Frank fuhr fort.

„Es war kein Brief. Nur ein Zettel, auf dem stand in Krakelschrift *Es ist besser so*. Lag am Tatort."

Frau Maier zuckte zusammen, als hätte sie einen Stromschlag abbekommen.

Frank sah sie erstaunt an. „Na ja, so außergewöhnlich ist das doch auch wieder nicht, finde ich." Er musterte sie, aber Frau Maier sagte nicht, dass ihr Zusammenzucken nichts mit der Abschiedsnotiz von Frau Lenz zu tun hatte. Etwas anderes war ihr siedendheiß eingefallen. *Lag am Tatort.* Daran hatte sie überhaupt nicht mehr gedacht.

Aber es gab noch etwas, das Frau Maier Frank sagen wollte. Oder vielmehr etwas, das sie ihn fragen wollte. Sie hatte es sich fest vorgenommen, und sie wollte auf keinen Fall kneifen. Sie holte Luft und setzte an. Frank wartete. Frau Maier suchte nach Worten.

„Nicht so wichtig", sagte sie dann, und schüttelte den Kopf.

„Ach kommen Sie, Frau Maier, ich kenne Sie doch. Sie wollen doch etwas loswerden." Er legte den Kopf leicht schief. „Bestimmt eine Frage. Und ich glaube, ich weiß auch, welche."

„Tatsächlich?" Frau Maier knetete ihre Hände und schimpfte innerlich mit sich selbst. Du tust ja grade so, als müsstest du eine Rede zur Lage der Nation halten, du komische alte Kuh!

„Ja", fuhr Frank fort, „Sie wollen natürlich wissen, ob es wirklich ein Suizid war."

Das wollte Frau Maier tatsächlich wissen, auch wenn es nicht ihre eigentliche Frage gewesen war. Sie nickte bestätigend.

„Ja", sagte sie. „Mir ist aufgefallen, dass Sie vorher Tatort gesagt haben. Nicht Fundort."

Frank musterte sie einen Augenblick, aber sie konnte in seinem Gesicht nichts lesen. „Ach, Frau Maier", seufzte er dann. „Ihnen entgeht auch nichts. Sie sollten eigentlich meinen Job machen. Oder den vom Brandner." Er lächelte nicht. Dann fügte er hinzu: „Tatsache ist, dass ich es nicht weiß", sagte er und verschränkte die Hände hinter dem Kopf. „Niemand weiß es bisher. Aber es gibt da wohl einige Ungereimtheiten. Und da Sie das Tagebuch ja sowieso gelesen haben, wissen Sie auch von Frau Lenz' Verabredung. Diese Verabredung war an dem Tag, an dem sie und ihre Tochter verschwunden sind."

Frau Maier nickte, ohne etwas zu sagen.

„Und den Mann, mit dem sich Simone Lenz verabredet hatte, hat die Polizei heute Morgen vorläufig festgenommen. Er wird gerade in die Mangel genommen."

III

*Hätten Sie mal wieder Lust, auf eine Lachslasagne zu mir zu kommen, Frank?* Das war die Frage gewesen, die Frau Maier eigentlich hatte stellen wollen. Und was genau war an diesem Satz so schwer, dass sie ihn nicht aussprechen konnte? Frau Maier schüttelte den Kopf, als sie die Treppe vom Erdgeschoss hinauf in den ersten Stock ging, um sich dort wieder an die Arbeit zu machen. Es war doch nicht so, als hätte sie Frank noch nie eingeladen. Sie war so stolz auf sich gewesen, dass sie sich getraut hatte, den Kontakt zu ihm zu halten. Und sie hatte es immer kaum glauben können, aber Frank schien die gemütlichen Abende in ihrem kleinen Haus am See genauso zu genießen wie sie selbst. Und er liebte es, von ihr bekocht zu werden. Was sollte also jetzt dieser Rückschritt in ihre alte Unsicherheit? Die Sache mit dem Tagebuch, gab sie sich selbst die Antwort. Das hatte sie verunsichert und sie wusste nicht, ob Franks Meinung über sie sich dadurch vielleicht geändert hatte.

„Dann wäre es wohl das Beste, das herauszufinden, oder nicht?", fragte Frau Maier ihr eigenes Spiegelbild, als sie energisch den Spiegel in einem der Badezimmer putzte. Sie sah sich selbst in die Augen und schüttelte noch einmal den Kopf. „Oh mei, Frau Maier", seufzte sie. Doch Frau Maier wäre nicht Frau Maier gewesen, wenn sie sich nicht mit einem positiven Gedanken zu trösten versucht hätte. „Übung macht den Meister", sagte sie zu ihrem Spiegelbild und lächelte sich selbst aufmunternd zu. Die nächste

Gelegenheit, Frank einzuladen, würde schon kommen.

## IV

Die Gelegenheit kam früher als erwartet. Als Frau Maier nach der Arbeit endlich zuhause war, stürzte sie sofort zur Jacke, die sie in der Nacht getragen hatte, als sie Simone Lenz im verlassenen Haus gefunden hatte. Sie tastete in die rechte Tasche. „Du bist so zimperlich geworden! Richtig hysterisch", schimpfte sie laut, als sie merkte, dass ihre Hände leicht zitterten. Die Katze, die mit ins Haus gekommen und ihr gefolgt war, maunzte erstaunt.

Da war es. Das Stück Papier, das Frau Maier aufgehoben hatte, nachdem sie aus ihrem Versteck im Bauernschrank gekrochen war. In ihrer Panik und der ganzen Aufregung hatte sie diesen Fund völlig vergessen. Erst vorhin im Gespräch mit Frank war er ihr wieder eingefallen. Als er von der Notiz am Tatort erzählt hatte und es sie plötzlich wie bei einem Stromschlag durchzuckt hatte. *Lag am Tatort.*

Frau Maier setzte sich auf die Treppe und strich das Papier sorgfältig glatt. Es war der Beipackzettel von irgendeinem Medikament

namens PSYforte. „PSYforte heißt das", flüsterte Frau Maier der Katze zu. Die legte den Kopf
leicht schief und ihre Schnurrhaare vibrierten ein
bisschen. PSYforte. PSY wie in Psyche. PSY wie
in Psychologe. Das war doch ein guter Grund,
Frank anzurufen und ihn doch noch zum Essen
einzuladen.

„Quak", kam es da aus dem Wohnzimmer.
Und noch einmal, etwas lauter, „Quak!"

„Ach du Schreck!" Frau Maier sprang auf und
die Katze hüpfte indigniert zur Seite. „Ich habe
die Ente ja ganz vergessen."

## V

Nachdem sie im Garten ein paar Schnecken gesammelt und sie der Ente zusammen mit etwas
eingeweichtem Brot und frischem Wasser serviert hatte, zog sie sich zurück und ließ sie in
Ruhe fressen. Sie ging in die Küche und machte
dort Abendessen für sich und die Katze. An-
schließend setzte sie sich ans Fenster und sah zu,
wie es immer dunkler wurde. Wie die leuchten-
den Grüntöne des Frühlings langsam erloschen
und der See zu einem schwarzen Fleck wurde.
Die Katze strich durch den Garten, doch mit zu-
nehmender Finsternis war sie immer schlechter

zu erkennen. Als Letztes sah Frau Maier noch ihre weiße Pfotenspitze aufleuchten, dann war sie ganz verschwunden.

Sie hat sich der Ente gegenüber bisher erstaunlich tolerant verhalten, dachte Frau Maier. Sie war dicht neben ihr geblieben, als sie der Ente das Abendessen serviert hatte und hatte wie am Vortag alles genau beobachtet. Die Katze selbst hatte die Ente bis jetzt nur mit gelassener, eher gleichgültiger Miene betrachtet. Sie hatte nicht mit dem Schwanz gepeitscht, sie hatte nicht die Ohren angelegt und sie hatte nicht das Fell am Rücken aufgestellt.

Frau Maier hatte sie scharf angeschaut. Dann hatte sie die Katze gekrault, ihr in die Augen gesehen und leise gesagt: „Du weißt schon, dass ich dich am allerliebsten habe, gell?"

Die Katze hatte es vorgezogen, darauf nichts zu antworten. Sie war ein paar Schritte von Frau Maier weg getänzelt und hatte sich betont gleichgültig die rechte Vorderpfote geputzt. Trotzdem war Frau Maier eine gewisse Befriedigung in ihrer Körperhaltung nicht entgangen. Sie lächelte, hatte aber trotzdem beschlossen, während des Aufenthaltes der Ente ein besonderes Auge auf die Katze zu haben. „Raubtier bleibt schließlich Raubtier, gell?", hatte sie zu ihr gesagt. Die Katze hatte kurz aufgeschaut, aber Frau Maier wusste, dass sie solche Kommentare für überflüssig erachtete.

Später ging Frau Maier leise ins Wohnzimmer. Die Ente hatte alles aufgefressen und wirkte schon wieder munterer. Sie ließ es zu, dass Frau Maier die Tücher in ihrer Schachtel austauschte und ganz vorsichtig über ihre Federn strich. Als Frau Maier den rechten Flügel berührte, zuckte die Ente zusammen. „Entschuldigung", murmelte Frau Maier. „Da hast du dir wehgetan, oder?" Die Ente quakte. Frau Maier lächelte. Schon als kleines Mädchen hatte sie die Enten am See geliebt. Aber ihre Mutter hatte ihr fast nie erlaubt, sie zu füttern. „Das ist nicht gesund für die Enten. Die suchen sich lieber selbst das Futter, das sie brauchen. Die können das alleine", hatte sie immer gesagt. Damals war Frau Maier enttäuscht gewesen. Inzwischen wusste sie schon lange, dass ihre Mutter Recht gehabt hatte. Wie meistens.

Die Ente war ein Weibchen. Den meisten Menschen gefielen die Erpel besser, mit dem leuchtend grün-weißen Gefieder und den violetten Köpfen. Aber Frau Maier hatte schon immer die Weibchen lieber gemocht. Ihr bescheidenes, braunes Gefieder war auf den zweiten Blick wunderschön. Sanft gesprenkelt und samtig. Vorsichtig strich sie der Ente noch einmal über den Rücken. Irgendwie musste sie sich am Flügel verletzt und deswegen vermutlich eine Weile nichts gefressen haben. Frau Maier hoffte, ihr mit ein paar Tagen Ruhe und gutem Futter helfen zu können. Ansonsten müsste sie die Elfriede fragen, wo es einen Tierarzt gab. Zum Glück hatte sie im Augenblick durch ihren Job im Hotel genügend Geld, um sich zur Not auch dort einen Besuch leisten zu können. Das war bei Weitem nicht immer so gewesen.

Sie nahm die Schachtel und trug die Ente vorsichtig in die Küche. Dort stellte sie die Schachtel auf den Boden. „Es ist nicht so, dass ich dir meinen Sessel nicht gerne überlasse. Aber falls du dich heute Nacht so gesund fühlst, dass du einen Ausflug machen willst, dann ist es sicherer, wenn du auf dem Boden bist. Wegen der Absturzgefahr", erklärte Frau Maier der Ente. Die hörte aufmerksam zu und schien keine ernsthaften Einwände zu haben, denn sie quakte nicht. Frau Maier richtete sich auf und stöhnte leise. Das verflixte Knie.

An der Tür blieb sie noch einmal stehen. „Ich mache die Tür wieder zu, so wie letzte Nacht. Ich hoffe, das stört dich nicht, denn ich will nicht, dass dich die Katze alleine besucht." Wieder gab die Ente keinen Mucks von sich. „Gute Nacht", flüsterte Frau Maier, knipste das Licht aus und schloss die Küchentür hinter sich.

# VI

Seit sie Simone Lenz im verlassenen Haus gefunden hatte, konnte Frau Maier nicht mehr gut
schlafen. Sie hätte sich einreden können, dass es
am vielen Kaffee lag, den sie trank. Aber sie versuchte es gar nicht erst. Wenn es dunkel wurde
und still, dann tauchten die Bilder auf. *Der Haken. Das Seil. Der Hals. Die Augen.*

Mit einem Ruck setzte sich Frau Maier im Bett
auf und tastete mit klopfendem Herzen nach der
Nachttischlampe. *Die Augen.* Die weit aufgerissenen und leicht hervorstehenden Augen. Der
starre Blick. Verdrehte Augen. Das Weiße in den
Augen. Das war das Schlimmste.

Ihre Hand war schweißnass, als sie endlich den
Lichtschalter ertastet hatte. Erleichtert knipste
sie die Lampe an. Es blieb dunkel. Sie probierte
es noch einmal. Knipste immer wieder. Nichts.
Es blieb dunkel.

„Na bravo", murmelte Frau Maier. Strom-
ausfall? Oder nur eine kaputte Glühbirne? Sie
lauschte in die dunkle Stille hinein und sehnte
sich nach einem hellen Licht. Sie wollte diese
Augen vergessen. Wieder tastete sie sich zum
Nachtkästchen vor, in der Hoffnung, dort die
Taschenlampe zu finden. „Mist!", flüsterte sie,
als ihr einfiel, dass sie die noch in ihrer Jacken-

tasche hatte. Und die hing unten an der Garderobe.

Es half nichts, sie musste ihren inneren Schweinehund besiegen und aus dem schützenden Bett klettern. Sie wusste, dass sie in der Dunkelheit nicht wieder einschlafen würde, und eine Deckenlampe hatte sie im Schlafzimmer nicht. Sie tastete sich zur Schlafzimmertür und ins Treppenhaus vor. Als sie die oberste Stufe erreicht hatte und nach unten schaute, sah sie plötzlich zwei baumelnde Füße vor sich. Ihr wurde kalt und sie schloss instinktiv die Augen. Ruhig atmen, ermahnte sie sich. Ruhig atmen. Das half. Als sie die Augen wieder öffnete, waren die baumelnden Füße verschwunden.

Schritt für Schritt ging sie nach unten. Sie versuchte, sich nicht auf die flüsternden Geräusche, die sie plötzlich draußen zu hören glaubte, zu konzentrieren. Sie spürte, dass ihr Schweiß den Rücken herunterlief. Nicht stehen bleiben, ermahnte sie sich und blieb fast im selben Moment wie angewurzelt stehen. *Vivien!* Schien es draußen zu flüstern. *Vivien!*

Frau Maier konnte sich ein paar Sekunden nicht vom Fleck bewegen, dann rannte sie trotz der Dunkelheit den Rest der Treppe herunter, riss ihre Jacke von der Garderobe und suchte zitternd nach der Taschenlampe. Erleichtert knipste sie die Lampe an. Es blieb dunkel. Ihr wurde kurz schwindelig und die Panik schien sie zu überwältigen, als sie sich plötzlich erinnerte, dass die Taschenlampe ja nicht mehr funktionierte, seit sie sie im verlassenen Haus hatte fallen lassen. Als sie das Gesicht gesehen hatte. Die Augen. *Vivien! Vivien!*

Frau Maier hielt sich die Ohren zu. Atmen, ruhig atmen. Sie zwang sich, vorsichtig bis ins Wohnzimmer zu gehen und die Kerze, die dort auf dem kleinen Beistelltisch vor dem Sofa stand, anzuzünden. Als die flackernde Flamme stabil wurde und ein warmer Lichtkreis die Finsternis durchbrach, seufzte Frau Maier erleichtert auf. Sie ließ sich aufs Sofa sinken und starrte ein paar Sekunden in die Flamme. Im Kerzenschein betrachtete sie dann ihr vertrautes Wohnzimmer. Den Cordsessel. Das Bücherregal. Den Fernseher. Langsam wurde sie ruhiger. Ihr Blick fiel auf das Regal, in dem das eingerahmte Foto von Elvis Presley stand. Sie lächelte ihm zu. Er lächelte zurück. Sie fühlte sich viel besser.

Dann wanderten ihre Augen zu der Schublade im Regal. Sie wusste, dass ganz tief unten in der Schublade noch ein anderes gerahmtes Foto von einem jungen Mann lag. Einem schönen Mann. Einem, der sie auch anlächeln würde. Sie zögerte. Wie lange hatte sie sich das Foto schon nicht mehr angesehen? Lange. Aber nicht lange genug. Die Maria fiel ihr wieder ein. Die Maria, die so krank aussah. So todkrank.

Frau Maier stand auf. Was sollte sie jetzt machen? Sie konnte die Kerze nicht die ganze Nacht brennen lassen. Was, wenn sie wider Erwarten doch einschlafen und am Ende noch ihr ganzes Haus abfackeln würde? Ihr kleines Haus am See, ihr Ein und Alles?

Da dämmerte es ihr mit einem Mal, dass sie in ihrer Panik nicht einmal ausprobiert hatte, ob wirklich im ganzen Haus der Strom ausgefallen war. Sie ging zum Lichtschalter. Die Deckenlampe ging an und erleuchtete den Raum. Also war doch nur die Glühbirne der Nachttischlampe kaputt. „Du bist manchmal ganz schon blöd", schimpfte Frau Maier sich selbst. Sie ging in die Küche, um nach der Ente zu sehen. Die schaute verschlafen hoch, quakte kurz und steckte den Kopf wieder unter ihren Flügel. „Lass dich von mir nicht stören", flüsterte Frau Maier ihr zu und ging wieder ins Wohnzimmer. Sie legte eine ihrer Lieblingsplatten auf, knipste die Stehlampe neben der Couch an und machte das Deckenlicht wieder aus. Dann legte sie sich aufs Sofa und wickelte sich in ihre alte, karierte Wolldecke. Sie hörte der Musik zu und versuchte, an nichts anderes mehr zu denken als an Elvis.

# Fünftes Kapitel
## Mittwoch

# I

Sie wusste nicht, wo sie war.

Sie wusste nicht, ob es Tag war oder Nacht.

Sie wusste nicht, wann die Gestalt wieder kommen würde.

Sie wusste nicht, wo Mama war.

Sie wusste nicht, wo Papa war.

Aber bestimmt würde er sie schon suchen. Ganz sicher.

Sie wollte nicht weinen. Aber eine Träne entwischte doch und rollte langsam ihre Wange herunter. Sie wischte sie schnell weg. Mama war immer traurig, wenn sie weinte.

Sie wollte nicht weinen.

# II

Als Frau Maier am nächsten Morgen den Parkplatz des Kurhotels betrat, sah sie, dass gleich vier Polizeiautos vor dem Hotel geparkt waren. Die Befragungen schienen weiterzugehen, und zwar noch intensiver als am Tag zuvor. Zur gleichen Zeit erfassten ihre Augen eine tumultartige Szene am Eingang des Hotels: Ein Mann mit einer großen Kamera, eine Frau mit Mikrofon und zwei weitere Männer, die zur gleichen Gruppe zu gehören schienen, standen vor der Eingangstür und wurden offensichtlich von Frau Rupprecht davon abgehalten, das Gebäude zu betreten. Zwei Polizisten in Uniform standen hinter Frau Rupprecht, aber es war nicht zu erkennen, ob sie nur dabeistanden oder ob sie Frau Rupprecht dabei halfen, die ungebetenen Gäste wegzuschicken.

„Das hier ist kein öffentliches Gebäude und ich fordere Sie auf, dieses Grundstück sofort zu verlassen", klang Ulrike Rupprechts klare, kühle Stimme zu Frau Maier herüber.

„Ach, kommen Sie, das nützt Ihnen doch nichts. Die Story steht doch schon in allen Zeitungen. Sie können gar nichts mehr verheimlichen!", gab der Mann mit der Kamera zurück. Er klang erregt.

„Ich will nichts verheimlichen. Es geht mir hier einzig und allein um den Schutz der Privatsphäre meiner Gäste", entgegnete Frau Rupprecht und Frau Maier bewunderte sie dafür, wie ruhig und fest ihre Stimme klang. In ihrem Inneren sieht es sicher ganz anders aus, dachte sie.

Jetzt lachte die Frau mit dem Mikrofon kurz auf. Es klang höhnisch. „Gäste?", fragte sie mit hoher, etwas schriller Stimme. „Sie meinen wohl eher Patienten. Die verstorbene Dame scheint ja definitiv krank gewesen zu sein. Hat sie eigentlich Psychopharmaka von ihrem hauseigenen

Psychiater bekommen?" Es gelang ihr irgendwie, *hauseigener Psychiater* so zu betonen, dass es klang, als handele es sich dabei um etwas Verwerfliches. Tatsächlich war Dr. Grammling auch kein Psychiater, sondern Allgemeinmediziner.

Was genau will sie damit sagen, überlegte Frau Maier, die langsam und ohne nachzudenken immer weiter auf den Eingang des Hotels und die Menschengruppe zugegangen war und sich jetzt so nahe an der Szene befand, dass sie die Wut, die von Frau Rupprecht ausging, förmlich spüren konnte. Sie blieb stehen. Wie würde die Hotelchefin reagieren? Und wie sollte Frau Maier an der Gruppe unauffällig vorbeigehen, ohne wie ein neugieriger Zaungast zu wirken? Wie schon öfter in ihrem Leben wünschte sie sich das berühmte Loch im Erdboden, in das sie versinken könnte. Und wie immer tat sich kein Loch auf.

Doch die Rettung kam in Gestalt eines grau melierten, schlanken Herren, der aus dem Hotel trat und sich neben Frau Rupprecht stellte. „Ich glaube, Sie werden drinnen gebraucht", sagte er ruhig und legte der Hotelchefin die Hand leicht auf die Schulter. Die hatte gerade Luft geholt, um der unverschämten Reporterin zu antworten. Und diese Antwort, das sah man an ihrem Gesichtsausdruck, würde mit Sicherheit nicht so gefasst ausfallen wie ihre Äußerungen zuvor.

Aber die Hand auf ihrer Schulter oder der Klang der ruhigen Stimme schienen sie zu besänftigen, jedenfalls drehte sie sich wortlos um und verschwand im Haus.

Der Herr wandte sich der Gruppe am Eingang zu. „Meine Damen und Herren, ich denke, für heute ist alles gesagt. Es ist besser, Sie gehen jetzt." Mit diesen Worten warf er einen kurzen Blick auf die beiden Polizisten, die neben ihm standen. Und die Gruppe von Reportern und Journalisten schien den Blick richtig zu deuten oder auf die selbstverständliche Autorität des Mannes instinktiv zu reagieren. Jedenfalls packte die Dame ihr Mikrofon ein und zuckte resigniert mit den Achseln. Einer der Männer konnte es sich nicht verkneifen, im Weggehen noch in Richtung der beiden Polizisten zu murmeln: „Die Polizei sollte sich lieber auf die Suche nach dem verschwundenen Mädchen konzentrieren und nicht hier die Leute von ihrer Arbeit abhalten. Das ist ja eine Lachnummer, dass es da noch immer keine brauchbaren Spuren gibt."

Zum Glück verzichteten die beiden Polizisten auf eine Reaktion. Vielleicht hatten sie den Vorwurf aber auch nur nicht gehört. Der grau melierte Herr jedenfalls betrachtete äußerst zufrieden den Rückzug der kleinen Truppe. Er hatte das Kurhotel und seine Chefin erfolgreich verteidigt.

Wenn die wüssten, dass sie gerade dem *hauseigenen Psychiater* höchstpersönlich begegnet sind, dachte Frau Maier. Das hätte die bestimmt brennend interessiert!

## III

Als sie die Eingangshalle durchquerte und auf die große Treppe zuging, sah Frau Maier, dass Dr. Gerd Grammling, der gerade die Situation gerettet hatte, ein Gespräch mit einem großen Mann mit weißen Haaren begonnen hatte. Die beiden standen am Treppenabsatz, setzten sich aber in Bewegung, noch bevor Frau Maier dort angekommen war, und gingen langsam in Richtung des Ganges, der zu den Behandlungsräumen im Erdgeschoss und auch zum Büro des Arztes führte. Der große Mann, mit dem Dr. Grammling sprach, wirkte trotz seiner weißen Haare jugendlich und energisch. Er hielt sich ganz aufrecht und hatte einen leicht federnden Gang. Trotzdem ... Irgendetwas machte Frau Maier stutzig. Sie kniff die Augen zusammen und sah ganz genau hin. War es wirklich ein federnder Gang? Bei näherer Betrachtung entging es ihrer scharfen Beobachtungsgabe nicht, dass der Mann mit dem Federn ein leichtes Nachziehen des rechten

Beines kaschierte. Es war kaum zu erkennen, aber es war da. Ein ehemaliger Schlaganfall-Patient vielleicht, überlegte Frau Maier. Bei ihrem Vater war es so gewesen. Aber daran wollte sie jetzt nicht denken.

„Wir reden am besten in meinem Büro in Ruhe über Ihre Tochter, Herr König", sagte Dr. Grammling jetzt zu dem Mann und legte ihm, wie vorher schon Frau Rupprecht, leicht die Hand auf die Schulter. Doch dieses Mal wirkte die Berührung keine Wunder. Der Mann schüttelte die Hand ab und sagte laut und wütend: „Da bin ich ja mal gespannt, was Sie mir zu sagen haben. *Hätten Sie nicht als Erster bemerken müssen, dass sie suizidgefährdet war?"*

Dr. Grammlings Antwort war leise und besonnen, deshalb waren nur Bruchstücke davon hörbar. „… natürlich gewusst … vom behandelnden Arzt zuhause gut medikamentös eingestellt …" Mehr konnte Frau Maier nicht verstehen.

Sie begriff, dass dieser Mann der Vater von Simone Lenz sein musste. Der Großvater von Vivien. Der Mann, der gestern im Gang herumgeschrien hatte. Der sich bemühte, nach außen keinerlei Schwäche zu zeigen. Und der doch viel verletzlicher war, als es den Anschein hatte. Da war sich Frau Maier sicher. Nicht nur wegen des leicht nachgezogenen Beines, das durch einen federnden, jugendlichen Gang überspielt wurde.

Als sie langsam die Treppe hinaufging, musste sie noch einmal an seine Worte denken. Hätten Sie nicht als Erster bemerken müssen, dass sie suizidgefährdet war? Der Vater schien also von einem Selbstmord auszugehen. Frau Maier lauschte innerlich den Worten und dem Klang der Stimme nach. Irgendetwas daran kam ihr bekannt vor, erinnerte sie an etwas. Was war es nur? So sehr sie auch grübelte, sie kam nicht darauf.

Und jetzt hatte sie keine Zeit mehr, darüber nachzudenken, denn am Ende des Korridors im ersten Stock, den sie gerade betreten hatte, sah sie den Kommissar Brandner.

## IV

Frau Maier wurde unruhig, so wie jedes Mal, wenn sie den Kommissar sah. Seit er sie damals für verrückt erklärt hatte, konnte sie sich nicht gegen die Angst wehren, dass so jemand wie er, ein angesehener Polizist, jemanden wie sie, eine alte, alleinstehende Frau ohne nennenswerte Beziehungen, tatsächlich mir nichts, dir nichts in eine psychiatrische Klinik einweisen lassen könnte. Sie konnte sich noch so oft sagen, dass das Quatsch war und dass sie sich nicht von solchen Ängsten hinreißen lassen sollte, die Panik blieb. Sie hatte noch nie mit jemandem darüber geredet, obwohl sie schon einige Male darüber nachgedacht hatte, sich Frank anzuvertrauen. Der war ja immerhin Psychologe und könnte sie vielleicht beruhigen. Aber Frau Maier schämte sich für diese kindische Angst. Besonders vor Frank, der sie doch für so gelassen und souverän hielt.

Sie sah den Brandner am Ende des Korridors. Noch hatte er sie nicht bemerkt, weil er in ein kleines Buch, wohl eine Art Notizbuch, vertieft war. Aber es konnte sich nur um Sekunden handeln, bis er aufsah und … Bevor sie einen weiteren klaren Gedanken fassen konnte, hatte Frau Maier lautlos die Tür neben sich geöffnet, sich ins kleine Putzkammerl gezwängt und die Tür wieder hinter sich zugemacht. Das Kammerl war tagsüber zum Glück nie abgesperrt, weil ja die Zimmer sauber gemacht wurden und es immer einmal vorkommen konnte, dass jemandem das Putzmittel ausging oder ein Lappen fehlte.

Frau Maier atmete tief durch. Sie traute sich nicht, nach dem Lichtschalter zu tasten. Jede Bewegung konnte einen der Eimer, die in dem engen Raum gestapelt waren, zu Fall bringen und beim Ausstrecken ihres Armes konnte sie leicht eine der Flaschen mit Putzmittel vom Regal schieben. Es roch nach Chemie, überdeckt von einer nicht sehr dezenten Zitrusnote. Sie spürte kleine Schweißperlen auf der Stirn, als sie sich vorstellte, was für einen Eindruck es auf den Kommissar machen würde, sollte er sie hier entdecken. Im dunklen Kämmerchen. Sehr unauffällig, dachte sie. Und sehr souverän.

Sie hielt die Luft an, als sie Brandners schwere Schritte den Gang entlangkommen hörte. Die Schritte näherten sich und ... Wurden sie vor dem Kämmerchen langsamer? Frau Maier schloss die Augen, obwohl sie sowieso im Dunklen saß. Aber die Schritte wurden nicht langsamer. Sie gingen am Putzkammerl vorbei und waren kurz darauf nicht mehr zu hören.

Langsam öffnete Frau Maier die Augen. Tief durchatmen. Sie beschloss, noch kurz zu warten, um ganz sicherzugehen, dass die Luft wieder rein war. Langsam zählte sie still bis zehn.

Und da hörte sie es. Ein neues Geräusch. Ganz anders als die schweren Schritte des Kommissars, aber auch Schritte ... Sie strengte sich an und spitzte die Ohren. Ihr wurde eiskalt und sie konnte ein Zittern kaum unterdrücken. Diese leisen Schritte erinnerten sie an jene in der Nacht im verlassenen Haus. Diese leicht stockenden, schleppenden Schritte, die ihr solche Angst eingejagt hatten. Sie konnte die Angst jener Nacht wieder ganz deutlich spüren, sie fühlte sich wieder so wie in dem großen Schrank. Und genau wie damals biss sie die Zähne so fest zusammen, dass es wehtat.

Wem gehörten diese Schritte? Die Angst machte klares Nachdenken schwierig, aber Frau Maier zwang sich zu überlegen. Schleifende Schritte, wo waren die ihr kürzlich begegnet? Heute, dachte sie. Heute sind sie mir begegnet. Und sie dachte an den großen Mann mit den weißen Haaren und dem federnden Gang.

Die schleppenden Schritte kamen zum Stehen. Direkt vor der Tür des Kämmerchens. Frau Maier schwitzte. Im nächsten Augenblick hörte sie eine bekannte Stimme.

„Wir müssen jetzt die Nerven behalten. Lass dich doch von diesen Leuten nicht provozieren." Es war die Stimme von Dr. Gerd Grammling.

„Du hast ja Recht. Aber ich weiß nicht mehr weiter. Der Ruf des Hotels …" Ulrike Rupprechts Stimme brach. Hörte Frau Maier ein leises Schluchzen?

„Ruhe bewahren ist jetzt das Wichtigste!" Wieder die beruhigende und autoritäre Stimme des Arztes. „Ich brauche jetzt schließlich auch starke Nerven, das geht nicht nur dir so. Du weißt ja, was bei der Autopsie herausgekommen ist. Heute werde ich schon wieder wegen dieses verflixten Medikaments befragt ..." Er sprach nicht weiter.

Ulrike Rupprecht schien sich wieder gefangen zu haben. „Du hast Recht", sagte sie, und ihre Stimme klang gewohnt kühl. „Wir dürfen jetzt keine Fehler mehr machen."

„Gemeinsam schaffen wir das, Ulrike." Die Stimme des Arztes klang vertraulich. Fast zärtlich, dachte Frau Maier. *Ulrike.* In der Öffentlichkeit siezten sich die beiden. Aber sie hatte keine Zeit, weiter darüber nachzudenken, denn die schleifenden Schritte entfernten sich wieder.

Ganz leise und ganz vorsichtig, Zentimeter für Zentimeter, drückte sie die Türklinke des kleinen Raumes herunter. Als der Spalt breit genug war, um herauszulugen, wagte sie einen Blick in den Korridor. Dr. Grammling war nicht mehr zu sehen. Aber Ulrike Rupprecht mühte sich auf ihren Krücken den Gang entlang. Die Krücken waren an den Enden gut mit Gummi gepolstert und machten auf dem Boden kein Geräusch. Man hörte nur das leichte Schleifen des Gipsfußes.

## V

Tausend Gedanken wirbelten durch ihren Kopf, als sie die Tür des Putzkammerls hinter sich schloss und den Gang zurück in Richtung Treppenhaus ging. Sie konnte sich keinen Reim auf das Gespräch zwischen Dr. Grammling und Frau Rupprecht machen und die Angst, erst vor dem Brandner, dann vor den schleppenden Schritten, saß ihr noch im Nacken. Und dann war da auch noch das Bild des großen Mannes mit den weißen Haaren und dem federnden Gang, das immer wieder vor ihrem geistigen Auge auftauchte. Und der Klang seiner Stimme, der sie an irgendetwas erinnerte …

Frau Maier war so mit sich und ihren Gedanken beschäftigt, dass sie erst kurz vor der Treppe bemerkte, dass sie in die falsche Richtung gelaufen war. Sie musste ja eigentlich anfangen, die Zimmer zu putzen. Und jetzt stand sie schon direkt vor der Tür, die zu den Verwaltungsbüros und zu Frau Rupprechts Zimmer führte. Sie wollte sich gerade umdrehen, als sie fast mit jemandem zusammengestoßen wäre. Sie erschrak und murmelte eine Entschuldigung. Dann sah sie hoch und direkt in das freundliche Gesicht von Regina Willmers. „Guten Morgen, Frau Maier", sagte die und sperrte das Zimmer zu, aus dem sie gerade gekommen war. Es handelte sich um einen kleinen Raum, in dem alle Medikamente aufbewahrt wurden und zu dem eigentlich nur Dr. Grammling Zutritt hatte.

Frau Maier hatte anscheinend erstaunt ausgesehen, denn Regina lächelte und sagte: „Schon gut. Herr Dr. Grammling hat mir den Schlüssel gegeben und mich gebeten, eine Inventur zu machen. Alles bestens, es fehlt nichts."

Frau Maier nickte. Obwohl Regina Willmers ursprünglich als Küchenkraft angefangen hatte, hatte sie sich im Hotel immer mehr zum Mädchen für alles entwickelt, im positiven Sinne. Für jede Aufgabe schien sie immer Zeit und Energie zu haben. Und das Erstaunliche war: Regina Willmers bekam dafür fast kein Geld, nur eine winzige Aufwandsentschädigung. Sie hatte sich vor einigen Jahren als freiwillige und ehrenamtliche Hilfe angeboten, da sie viel Zeit hatte, die sie sinnvoll nutzen wollte. Hape hatte Frau Maier das ganz ehrfürchtig erzählt, als sie das erste Mal mit ihm Küchendienst gehabt hatte.

Regina Willmers sah Frau Maier aufmerksam und forschend an.

„Was ist denn los? Ist irgendetwas passiert?"

Frau Maier zuckte zusammen. Anscheinend konnte sie ihre Gefühle vor dieser Frau einfach nicht so verbergen, wie sie es sonst vor anderen problemlos schaffte.

„Alles in Ordnung. Ich wollte eigentlich gerade an die Arbeit."

„Und was machen Sie dann hier?"

Frau Maier fühlte sich ertappt. „Nichts, ich ... Gibt es eigentlich etwas Neues?"

Regina Willmers schaute sie noch einmal prüfend an, dann schüttelte sie langsam den Kopf.

„Nein. Nichts Neues von der Kleinen." Sie seufzte. „Frau Rupprecht ist auf hundertachtzig, wegen der Presse."

Und vielleicht nicht nur deswegen, dachte Frau Maier. „Wissen Sie denn, ob die Befragung von diesem Mann etwas ergeben hat?", fragte sie dann.

„Sie meinen von dem Mann, mit dem die Frau Lenz sich getroffen hatte?"

Frau Maier nickte.

„Nein, leider nicht. Es steht heute in der Zeitung, dass man ihm nichts nachweisen kann und dass es nicht einmal für eine Untersuchungshaft reicht. Haben Sie das nicht gelesen?"

Frau Maier schüttelte den Kopf und überlegte einmal mehr, ob sie nicht doch die Lokalzeitung abonnieren sollte. Sie kaufte sie nur ab und zu, wenn sie im Supermarkt gerade daran dachte oder wenn ihr langweilig war und sie ihr Archiv erweitern wollte. In ihrem persönlichen Archiv bewahrte sie seit Jahrzehnten Ausschnitte, Artikel und Anzeigen aus der Zeitung auf, die ihr aus irgendeinem Grund interessant erschienen. Oft wusste sie beim späteren Betrachten allerdings nicht mehr, was genau sie daran eigentlich interessant gefunden hatte.

„Na gut, Frau Maier. Ich muss dann in die Küche. Sie können gerne auf einen Kaffee vorbeikommen." Regina Willmers lächelte sie an, aber das Lächeln erreichte ihre Augen nicht und konnte ihre betrübte Miene nicht aufhellen.

„Danke, Frau Willmers. Ich komme gerne nachher auf eine Tasse vorbei. Aber jetzt muss ich mich wirklich ranhalten mit meinen Zimmern!"

Als Frau Maier hastig in Richtung des ersten Zimmers lief, das heute auf ihrem Dienstplan stand, kam ihr plötzlich ein Satz in den Sinn. *Alles bestens, es fehlt nichts.* Das hatte Regina gesagt, als sie von der Inventur im Medikamentenzimmer berichtet hatte. Und was war es noch, was Dr. Grammling gesagt hatte? *Heute werde ich schon wieder wegen dieses verflixten Medikaments befragt …* Was hatte das alles zu bedeuten?

Frau Maier dachte an den Beipackzettel, den sie im verlassenen Haus gefunden hatte. PSYforte. Sie musste Frank Schön wirklich einiges fragen. Aber möglichst unauffällig natürlich. Wie immer.

# VI

Auf dem Heimweg tanzten Gedanken und Gesprächsfetzen in ihrem Kopf wild durcheinander. *Wir müssen jetzt die Nerven behalten. Wir dürfen jetzt keine Fehler mehr machen.* Dazwischen das schleifende Geräusch der schleppenden Schritte … Frau Maier schüttelte sich und blieb stehen. Sie schaute auf den See hinaus. Auf die große, ruhige Wasserfläche, die sich von nichts beeindrucken ließ. Selbst von Wind und Wetter nicht. Denn auch wenn der größte Sturm tobte, wenn er das Wasser in großen Wellen ans Ufer trieb und die Gischt den See zu einem kochenden Kessel machte, dann war hinterher alles so, als wäre nie etwas gewesen. Wenn überhaupt möglich, dann lag der See nach einem solchen Unwetter nur noch glatter, ruhiger und klarer da, in seinem Becken, umrahmt von den Bergen, Wiesen und Bäumen.

Heute war er wie schon die letzten Tage hellblau und spiegelglatt. Die laue Frühlingsluft war ganz still. Aber unter der Wasseroberfläche, dachte Frau Maier, da flitzen die Fische herum. So schnell, dass man sie kaum fassen konnte, so wie ihre unruhigen Gedanken. Die Fische … Frau Maier kniff die Augen zusammen und schirmte die milde Sonne mit der Hand ab. Langsam ließ sie den Blick über den See gleiten. Nein, kein einziges Fischerboot war zu sehen.

Als sie zuhause war und Schuhe und Jacke ausgezogen hatte, ging sie sofort ins Wohnzimmer. Lange stand sie vor dem Regal mit der Schublade. Zweimal streckte sie die Hand aus, zweimal zog sie sie wieder zurück. So, als wäre das keine Schublade vor ihr, sondern eine heiße Herdplatte. „So ein Schmarrn", flüsterte sie. Aber sie traute sich nicht, unter den ganzen Dingen, die da in der Schublade lagen, nach dem gerahmten Foto zu tasten. Nach dem Foto von dem lachenden jungen Mann, der stolz einen großen Fisch in die Kamera hielt. Traute sie sich nicht oder wollte sie einfach nicht? So lange hatte sie es nicht mehr angeschaut. Und so lange hatte sie keinen frischen Fisch mehr in dem kleinen Laden direkt am See gekauft. Sollte sie wieder einmal hingehen? Ob die Maria überhaupt noch im Laden arbeitete? Nein, beschloss sie und wandte sich vom Regal ab. Kein frischer Fisch. Sie würde dem Frank morgen seine geliebte Lachslasagne kochen.

Endlich hatte sie sich ein Herz gefasst und bei ihm angerufen. Und er hatte sofort zugesagt. Mehr noch: Er schien sich tatsächlich über ihre Einladung gefreut zu haben. Warum nur war es ihr so schwergefallen, ihn zu fragen? Frau Maier schüttelte den Kopf. Weitere Gedanken über ihre Probleme im Umgang mit anderen Menschen blieben ihr aber erspart, weil in dem Augenblick ein leises Quaken aus der Küche kam. „Oh mei, die Ente hat ja Hunger", rief sie und eilte zu ihrer Patientin.

## VII

Um kurz nach sechs klingelte es. Frau Maier hatte es sich in ihrem Cordsessel gemütlich gemacht und blätterte in ihren Kochbüchern. Das war für sie das beste Mittel gegen Anspannung und innere Unruhe. Sie schwelgte gerade in „Fischküche international" und zuckte zusammen, als sie die Klingel hörte. Immer noch. Obwohl sie doch mittlerweile ab und zu Besuch von Frank und Elfriede bekam. Sie ging langsam zur Tür und überlegte. Frank wollte morgen kommen und Elfriede hatte am Mittwoch nach der Arbeit eigentlich ihre Rückengymnastik. Wer konnte es sein? Die Polizei? Der Brandner vielleicht? Frau Maier straffte die Schultern und öffnete die Tür. Sie schaute direkt ins grinsende Gesicht vom Seppi.

„Frau Maier, ich habe was für sie", verkündete er und wedelte mit einem Stoß Papier vor ihrer Nase herum. „Sie haben echt Glück. Bei *Lokale*

*Singles* gibt's einen offenen Chat, das nennt man Forum, für alle Mitglieder. Da können Sie mal schauen, wie sich die Leute so schreiben."

Frau Maier musste sehr verdutzt ausgesehen haben, denn der Seppi zwinkerte ihr verschwörerisch zu und sagte: „Jetzt sagen Sie bloß nicht, Sie haben sich's anders überlegt und wollen doch keinen Verehrer mehr?"

Frau Maier musste lachen. „Doch, doch, Seppi. Vielen Dank." Sie zögerte kurz. „Magst du vielleicht reinkommen?" Dann biss sie sich auf die Lippen. So etwas Dummes. Natürlich hatte so ein junger Kerl Besseres zu tun, als sich am Feierabend zu einer alten Frau zu setzen.

„Freilich!", strahlte der Seppi, ging an ihr vorbei und schnurstracks in die Küche. Dort kannte er sich aus, weil er auf dem Tisch die Einkaufstaschen abstellte, die er für Frau Maier manchmal auf seinem Fahrrad transportierte.

Frau Maier machte die Tür zu und ging ihm nach. Sie hatte in der ganzen anderen Aufregung den Seppi und die *Lokalen Singles* vollkommen vergessen und ärgerte sich darüber. Sie konnte es nicht leiden, wenn sie etwas vergaß. Oder übersah. Jedes Mal hatte sie sofort Angst, langsam doch senil zu werden.

„Wer ist das denn?", hörte sie den Seppi aus der Küche rufen. Er kniete neben der Schachtel mit der Ente und betrachtete sie aufmerksam. Die Ente schaute genauso aufmerksam zurück und schien nichts an ihm auszusetzen zu haben. Sie quakte freundlich.

„Die saß bei mir hinter dem Haus. Ich glaube, sie hat sich ein bissl weh getan und ein paar Tage nichts Richtiges gefressen. Aber sie erholt sich gut."

„Frau Maier, Sie sind schon cool", meinte der Seppi anerkennend und ließ sich auf einen der Stühle am Küchentisch sinken. Den Blätterstapel legte er vor sich ab.

Frau Maier war verlegen. „Magst du vielleicht einen Kakao?", fragte sie schüchtern und verbesserte sich sofort. „Wahrscheinlich hättest du lieber ein Bier, aber ich habe keines da …"

„Das passt schon, bei meiner Oma hat's auch immer Kaba gegeben", antwortete der Seppi und lehnte sich gemütlich im Stuhl zurück. Er war völlig entspannt. Wenigstens einer von uns, dachte Frau Maier, als sie mit dem Topf hantierte, um die Milch warm zu machen. Sie schien dabei viel mehr Lärm zu machen als normalerweise. Sie drehte sich zum Seppi um.

„Und sonst? Ein Wurstbrot vielleicht?"

„Au ja!" Der Seppi strahlte. „Mit Essiggurke, wenn Sie eine haben."

„Die habe ich." Frau Maier lächelte und spürte, wie sie allmählich ruhiger wurde. „Sogar selbst eingelegt!"

„Mei, perfekt. Wie bei meiner Oma!", seufzte der Seppi.

## VII

Zehn Wurstbrote später – sechs davon hatte Seppi gegessen, vier Frau Maier – wusste Frau Maier alles, was es über die *Lokalen Singles* zu wissen gab. Was ein Account war, ein Forum und eine persönliche Nachricht. Und dass Seppi schon ein paar sehr interessante Mädels dort aufgetrieben hatte. Frau Maier schmunzelte, als sie jetzt auf ihrem Sofa daran dachte. Sie hatte es sich gemütlich gemacht, nachdem der Seppi wieder gegangen war, und vertiefte sich in die ausgedruckten Seiten aus dem Internet. Er hatte ihr erklärt, dass die 25 Seiten, die er ihr ausgedruckt hatte, etwa zwei Monate zurückreichten. „So viele schreiben ja nicht im Forum. Das meiste schreibt man sich dann eher persönlich", hatte er erklärt und vielsagend gegrinst.

Frau Maier überflog die Seiten und wunderte sich, was für belangloses Zeug die Menschen sich schrieben. Über das Wetter, über das Fernsehprogramm. Mit dem Finger ging sie die Namen der Mitglieder durch. Dank des Tagebuchs von Simone Lenz wusste sie ja, nach wem sie suchen musste. Nach Eisprinzessin und Fußballfan_13.

# Sechstes Kapitel
## Donnerstag

# I

Die Lachslasagne war fast komplett aufgegessen. Frank hatte sich drei Portionen geben lassen und mit bis zum letzten Bissen gleichbleibender Euphorie alles verputzt. Er sah sehr zufrieden und entspannt aus.

Frau Maier war alles andere als entspannt. Sie kehrte Frank den Rücken zu, um an der Kaffeemaschine zu hantieren. Und um zu überlegen. Wie sollte sie jetzt das Thema PSYforte ansprechen? Wie konnte sie das Gespräch in eine Richtung lenken, in der plötzlich die Erwähnung eines eigenartigen Beipackzettels ganz normal erschiene? *Vermutlich gar nicht.*

Sollte sie behaupten, dass eine Bekannte das Medikament verschrieben bekommen hätte und sie deshalb Erkundigungen einholen wollte? Nein. Frank wusste, dass sie so gut wie keine Bekannten hatte, und würde sofort nachhaken, um wen es ginge. Um Elfriede Gruber? Um Inge Graf? Um eine Kollegin aus dem Hotel? Frau Maier wollte niemandem eine Erkrankung andichten.

Oder sollte sie sagen, sie selbst müsse die Tabletten nehmen? Nein, unmöglich. Frank würde sofort wissen wollen, warum sie nicht zuerst zu ihm gekommen war. Er war schließlich Psychologe.

Frau Maier schenkte zwei Tassen Kaffee ein. Ihre Hände zitterten leicht. „PSYforte", murmelte sie nachdenklich und drehte sich zu Frank um. Im selben Moment dachte sie: Habe ich das jetzt wirklich laut gesagt?

Offensichtlich hatte sie es, denn Frank sah sie aufmerksam an, aber seine Reaktion war anders, als Frau Maier es erwartet hatte. Sie hatte Interesse erwartet, vielleicht auch Erstaunen. Ganz sicher aber nicht das Entsetzen und die Empörung, die sie jetzt in Franks Gesicht sehen konnte.

„Woher wissen Sie das?", fragte er scharf.

Frau Maier war zu verdutzt, um zu antworten, und Frank redete weiter: „Frau Maier, wie sind Sie an vertrauliche Informationen zur Obduktion von Simone Lenz gekommen?"

Frau Maiers Gedanken überschlugen sich. Obduktion? Vertrauliche Informationen? Was sollte das bedeuten? Sie hatte ganz einfach nur einen Beipackzettel gefunden. Na gut, nicht wirklich ganz einfach so. Sondern am Tatort. Sie schluckte schuldbewusst. Niemand durfte ja wissen, dass sie am Tatort gewesen war. Am Tatort, den manche immer noch für einen Fundort hielten …

Ihr Schuldbewusstsein und ihre Verwirrung schienen Frank nicht zu entgehen, und seine Stimme klang etwas weniger wütend, als er fortfuhr: „Ich weiß ja, dass Sie keine Tratschtante sind, Frau Maier. Aber es gibt nun einmal genug andere, die genau das sind. Gerade in einem Arbeitsumfeld! Und wenn die jetzt überall im Hotel herumerzählen, dass Dr. Grammling einer Patientin vielleicht das falsche Medikament verschrieben hat …"

Blitzschnell setzten sich in Frau Maiers Gehirn die einzelnen Puzzleteile an Informationen zusammen: Offensichtlich hatte man im Blut von Frau Lenz PSYforte gefunden. Und offensichtlich hätte sie das Medikament nicht nehmen sollen. Und Dr. Grammling war deshalb wohl in Verruf geraten. Darum ist Frank so wütend, überlegte sie. Es geht ihm um die Berufsehre. Und um die Solidarität mit einem Kollegen. Oder Beinahe-Kollegen. Frank war ja selbst kein Arzt. Aber er liebte eben die Gerechtigkeit.

Er ist schon ein lieber Kerl, der Frank, dachte sie, aber sie konnte sich gerade noch zurückhalten, ihn milde anzulächeln. Stattdessen sagte sie zögerlich: „War das denn nicht gut für die Frau Lenz, das Medikament zu nehmen?"

„Nicht gut?" Franks Stimme wurde wieder laut. „Nicht gut? Gar nicht gut, würde ich sagen. Obwohl ich als Psychologe ja gar keine Medikamente verschreiben darf. Aber so viel weiß ich: Das Präparat einem suizidgefährdeten Patienten zu verabreichen ist fast schon wie …"

„Mord?", entwischte es Frau Maier und sie biss sich auf die Zunge.

Aber Frank war zum Glück zu sehr mit seinen eigenen Gedanken beschäftigt. Er trank einen großen Schluck Kaffee aus der Tasse, die Frau Maier vor ihm abgestellt hatte.

„Dr. Grammling sagt, er hat es ihr nicht verschrieben und zum Glück gilt bei uns immer noch die Unschuldsvermutung. Frau Lenz hatte außerdem bereits zuhause von einem Arzt das passende Medikament verschrieben bekommen und Dr. Grammling hat das für gut befunden." Frank klang jetzt ein wenig trotzig. „Aber er hat nun trotzdem gehörigen Ärger. Und es wird geprüft, ob Medikamente aus dem Arzneimittelraum des Hotels fehlen …"

Frau Maier dachte daran, dass Regina Willmers ihr gesagt hatte, dass nichts fehlen würde. Aber konnte man das wirklich immer so genau nachprüfen? Jede Packung, jede Tablette?

„Frau Lenz könnte sich das Medikament ja auch selbst irgendwie besorgt haben", sagte sie laut, um Frank ein wenig zu beruhigen. „Und sie wusste sicher nicht, dass sie die Tabletten nicht nehmen soll und …"

„Genau", unterbrach Frank sie. „Frau Maier, es ist wichtig, dass Dr. Grammling im Hotel sein Gesicht wahrt. Wenn Sie Gerüchte über ihn hören, dann sagen Sie bitte, dass noch nichts, aber rein gar nichts bewiesen ist! Und dass es sich um einen bedauerlichen Selbstmord ohne Fremdeinwirkung handelt und um eine Patientin, die irgendwoher das falsche Medikament bekommen hat."

Frau Maier sagte nichts. Ein bedauerlicher Selbstmord, dachte sie. *Ohne Fremdeinwirkung.* Das kannst du auch nur denken, weil du nicht da warst, dachte sie. Weil du nicht weißt, dass da noch jemand in dem einsamen Haus war. Bei der Leiche. Weil du nicht weißt, dass dieser Jemand nicht die Polizei gerufen hat. Weil nämlich ich es war, die die Polizei gerufen hat. Anonym.

Sie sah Frank an. Sie betrachtete seine langen, etwas wirren Haare, das jungenhafte Gesicht und die ehrlichen Augen. Wie hätte sie ihm sagen sollen, dass sie ihm schon die ganze Zeit etwas so Wichtiges verschwieg? Dass sie ihm immer noch nicht genug vertraute, um ihm zu erzählen, dass sie selbst die Leiche gefunden hatte? Und den Beipackzettel?

*Nein.* Sie schüttelte sich leicht. Die Sache mit dem Tagebuch war peinlich genug gewesen. Sie konnte es ihm nicht sagen.

Franks blaue Augen sahen ernst und aufmerksam in Frau Maiers grüne Augen, die von Lachfalten eingerahmt waren. Sie musste seinem Blick ausweichen.

# II

Am See war es still. Frau Maier hätte anfangen können, die Steine im Wasser zu zählen, so klar war es und so deutlich konnte sie jeden einzelnen von ihnen im Abendlicht erkennen. Aber Frau Maier wollte keine Steine zählen. Sie wollte auch nicht an die Fische denken. Und erst recht nicht an die Fischer.

Frau Maier wollte im Prinzip nur eines: ihre Ruhe. Aber die war ihr mal wieder nicht vergönnt. „Herrschaftszeiten", murmelte sie und warf einen Stein in den glatten See. Sie sah zu, wie sich dort Ringe bildeten, wo er ins Wasser gesunken war. Die Berge leuchteten in einem intensiven Blau, wie so oft um diese Tageszeit. Oben lag immer noch Schnee.

Frau Maier seufzte. Sie kam seit Franks Besuch aus dem Grübeln nicht mehr heraus. Und wenn es nur das gewesen wäre, grübeln. Aber nein. Sie fühlte sich zusätzlich noch schlecht. Sehr schlecht. Und schuldig. Sie hatte Frank angelogen, sie war feige gewesen und sie sah keine Möglichkeit, wie sie der Polizei jetzt noch mitteilen sollte, dass sie den Beipackzettel quasi direkt neben der Leiche gefunden hatte. Oder vielmehr … unter der Leiche. Sie fröstelte. *Baumelnde Beine, verdrehte Augen.*

„Schluss damit!", sagte sie streng zu sich selbst. Sie stand langsam auf. Dabei tat ihr das verflixte Knie mal wieder höllisch weh. Der Himmel über dem weiten See hatte zartrosa Streifen bekommen, es wurde ganz langsam dunkel. Der Abendstern strahlte bereits am Himmel und schien ihr zuzuzwinkern. Das erfreute Frau Maier für einen Augenblick und sie zwinkerte zurück. Aber kaum hatte sie den kurzen Weg zurück zu ihrem Haus eingeschlagen, da waren ihre Gedanken schon wieder abgeschweift. Zu Frank. Und zu Dr. Grammling.

„Das falsche Medikament ...", murmelte Frau Maier leise, als sie ihren Garten betrat. Ihr Haus lag ruhig da und blickte ihr freundlich entgegen. Direkt vor der Haustür saß auf dem Fußabstreifer die Katze und putzte sich voller Hingabe und ohne aufzublicken.

„Du hast es gut, du hast immer die Ruhe weg", brummte Frau Maier und kraulte die Katze kurz am Kopf. Die schaute sie empört an und trollte sich mit einem eleganten Satz aufs Geländer der kleinen Terrasse. Nicht mal bei der Abendtoilette hatte man Ruhe!

Frau Maier lächelte die Katze entschuldigend an und ging dann ins Haus. „Das falsche Medikament ...", wiederholte sie.

„Quak", kam es aus der Küche. Da beschloss

Frau Maier, für sich, die Katze und die Ente erst einmal Abendessen zu machen. Alles andere musste warten.

## III

Frau Maier stand aus ihrem alten grünen Cordsessel auf und streckte sich. Es brannte nur die Stehlampe, aber trotzdem war es relativ hell im Raum. Sie ging ans Wohnzimmerfenster und schaute in den Garten. Vollmond. Deshalb war es so hell.

Langsam ging sie in die Küche, ohne das Licht anzumachen. Die Ente schlief und ließ sich von ihr nicht stören. Offensichtlich fühlte sie sich schon ziemlich heimisch in dem kleinen Haus am See.

Frau Maier trat ans Fenster und ließ den Blick über ihren Garten schweifen. Sie konnte im Mondlicht die Bäume, den Zaun und das Gartentor deutlich erkennen. Und sogar den See, auf dem das Mondlicht schimmerte.

Sie dachte an die Ausdrucke, die der Seppi ihr gebracht hatte. Sie hatte im Sessel darin geblättert und nach den Beiträgen von Fußballfan_13 und Eisprinzessin gesucht. Aber immer wieder waren ihre Gedanken dabei abgeschweift und irgendwann hatte sie die Blätter genervt zur Seite gelegt.

Frau Maier kniff die Augen zusammen und versuchte, in klaren Gedanken zu formulieren, was genau sie eigentlich so beschäftigte. Frank und die Lüge? Oder die Leiche? Oder Dr. Grammling? Oder das eigenartige Gespräch zwischen ihm und Frau Rupprecht, das sie im Putzkammerl belauscht hatte? Oder die kleine Vivien, von der weiterhin jede Spur fehlte? Oder alles zusammen? Oder etwas ganz anderes …

Plötzlich zuckte Frau Maier zusammen und riss ihre Augen weit auf. Was war das? Oder vielmehr: *Wer war das?* Am Gartentor zeichnete sich im silbrigen Mondlicht ganz deutlich eine Gestalt ab. Frau Maiers Herz begann zu rasen und kleine Schweißperlen bildeten sich auf ihrer Stirn. Sie musste sich zwingen, am Fenster zu bleiben. Genau hinschauen, befahl sie sich. Genau hinschauen, tief durchatmen, nicht an den Mann mit der Maske denken.

Die Gestalt stand ganz still am Tor und sah zum Haus herüber. Sie bewegte sich nicht, sie machte keine Anstalten, den Garten zu betreten. Sie war einfach nur da.

Nach etwa fünf Minuten hatten sich Frau Maiers Herzschlag und ihr Atem kein bisschen beruhigt. Aber es war keine Panik mehr, die sie spürte. Es war ein anderes, aber nicht weniger intensives Gefühl.

Sie hatte die Gestalt erkannt. Überall würde sie ihn erkennen. Überall.

Frau Maier ließ sich auf einen Küchenstuhl sinken. *Was um Himmels willen macht der Karli nachts an meinem Gartentor? Wieso steht er da und schaut zum Haus herüber, ohne zu klingeln?*

# Siebtes Kapitel
## Freitag

# I

In dieser Nacht fand Frau Maier keine Ruhe. Egal, wie sie sich in ihrem Bett drehte und wälzte, sie konnte keine bequeme Position finden. Ihr Herz klopfte unnatürlich laut, so schien es ihr. Morgen keinen Kaffee, dachte sie. Nur Kräutertee. Aber sie wusste natürlich, dass das Herzklopfen nicht vom Kaffee kam. Und die Unruhe auch nicht.

Als sie gegen Morgen endlich in einen angespannten Schlaf fiel, träumte sie, dass sie die Treppe in ihrem kleinen Haus herunterging. Ganz langsam und vorsichtig, weil irgendetwas nicht stimmte. War da jemand im Wohnzimmer? Sie sah ihre nackten Füße und dachte, dass sie lieber ihre warmen Pantoffeln hätte anziehen sollen. Schritt für Schritt nahm sie die Stufen und es schien ihr, als käme sie nur unendlich langsam vorwärts. Tapp, tapp, tapp. Tapp, tapp, tapp. Die dritte Stufe von unten übersprang sie wie immer.

Endlich stand sie vor der Wohnzimmertür. Doch als sie die Hand nach der Türklinke ausstreckte, sah sie, dass ihre Hand zitterte. Sie zuckte zurück. Das Gefühl, dass da jemand oder etwas im Wohnzimmer auf sie wartete, war auf einmal übermächtig groß. Sie spürte kalten Schweiß in ihrem Nacken und sie wusste, dass sie den

Raum nicht betreten konnte. Plötzlich wusste sie, was hinter der Tür wartete. *Baumelnde Beine, der Strick um den Hals, die verdrehten Augen.* So schnell sie konnte, rannte Frau Maier die Treppe wieder hinauf. Nur weg von den baumelnden Beinen, dachte sie. Schnell ins Bett und die Decke über den Kopf ziehen …

Mit einem Ruck fuhr Frau Maier im Bett hoch. Es war stockdunkel und ihr Herz klopfte jetzt so heftig, dass sie Angst hatte, es würde ihren Brustkorb sprengen. Sie versuchte, langsamer zu atmen und sich zu beruhigen. Aber was war das? Draußen auf der Treppe … Schritte! Sie war also wirklich nicht alleine im Haus. Das Entsetzen drohte sie zu überwältigen, als sie an die baumelnden Beine dachte. Nein, Tote können nicht herumlaufen, sagte sie sich mit aller Willenskraft, die sie noch aufbringen konnte. Sie gehen auch keine Treppen hoch …

In diesem Augenblick öffnete sich die Schlafzimmertür. Ganz langsam, wie in Zeitlupe. Frau Maier starrte darauf und war unfähig, sich zu bewegen. Jetzt war die Tür offen. Und in der offenen Tür stand eine Gestalt, auf die von irgendwo her ein Lichtstrahl fiel. Es war ein fahles Licht, das das Gesicht der Frau unnatürlich bleich aussehen ließ. Frau Maier wollte schreien, aber sie konnte nicht. Die Frau war die Maria. Sie stand da mit hohlen, großen Augen und schaute unverwandt zu ihr hin.

Die Krankheit hatte deutliche Spuren hinterlassen. Die Maria sah aus, als wäre sie schon tot. Unendlich traurig wirkte sie, als sie jetzt ein paar Schritte auf das Bett zu machte. Frau Maiers Angst und Entsetzen wichen plötzlich einer großen, tiefen Verzweiflung. Verpasste Chancen, Sehnsucht, Wehmut und Lebenslügen vermischten sich in dieser Verzweiflung. Und Mitleid. Sie versuchte, zu sprechen, aber kein Ton kam aus ihrem Mund. Ihre Kehle war wie zugeschnürt. Auch die Maria sagte kein Wort, aber sie streckte ihre Arme aus. Ganz dünn waren die Arme und die Hände bleich und knochig. Jetzt sah Frau Maier, dass sie in ihren Händen etwas festhielt. Etwas, das sie ihr entgegenstreckte und ihr offensichtlich geben wollte.

Es war das Foto vom Karli. Das Foto, das Frau Maier so viele Jahre wie einen Schatz gehütet hatte und das sie vor einiger Zeit im Wohnzimmerschrank in der Schublade unter den Tischdecken begraben hatte. Jung und schön strahlte er ihr auf dem Foto entgegen, mit dem riesigen Fisch, den er gerade gefangen hatte. Und seine Frau, seine schwer kranke Frau, hatte das Foto aus dem Schrank geholt und hielt es Frau Maier hin. Ihrer Rivalin. Oder ihrer vermeintlichen Rivalin? War sie je wirklich eine Rivalin gewesen? Geheiratet hatte der Karli schließlich die Maria. Und er war ein Leben lang mit ihr verheiratet geblieben. Plötzlich platzte der Knoten in Frau Maiers Kehle und sie schluchzte laut auf. Sie schlug sich die Hände vors Gesicht und versuchte, die Tränen wieder zu stoppen. Die Maria war schließlich todkrank, eigentlich wäre sie doch diejenige, der es zustünde, so zu weinen …

Frau Maier wachte von ihrem eigenen Wimmern auf. Sie fühlte sich schwerer als alle Steine im See zusammen. Alles tat ihr weh und ihr Gesicht war nass von Tränen. Langsam setzte sie sich im Bett auf. Sie war gar nicht wach gewesen, dämmerte es ihr ganz allmählich. Sie hatte geträumt, dass sie aufgewacht war, aber in Wirklichkeit war der Traum weitergegangen. Und in Wirklichkeit war es auch nicht mehr stockdunkel, sondern bereits taghell, denn sie war ja erst gegen Morgen eingeschlafen.

Langsam ging sie zum Schlafzimmerfenster. Sie sah lange zum Gartentor herunter, wo der Karli gestern Abend gestanden hatte. Oder hatte sie das auch nur geträumt? Dann ging sie ins Wohnzimmer und zum Schrank. Das Foto lag genau da, wo sie es hingelegt hatte: unter den Tischdecken.

In Gedanken versunken betrat Frau Maier die Küche. Aber auch nach einem kurzen Gespräch

mit der Ente und nach drei Tassen Kaffee hatte
sie ihre Fassung noch nicht annähernd wiedergefunden.

## II

Um kurz nach zwölf klingelte es. Frau Maier war
immer noch so in Gedanken versunken, dass sie
vor Schreck fast vom Sofa gefallen wäre. Dorthin
hatte sie sich zurückgezogen, nachdem weder die
Ente, noch die Katze, noch Elvis, noch ihr liebs-
tes Buch mit Fischrezepten sie hatten beruhigen
können. Und dort hatte sie gelegen und mit
klopfendem Herzen an die Decke gestarrt.

Vor der Tür stand zum Glück Elfriede Gruber.
Sie hielt eine Tüte hoch: „Selbst gemachter Apfelkuchen", sagte sie lächelnd. „Ich wusste, dass
Sie diese Woche am Freitag frei haben und dachte, ich schaue in meiner Mittagspause vorbei."

Frau Maier warf ihren nächtlichen Vorsatz
(„nur noch Kräutertee") bereitwillig zum zweiten
Mal an diesem Morgen über den Haufen und
setzte einen Kaffee auf. Während der lautstark
durch die alte Maschine blubberte, informierte
Elfriede Frau Maier über die neuesten Geschichten aus dem Dorf.

„Die Polizei hat den Verdächtigen wieder frei

gelassen", berichtete sie. „Und stellen Sie sich vor, das ist mein Nachbar!"

„Ihr Nachbar?", wiederholte Frau Maier etwas lahm. Sie war mit ihren Gedanken immer noch weit weg. Elfriede bemerkte es aber zum Glück nicht, sie schien selbst ziemlich aufgeregt zu sein.

„Ja, ich wusste das zuerst auch nicht. Aber es war der Alexander Knauer, den sie verhaftet hatten. Der wohnt im Milchweg, direkt da, wo meine Ausfahrt auf die Straße stößt. Und er ist so ein netter, freundlicher Mann. Ich kann gar nicht glauben, dass den überhaupt jemand verdächtigt."

Frau Maier lächelte milde. Manchmal musste sie sich schon ein bisschen über Elfriedes Sicht auf die Welt wundern. So viel Freundlichkeit, aber auch so viel Naivität!

„Und jetzt ist er wieder daheim?", fragte sie und klang bereits deutlich interessierter als vorher.

„Ja, zum Glück." Elfriede nickte und nahm sich noch ein Stück Kuchen. „Er hat ja auch nichts Schlimmes gemacht. Er hat sich nur mit der Frau verabredet, in diesem Internet-Portal, Sie wissen schon."

„Online-Dating, jaja, ich weiß", antwortete Frau Maier betont locker und ignorierte Elfriedes überraschten Gesichtsausdruck. „Und er hat sie auch getroffen, oder?"

„Ja, das schon", erwiderte Elfriede. „Aber das hat er der Polizei alles erzählt. Und sie konnten ihm ansonsten auch nichts anhängen." Offensichtlich lag Elfriede wirklich etwas daran, ihren Nachbarn zu verteidigen.

„Kennen Sie ihn gut?", fragte Frau Maier und schenkte in beide Tassen auf dem Küchentisch noch mehr Kaffee ein.

„Nein, nicht wirklich." Elfriede trank einen Schluck. „Wir unterhalten uns manchmal ein bisschen auf der Straße, mehr nicht. Seine Frau ist vor zwei Jahren von heute auf morgen ausgezogen und abgehauen. Mit einem Italiener auch noch. Seitdem sehe ich ihn nur selten. Er wirkt immer sehr ernst. Und jetzt diese schlimme Geschichte!" Elfriede seufzte. „Er tut mir einfach leid", sagte sie leise.

Frau Maier sagte nichts. Sie schaute aus dem Fenster und sah den See, wie er blau zu ihr herüberblinzelte. Sie dachte darüber nach, wie sehr man sich in Menschen auch täuschen konnte. Plötzlich bemerkte sie, dass Elfriede wieder zu reden begonnen hatte.

„... dass es keine einzige Spur gibt! Die Hunde haben nichts gefunden, niemand im Dorf hat etwas gesehen, nichts. Das arme Mädchen!"

Frau Maier folgerte, dass mittlerweile Vivien das Thema war. Plötzlich durchzuckte sie ein

Gedanke: „War denn die Vivien bei dem Treffen ihrer Mutter mit dem Alexander …"

„Knauer", warf Elfriede ein.

„… mit dem Alexander Knauer dabei?"

„Nein, war sie nicht. Das hat die Polizei alles überprüft."

„Aber wo war sie dann während dieses Treffens?", überlegte Frau Maier laut. Sie fühlte sich plötzlich wieder viel wacher als am Morgen.

„Wenn das jemand wüsste!" Elfriede seufzte noch einmal. „Der Alexander Knauer ist davon ausgegangen, dass sie währenddessen im Hotel war. Aber das Kind wird ja überall gesucht, angeblich auch in ganz Europa. Das hat mir eine Kundin in der Sparkasse erzählt. Das ist so wie damals bei dem englischen Mädchen, das in Portugal verschwunden ist."

Frau Maier nickte nachdenklich. Sie hatte schon wieder nicht richtig zugehört, denn irgendwo im Hinterstübchen ihres Gehirns dämmerte es ihr, dass Simone Lenz in ihrem Tagebuch etwas darüber geschrieben hatte, wo Vivien während des Treffens sein würde. Oder täuschte sie sich? Vielleicht bildete sie es sich auch nur ein.

Frau Maier zwang sich, ihre Aufmerksamkeit wieder auf das Gespräch zu richten. Irgendwie war heute nicht der richtige Tag für einen Besuch. Gott sei Dank schaute Elfriede in diesem Moment auf ihre Uhr und sprang auf.

„Oh je, ich muss los. Ich muss dringend noch einkaufen. Den restlichen Kuchen lasse ich Ihnen da, Frau Maier. Lassen Sie ihn sich schmecken."

Sie lächelte Frau Maier an, drückte ihr die Hand und war im nächsten Moment schon durch die Haustür hinaus gelaufen.

## III

Salami, Sahne, Katzenfutter – *Eigentlich ist es gar kein Umweg.* Stopp! Auf den Einkauf konzentrieren, bitte. Salami, Sahne – *Aber der Milchweg ist wirklich kein Umweg. Im Prinzip muss ich daran vorbei* – STOPP! Einkaufen. Sahne …

Frau Maier seufzte und blieb stehen. So würde das nichts werden. Sie kannte sich selbst gut genug, um zu wissen: Sie würde keine Ruhe geben können, bevor sie nicht am Haus vom Alexander Knauer vorbeigegangen war.

Warum eigentlich?, fragte sie sich, als sie in die Straße einbog, die an der Einfahrt zum Milchweg vorbeiführte. Tja, warum. Weil sie neugierig war, darum. Und weil sie ein komisches Gefühl hatte. So ein komisches Gefühl wie damals … So ein Gefühl, das die feinen Härchen an ihren Armen zu Berge stehen ließ. Und vielleicht, weil ihr eigenes Leben so wenig aufregend war? So leer? Das hatte ihr zumindest der Kommissar Brandner beim Fall mit dem Maskenmann unterstellt. Und schon damals hatte sie sich immer wieder gefragt, ob darin vielleicht ein Funken Wahrheit lag.

Frau Maier schüttelte den Gedanken ab. Sie hatte das Haus von Alexander Knauer fast erreicht. Sie würde sich nur ganz kurz die Einfahrt anschauen und wenn jemand fragen sollte, was sie suchte, dann konnte sie immer noch sagen, dass sie eigentlich zur Elfriede wollte. Vivien war bei dem Treffen ihrer Mutter mit Alexander Knauer nicht dabei gewesen. Angeblich. Aber wo war sie dann gewesen? Diese Frage ließ Frau Maier nicht mehr los. Ob sie sich allerdings in der Einfahrt von Alexander Knauer alias Fußballfan_13 würde klären lassen, das war doch sehr fraglich …

„Herrschaftszeiten!", entfuhr es Frau Maier. In dem Moment, in dem sie den Hof betreten wollte, kam just jemand zur Haustür heraus. Schnell trat sie einen Schritt zurück hinter die Hecke. Vorsichtig lugte sie ums Eck.

Der junge Mann musste wohl Alexander Knauer sein. Er sah wirklich sympathisch aus. Mittelgroß, braune Locken, ein freundliches Gesicht. Im Moment war seine Stirn allerdings in Falten gelegt und er sah ernst aus, als er konzentriert einen Zettel in seiner Hand studierte. Er murmelte irgendetwas vor sich hin, das Frau Maier nicht verstehen konnte. Dann sperrte er die Tür hinter sich zu und ging auf die Straße zu.

Frau Maier hielt die Luft an, aber sie hätte sich keine Sorgen machen müssen: Alexander Knauer ging zügig seines Weges, ohne einmal nach rechts oder links zu schauen. Ohne zu überlegen ging auch Frau Maier los. Sie folgte ihm bis zur nächsten Seitenstraße und weiter durch die Wohnsiedlung. Zuerst war sie noch auf der Hut und bereit, jederzeit in einem Hof oder hinter einer Hecke zu verschwinden, sollte er sich umdrehen. Aber nach einer Weile war sie sich sicher, dass er sich nicht umdrehen würde. Zügig und zielstrebig lief er immer weiter.

Frau Maier hatte sich schon gefreut, dass er es ihr so leicht machte, aber dann bemerkte sie, dass sie ein ganz anderes Problem hatte, als das, entdeckt zu werden: Alexander Knauer war schlicht und ergreifend zu schnell für sie. Immer größer wurde der Abstand zwischen ihnen und so sehr sie sich auch anstrengte, Schritt zu halten, sie schaffte es nicht. Vermutlich war er nicht nur Fußballfan, sondern spielte auch selbst Fußball.

Oder sie selbst war einfach zu unsportlich. Oder zu alt. „Oder beides", murmelte sie.

Als sie um die nächste Ecke bog, konnte sie ihn nicht mehr sehen. Die Straße lag verlassen da. „So ein Mist", fluchte Frau Maier und hielt sich die stechende Seite. Auch das Knie tat ihr einmal mehr höllisch weh. Langsam machte sie sich auf den Heimweg und fühlte sich dabei uralt.

Erst, als sie ihr Haus am See schon fast erreicht hatte, stellte sie fest, dass sie ganz vergessen hatte, einkaufen zu gehen. Aber der Weg zurück ins Dorf und bis zum Supermarkt erschien ihr unendlich weit. Zu weit, beschloss sie. Sie würde ohne die Einkäufe auskommen müssen. Der Katze konnte sie ein Stück Huhn aus dem Gefrierfach kochen. Und sie selbst würde das letzte Stück von Elfriedes Apfelkuchen eben ohne Sahne essen und das Brot ohne Salami. „Schadet ja vielleicht auch nichts", brummte Frau Maier und kniff sich in die kleinen Speckrollen an der Hüfte.

Aber als sie später den leeren Kuchenteller abspülte, dachte sie: So ein bisschen Sahne hat doch wohl noch niemandem geschadet. Und den Speckröllchen flüsterte sie zu: „Beim nächsten Apfelkuchen gibt es wieder Sahne. Versprochen!"

# IV

Plötzlich war es dunkel geworden. Es hatte einen dumpfen Knall gegeben, und dann war das Licht ausgegangen.

Sie wollte nicht weinen, aber sie konnte nicht mehr anders. Sie musste in der Dunkelheit und in der Stille wenigstens ihr eigenes Wimmern hören. Dann fühlte sie sich weniger alleine.

Es kam ihr so vor, als wäre die Gestalt schon ewig lange nicht mehr da gewesen. Sie hatte schreckliche Angst vor der Gestalt. Aber noch schrecklichere Angst hatte sie davor, dass die Gestalt nicht wiederkommen würde. Niemals. Dass niemand kommen würde. Denn dann müsste sie verhungern. Oder verdursten. Das hatte sie schon einmal in einem Buch gelesen. Aber sie wusste nicht mehr, wie viele Tage man ohne Essen und Trinken überleben konnte. Obwohl das doch in dem Buch gestanden hatte. Aber sie wusste es einfach nicht mehr.

„Papa, hol mich hier raus!", weinte sie leise. „Bitte mach schnell!"

*Fußballfan_13: Hier unten bei uns gibt es eigentlich wenig flaches Land. Es gibt Berge und natürlich den See. Schwimmst Du gerne?*
*Eisprinzessin: Ja, sehr gerne. Aber natürlich nur, wenn das Wasser nicht zu kalt ist.*
*Fußballfan_13: Ich bin mir sicher, dass Du ziemlich gut ausschaust im Bikini ;-)*

Seppi hatte Frau Maier erklärt, dass Doppelpunkt-Strich-Klammer ein Lächeln bedeuten sollte. Frau Maier schüttelte den Kopf. So etwas Vielschichtiges wie ein Lächeln sollte plötzlich aus Doppelpunkt-Strich-Klammer bestehen?

*Eisprinzessin: Ist es überhaupt warm genug zum Schwimmen?*
*Fußballfan_13: Im Moment noch nicht. Aber wenn Du da bist, vielleicht schon …*
*Schneckerle: Könnt ihr euch keine persönlichen Nachrichten schreiben? Es nervt!*

Frau Maier seufzte. Die Person namens Schneckerle hatte Recht. Der Austausch von Fußballfan_13 und Eisprinzessin war wirklich nicht besonders interessant für die Öffentlichkeit. Sie rieb sich die Augen. Gute zehn Seiten hatte sie sich schon durchgelesen und noch nichts Interessantes gefunden. Es war mühsam, aus allen Beiträgen die von Simone Lenz und Alexander Knauer herauszufiltern. Alles war in einer ziemlich kleinen Schrift ausgedruckt …

Frau Maier gähnte. Sollte sie ein Nickerchen halten? Oder lieber noch einmal alles durchlesen? Vielleicht hatte sie etwas übersehen. Irgendeine kleine Information. Ein Detail, das ihr unwichtig erschien und das doch entscheidend war. Entscheidend vielleicht für das Leben der kleinen Vivien.

Frau Maier schüttelte sich leicht. Dann stand sie auf und zog sich Schuhe und Jacke an. Sie wusste plötzlich, wo sie jetzt sein wollte.

## VI

Es war ganz still in der Kirche. Die Vorabendmesse würde erst in einer Stunde anfangen. Der Raum roch nach Holz und nach verwelkenden Blumen und ein bisschen auch nach Wachs und Weihrauch. Langsam ging Frau Maier den Mittelgang entlang. Vor ihrem Lieblingsbild blieb sie stehen. Es zeigte einige Fischer, die während eines Unwetters mit ihrem Boot gekentert waren. Verzweifelt schwammen sie im dunklen, vom Sturm gepeitschten Wasser um ihr Leben. Und über ihnen, am Himmel, breitete die Mutter Gottes ihre schützenden Hände aus.

„Bitte breite Deine Hände auch über der kleinen Vivien aus, Heilige Maria. Beschütze sie, wo immer sie sein mag." Frau Maier flüsterte ihr Gebet voller Inbrunst. Sie warf Geld in den Opferstock und zündete eine Kerze an. Die Flamme flackerte leicht. Wo kam dieser Windstoß plötzlich her? Die Türen und Fenster der Kirche waren alle geschlossen. Frau Maier hielt die Luft an. Die Kerze durfte nicht ausgehen. Auf keinen Fall. Sie schloss die Augen und schickte noch ein Stoßgebet zum Himmel. Als sie die Augen wieder öffnete, brannte Viviens Kerze stark und stetig. Frau Maier wusste, dass die Erleichterung, die sie durchflutete, lächerlich war. Aber sie war trotzdem da.

Sie setzte sich in eine Kirchenbank und sah der Kerze beim Brennen zu. Nach einer langen Zeit flüsterte sie: „Und bitte beschütze und begleite auch die Maria. Und den Karli. Amen."

# Achtes Kapitel
## Samstag

Der freie Tag war viel zu schnell vergangen. Frau Maier stand früh auf, trank einen starken Kaffee und machte sich auf den Weg zur Arbeit. Beim Betreten des Kurhotels merkte sie sofort, dass sich die Stimmung dort verändert hatte. Es war wieder viel ruhiger. Auf dem Parkplatz hatten weder Reporter noch Polizisten gestanden, im Eingangsbereich unterhielten sich vereinzelte Gäste, und die Erzieherin Barbara Winkler kam Frau Maier mit einer Gruppe lachender Kinder entgegen.

Frau Maier ging die Treppe hinauf in den ersten Stock, um sich ihren Dienstplan abzuholen. Sie kam an Ulrike Rupprechts Büro vorbei, aber die Chefin selbst war nirgends zu sehen.

Frau Maier holte sich ihre Putzsachen aus dem Kammerl und machte sich an die Arbeit.

Als sie zum Zimmer von Simone und Vivien Lenz kam, schluckte sie. Es war bereits von neuen Gästen belegt.

## II

Als Frau Maier alle Zimmer geputzt hatte, tat ihr der Rücken weh. Sie sehnte sich nach einer Tasse Kaffee und einem Stuhl. Und nach einem freundlichen Lächeln. Doch in dem Moment, in dem sie die Küche betrat, fiel es ihr ein: Regina Willmers hatte samstags ja frei. Es würde also nichts aus dem kleinen Kaffeeklatsch werden. Sie wollte wieder gehen, doch Hape, der Koch, hatte sie schon entdeckt. „Frau Maier!", rief er ihr zu. Es klang ehrlich erfreut.

„Grüß Gott", antwortete sie. „Ich wollte nur mit der Regina einen Kaffee trinken, aber sie ist heute ja nicht da. Das hatte ich ganz vergessen." Warum fühlte sie sich plötzlich so unsicher?

„Einen Kaffee habe ich aber auch für Sie", sagte Hape schnell, und bevor Frau Maier irgendetwas erwidern konnte, hatte er schon zwei Becher eingeschenkt und einen Stuhl für sie herangezogen. Der Wunsch zu sitzen und der Duft des frisch aufgebrühten Kaffees gewannen die Oberhand über Frau Maiers Unsicherheit im Umgang mit Small Talk und höflichen Floskeln. Sie setzte sich und lächelte Hape an. Er schaute in seine Tasse. Frau Maier beschloss, dass es Zeit war, etwas zu sagen. Irgendetwas.

„Die Polizei ist wohl nicht mehr im Haus?", fragte sie.

„Nein, die sind weg." Hape wirkte erleichtert, dass ein Thema gefunden war. „Und der Polizeipsychologe ist auch nicht mehr da. Und der Vater der … Verstorbenen auch nicht."

„Ich habe auch gesehen, dass ihr Zimmer …"
Frau Maier musste schlucken „… dass es wieder
belegt ist."

„Ja. Der Exmann von Simone Lenz, der Vater
der Kleinen, hat wohl alle Sachen nach Paderborn
mit zurück genommen. Und der Opa, also Frau
Lenz' Vater, wollte ja gleich weiter nach Paris."

„Nach Paris?" Frau Maier war erstaunt. „Was
will er denn in Paris?"

„Wissen Sie es noch gar nicht?" Hape rührte
Zucker in seine Tasse, obwohl er vorhin schon
einen Löffel in den Kaffee geschaufelt und gewissenhaft verrührt hatte.

„Wissen? Was denn?" Frau Maier war jetzt
richtig neugierig geworden, aber der Koch ge-
nehmigte sich erst noch einen großen Schluck
Kaffee.

„Was meinen Sie denn?", drängte Frau Maier.

„Die Kleine ist von zwei verschiedenen Zeugen gesehen worden. Und zwar im Zug nach
Paris."

Frau Maiers Herz begann schneller zu klopfen. Sie dachte an Viviens Kerze in der Kauzinger Kirche. Sie hatte so sicher und so stark gebrannt …

Hape erzählte weiter: „Die Polizei hat sich natürlich mit den Behörden in Paris in Verbindung
gesetzt. Und der Vater von Frau Lenz, also der

Herr König, der wollte sofort dorthin fahren. Er hat wohl auch etwas von einem Privatdetektiv gesagt."

Frau Maier nickte nachdenklich. Alle neuen Informationen hatten sich anscheinend schnell und effektiv im Hotel ausgebreitet. Nur sie hatte wegen ihres freien Tages alles verpasst.

„Was waren denn das für Zeugen?", fragte sie.

„Keine Ahnung." Hape zuckte mit den Achseln. „Aber die Polizei nimmt die Sache wohl sehr ernst."

Frau Maier starrte in ihre leere Tasse. Sie hoffte von ganzem Herzen, dass es wirklich Vivien gewesen war im Zug nach Paris. Aber sie glaubte es nicht.

## III

Im Erdgeschoss überkam sie plötzlich der unerklärliche Drang, bei Dr. Grammling vorbeizuschauen. Sie wusste überhaupt nicht, was sie ihm sagen sollte. Aber das Gespräch mit Frank über den Kollegen, der vielleicht zu Unrecht beschuldigt wurde, ging ihr nicht mehr aus dem Kopf. *Bei uns gilt immer noch die Unschuldsvermutung.* In Gedanken hörte sie wieder Franks wütende Stimme. Aber genauso wenig ging ihr das im Putzkammerl belauschte Gespräch zwischen Ulrike Rupprecht und Gerd Grammling aus dem Kopf. *Wir dürfen jetzt keine Fehler mehr machen.* Frau Maier spürte, dass es da noch einiges zu klären gab.

Sie betrat den Korridor, der zum Büro des Hotelarztes führte. Doch schon aus einiger Entfernung sah sie, dass ein weißes Blatt Papier an der Tür befestigt worden war. „Aus gesundheitlichen Gründen können die Sprechzeiten bei Herrn Dr. Grammling bis auf Weiteres leider nicht stattfinden", las sie.

Noch bevor sie diese Information richtig verdaut hatte, wurde ihre Aufmerksamkeit schon wieder abgelenkt. Sie trat noch ein Stück näher an die Tür. Was war das? Täuschte sie sich oder hatte sie im Büro gerade etwas gehört? Nein, jetzt konnte sie es noch besser hören. Ihre Luchsohren hatten sie nicht im Stich gelassen. Hinter der verschlossenen Bürotür sprach jemand. Eine Frauenstimme. Sie redete leise, aber Frau Maier erkannte sie trotzdem. Es war die Stimme von Ulrike Rupprecht.

Sie konnte nicht widerstehen. Sie musste ihr Ohr an die Tür pressen. Sie konnte trotzdem nur Fetzen verstehen. „… Gras über die ganze Sache …", hörte sie, dann folgten wieder einige unverständliche Fetzen: „Das hast du doch selbst gesagt!"

Plötzlich war Ulrike Rupprechts Stimme klar und deutlich vernehmbar. Die sonst so kühle Chefin war laut geworden, offenbar war sie aufgebracht. Verärgert, überlegte Frau Maier. Oder verängstigt? „Vermutlich beides", murmelte sie und versuchte, ihr Ohr noch fester an die Tür zu pressen.

Zu spät registrierte sie, dass die Schritte von der anderen Seite sich näherten, und konnte gerade noch einen Satz zurück machen und so verhindern, dass Frau Rupprecht ihr die Tür gegen den Kopf knallte. Was sie aber nicht verhindern konnte, war die Begegnung mit der Chefin direkt vor der Bürotür von Dr. Grammling.

Ulrike Rupprecht zuckte sichtbar zusammen, als sie Frau Maier sah. Doch sie schien der Person am Telefon weiterhin sehr aufmerksam zuzuhören, denn sie zog nur ihre Augenbrauen hoch, sagte aber nichts.

Frau Maier war einige Schritte zurückgewichen. Würde Frau Rupprecht trotzdem ahnen, dass sie gelauscht hatte? Frau Maier wurde es heiß. Sie schluckte und bemühte sich, Frau Rupprecht betont entspannt und freundlich zuzulächeln. Sie arbeitete schließlich hier im Hotel und es war ja nicht verboten, vor Herrn Dr. Grammlings Büro zu stehen. Sie fühlte sich trotzdem ertappt. Aber da bin ich hier nicht die

Einzige, wurde ihr klar, als sie ihre Chefin betrachtete. Ulrike Rupprecht war ein wenig rot geworden und sie sah ehrlich erschrocken aus. Und da war noch etwas in ihren Augen, als ihr Blick den von Frau Maier kurz streifte: Ärger war da zu sehen, beinahe Wut. Sie ärgert sich über mich, weil sie sich von mir ertappt fühlt, dachte Frau Maier. Aber ertappt wobei?

Sie überlegte noch, was sie jetzt tun oder sagen könnte, aber Frau Rupprecht klemmte sich das Handy zwischen Ohr und Schulter, um die Bürotür hinter sich abzusperren. „Einen Moment", sagte sie zu der Person am anderen Ende der Leitung. Dann ging sie, ohne Frau Maier noch eines Blickes zu würdigen, den Gang entlang und war gleich darauf verschwunden. Sie trug jetzt einen Gehgips und brauchte keine Krücken mehr. Aber sie war offensichtlich trotzdem nicht besser gelaunt.

Frau Maier seufzte und machte sich langsam auf den Heimweg. Sie hoffte, dass Frau Rupprechts Ärger sich wieder legen würde. Sie wollte die Arbeit im Hotel nicht verlieren.

# IV

Bevor sie nach Hause ging, um sich ihr wohl verdientes Essen zu machen, setzte sich Frau Maier noch kurz an den See. Die Sonne schien heute ein wenig schwach, aber sie hatte die Steine am Ufer trotzdem aufgewärmt. Frau Maier nahm einen warmen, schwarzen Stein in die Hand und spürte seine samtige Glätte. Das Wasser schwappte in kleinen Wellen heran, getrieben von einem leichten und lauen Frühlingswind. Sie kniff die Augen zusammen und suchte den See nach Fischerbooten ab. Keine zu sehen. Sie hatte wieder Marias Gesicht vor Augen, wie sie im Traum in ihrem Schlafzimmer gestanden hatte. Und sie sah wieder diese einsame Gestalt an ihrem Gartentor stehen ... Frau Maier fröstelte und knöpfte ihre Strickjacke zu.

Sie legte sich auf die warmen Steine und sah in den wässrig-blauen Himmel. Aber ihre Gedanken kamen auch beim Anblick der vorbeiziehenden dünnen Wolkenfetzen nicht zur Ruhe. Frau Rupprecht ging ihr nicht aus dem Kopf. Ihre verärgerte Stimme am Telefon, ihr wütender Blick, als sie sie vor der Tür entdeckt hatte. *Gras darüber wachsen lassen.* Hatte Herr Dr. Grammling vielleicht doch das falsche Medikament verabreicht? Und war er dadurch sogar mitschuldig am Tod von Simone Lenz? Schnell setzte sich Frau Maier wieder aufrecht hin. So schnell, dass ihr kurz ein wenig schwindelig wurde. Sie durfte jetzt nicht an Simone Lenz denken. Die baumelnden Beine und die verdrehten Augen würden sie sonst wieder bis in die Nacht hinein verfolgen.

Sie zwang sich, ihre Gedanken in eine andere Richtung zu lenken.

Noch etwas war heute im Hotel seltsam gewesen. Der Kaffee mit Hape. Und vor allem die Verabschiedung. Sie hatte ausgetrunken, war aufgestanden und hatte sich bedankt. Hape war auch aufgestanden und hatte dabei versehentlich seinen Stuhl umgeworfen. Es war ihm anscheinend furchtbar peinlich gewesen. Er hatte verlegen gelacht und er hatte ihr danach kaum in die Augen schauen können. Und dann hatte er gesagt: „Kommen Sie doch mal wieder auf einen Kaffee zu mir, Frau Maier. Oder ich könnte auch einmal für Sie kochen. Was meinen Sie?"

Frau Maier hatte ganz automatisch und höflich „Ja, gerne" geantwortet, aber jetzt fragte sie sich: Warum um alles in der Welt wollte dieser Mann für sie kochen?

Sie konnte sich keinen Reim darauf machen. Aber der Gedanke ans Kochen machte sie so hungrig, dass sie schnell nach Hause ging und sich einen Topf Nudeln mit Speck und Ei machte.

# V

Am Abend wollte Frau Maier fernsehen. Sie wollte sich ablenken von den Gedanken, die ihr durch den Kopf schwirrten. Von den Gedanken an Dr. Grammling und an Ulrike Rupprecht. Und noch mehr wollte sie sich von den Bildern ablenken, die sie einfach nicht losließen. Das Bild von Simone Lenz, tot im einsamen Haus. Das Bild von Vivien, lachend auf dem Korridor des Kurhotels. Das Bild vom Karli am Gartentor. Und das Bild von der Maria in ihrem Schlafzimmer ...

Frau Maier riss sich zusammen. Was lief da gerade im Fernsehen? Sie hatte den Faden verloren. Seufzend tastete sie nach der Fernbedienung. Sie hatte es sich auf ihrem Sofa doch so gemütlich gemacht. Mit der abgewetzten, karierten Wolldecke, mit kleinen Käsehäppchen und mit einer Tasse Tee. Und trotzdem konnte sie sich nicht entspannen.

Sie wechselte das Programm. Fußball. Nächster Sender. Eine politische Diskussionsrunde. Frau Maier versuchte, dem Gespräch zu folgen, aber ihre Gedanken drifteten immer wieder ab. Nächster Sender. Irgendeine historische Dokumentation. „1614 wurde in Paderborn die erste Universität Westfalens gegründet ...", sagte der Sprecher gerade mit getragener Stimme. Frau

Maier zuckte zusammen. *Paderborn*. Wo hatte sie das heute schon einmal gehört? Natürlich! Sie setzte sich gerade hin und warf dabei versehentlich die Fernbedienung von ihrem Schoß. Von der Katze, die sich auf dem grünen Cordsessel zusammengerollt hatte, wurde diese Ruhestörung mit einem indignierten Blinzeln zur Kenntnis genommen. Seit Frau Maier die Ente auf dem Cordsessel abgestellt hatte, war das der neue Lieblingsplatz der Katze.

Aber Frau Maier achtete im Moment nicht auf die Katze. Paderborn. Hape hatte erwähnt, dass die Familie von Simone Lenz in Paderborn wohnte. Wieso nur war ihr dieser Zusammenhang nicht vorher aufgefallen? Die Stimme von Simones Vater war ihr irgendwie bekannt vorgekommen, aber sie hatte nicht bemerkt, dass es nicht die Stimme war, sondern der Akzent. Eine ganz bestimmte Art, die Wörter zu betonen, eine ganz bestimmte Satzmelodie. Das hatte sie an Frau Rupprecht, ihre Chefin, erinnert, sie war bloß nicht darauf gekommen. Ulrike Rupprecht stammte ebenfalls aus Paderborn.

Was konnte dieser neue Zusammenhang bedeuten? Gab es da irgendwelche alten Geschichten oder Verwicklungen, von denen niemand etwas ahnte? Eine Verbindung zwischen Simone, deren Vater und Ulrike Rupprecht, an die niemand gedacht hatte? Hatte Dr. Grammling sich in die ganze Sache eingemischt, um Ulrike Rupprecht zu helfen? Aber wobei? *Gemeinsam schaffen wir das, Ulrike.* Dr. Grammlings Stimme hatte beinahe zärtlich geklungen, als Frau Maier das Gespräch belauscht hatte.

Sie dachte an die Enge des Putzkammerls zurück, an den Geruch von Chemikalien und an die schleppenden Schritte, die sie im Flur gehört hatte. Die Schritte hatten ihr Angst gemacht und sie an jene Nacht im unbewohnten Haus erinnert. Aber sie hatten nur zu Ulrike Rupprecht gehört, die auf Krücken gehen musste ...

Frau Maier spürte, wie sich die feinen Härchen an ihren Armen aufrichteten. Was hatte das alles zu bedeuten? Hatte es überhaupt etwas zu bedeuten? „Schluss jetzt", sagte sie laut und streng zu sich selbst. „Du spinnst, Frau Maier!"

Seufzend machte sie den Fernseher aus. Selbst eine harmlose Dokumentation über die Universität von Paderborn stürzte sie in wilde und wirre Verschwörungstheorien.

Sie beschloss, sich lieber noch kurz zur Ente in die Küche zu setzen und dann ins Bett zu gehen. Die Katze blieb im Wohnzimmer zurück. Sie lag ruhig da, aber ihre Schwanzspitze zuckte kaum merklich: Frau Maier redete mit sich selbst. Und zwar laut. Sehr laut. Da war etwas im Gange.

# Neuntes Kapitel
## Sonntag

# I

Es war ein starker Wind aufgekommen, der über den See hinweg auf das Dorf zupeitschte. Direkt am Ufer hatte das Wasser eine dunkelbraune Färbung, weil jede Menge Treibholz angeschwemmt worden war. Dazwischen lagen vereinzelt eine Plastiktüte, die rote Hülle eines Grablichtes und eine Coladose. Eine kleine Gruppe von Blesshühnern trieb etwas hilflos auf den Wellen dahin. Gegen die Strömung anzuschwimmen wäre im Moment allerdings auch sinnlos gewesen.

Große weiße Wolken wurden vom Wind über den wässrig blauen Himmel getrieben. Hinter der dunkelbraunen Wasserschicht ging die Färbung des Sees in ein sattes Olivgrün über. Ganz weit draußen brach die Sonne durch die Wolken und zauberte einen hellen, gelbgrünen Streifen auf die Wellen. Auch die Insel war von der Sonne angestrahlt und das Kloster mit seinem Zwiebelturm war deutlich zu sehen.

Die Wellen kamen mit einem mächtigen Rauschen an, das die Luft erfüllte. Frau Maier war noch nie am Meer gewesen, aber das Geräusch der Brandung konnte nicht viel anders klingen, da war sie sich sicher. Direkt auf dem Weg vor sich entdeckte sie einen kleinen Marienkäfer. Sie bückte sich, um ihn am Wegesrand in Sicherheit zu bringen. Als sie sich wieder aufrichtete, ächzte sie leise. „Blödes Knie", murmelte sie. Aber immerhin hatte sie den Käfer sofort gesehen. Ohne Brille! Frau Maier ließ den Blick wieder über das Wasser und die wilden Schaumkronen schweifen. Zwei Surfer mühten sich im Wind ab und ließen sich von kleinen bunten Segeln, die aussahen wie Drachen, über das Wasser ziehen. Nach wenigen Metern schon stürzten sie wieder ins Wasser, das um diese Jahreszeit noch eiskalt sein musste. Die Segel leuchteten hell in Pink, Grün und Gelb. Wie besonders bunte Fische, nur über Wasser, dachte Frau Maier. Doch die echten Fische waren bestimmt tief abgetaucht, in ruhigere Gewässer. Hinter dem See ragten die noch mit Schnee bedeckten Berge dunkelblau auf.

Als Frau Maier den Uferweg verließ und in Richtung der Wohnsiedlungen und des Kurhotels lief, ließ der Wind schlagartig nach. Geschützt von Bäumen und Hecken spürte sie sofort die wärmenden Strahlen der Sonne in ihrem Rücken. Erst jetzt bemerkte sie, wie kalt der Wind an ihren Ohren gewesen war. In der Windstille war das Frühlingskonzert der Vögel wieder zu hören, die unverdrossen gegen Sturm und Brandung ansangen. Frau Maier sah die kleinen Triebe an einer Weide, deren Zweige ein Stück in den Weg hineinhingen und lächelte. Frühling. Trotz allem.

Frau Maier fluchte leise. Sie fluchte nicht oft und auch nicht gerne, aber in manchen Momenten ließ es sich nicht vermeiden. Und das hier war so ein Moment. Bereits zum dritten Mal an diesem Morgen war ihr ein Missgeschick passiert. Zuerst hatte sie das Putzmittel für die Spiegel im Kammerl vergessen und deshalb ihre Routine unterbrechen und noch einmal zurückgehen müssen. Dann hatte sie das Staubtuch beim Ausschütteln aus dem Fenster fallen lassen, die Treppe hinuntergehen, das Staubtuch holen, und die Treppe wieder hinaufgehen müssen. Dabei hatte ihr das Knie so wehgetan wie schon lange nicht mehr. Und jetzt waren ihr beim Wischen des Waschbeckens der Zahnputzbecher samt Bürste und Zahnpasta aus der Hand gerutscht und auf dem Fliesenboden gelandet. Der Zahnputzbecher war zum Glück aus Plastik, aber sie ärgerte sich trotzdem. War sie vielleicht schon zu alt für diese Arbeit? Zu schwach? Frau Maier versuchte, diesen Gedanken zusammen mit den letzten Kalkflecken im Waschbecken wegzuwischen, aber es wollte ihr nicht ganz gelingen.

„Ich brauche einen Kaffee", murmelte sie vor sich hin, als sie ihren Putzwagen in Richtung Kammerl schob. Sie konnte sich nicht erinnern, jemals so froh gewesen zu sein, dass alle Zimmer, die ihr zugewiesen worden waren, fertig geputzt und sauber waren. Ein Kaffee mit Regina Willmers würde sie vielleicht wieder ein wenig auf Trab bringen. Und sie hoffte, von Regina auch noch mehr Details zu erfahren. Über die Zeugen, die Vivien angeblich im Zug nach Paris gesehen hatten. Und vielleicht auch über die Gemeinsamkeit zwischen Ulrike Rupprecht und Simone Lenz, nämlich dass sie beide aus Paderborn stammten ...

„Frau Maier!" Eine weibliche Stimme rief sie vom anderen Ende des Korridors aus ihren Gedanken in die Realität zurück. Es war die Stimme von Frau Leitner, die die Putzpläne erstellte und für die Reinigungskräfte im Hotel zuständig war. Mit schnellen Schritten kam sie auf Frau Maier zu. „Die Konny ist gerade nach Hause gegangen, sie hat Migräne", sagte sie etwas atemlos. „Und es sind noch zwei Zimmer von ihr nicht fertig geputzt. Können Sie das vielleicht übernehmen?" Frau Maier musste wohl sehr ablehnend ausgesehen haben, denn Frau Leitner fügte schnell hinzu: „Natürlich bekommen Sie die Überstunden ausbezahlt!"

„Kein Problem." Frau Maier zwang sich, zu lächeln, und machte sich auf den Weg zu den Zimmern. Sie hätte liebend gerne abgelehnt. Sie wollte einfach nur mit Regina in der Küche sitzen, Kaffee trinken und dann zuhause auf dem Sofa liegen. Aber nach der Begegnung mit Ulrike Rupprecht am Tag zuvor hatte sie Angst um ihre Arbeit. Sie wollte deshalb jetzt einen besonders guten Eindruck und keinerlei weitere Schwierigkeiten machen. Schließlich war es das erste Mal in ihrem Leben, dass sie genug verdiente, um etwas zu sparen. Die Summe auf dem Konto in der Sparkasse bei Elfriede wuchs jede Woche ein bisschen. Und Frau Maier wollte sich unbedingt ein kleines Polster schaffen, denn sie hatte Angst vor den Jahren, in denen sie tatsächlich und endgültig zu alt sein würde, um zu putzen. Ihre Rente würde kaum der Rede wert sein. Würde sie ihr kleines Haus am See dann verkaufen müssen?

Mit diesen trüben Gedanken im Nacken putzte Frau Maier die restlichen Zimmer. Als sie danach endlich in die Küche gehen konnte, war wieder nur Hape da. „Regina ist heute schon gegangen", sagte er und zuckte bedauernd die Schultern. „Aber ich könnte Ihnen einen Kaffee …"

„Nein, danke", unterbrach Frau Maier ihn hastig. Sie hatte keine Lust, schon wieder mit dem Koch einen Kaffee zu trinken und dabei krampfhaft nach Gesprächsthemen zu suchen. „Ich versuche es morgen wieder."

Hape wirkte enttäuscht. Als Frau Maier schon

wieder an der Tür war, rief er: „Ach, Frau Maier, einen Moment noch."

Was kommt jetzt noch, dachte Frau Maier. Will er mich wieder zum Essen einladen? Sie fühlte sich seltsam angespannt, als sie sich zu Hape umdrehte.

„Ja?" Ihre Stimme klang unfreundlicher, als sie beabsichtigt hatte. Was war nur los mit ihr? Der Vormittag mit den vielen Missgeschicken und den extra Zimmern war wohl einfach zu viel gewesen. Sie versuchte, zu lächeln.

„Haben Sie vielleicht Reginas Telefonnummer?", fragte Hape. „Sie hat ihren Geldbeutel hier vergessen und ich würde ihr gerne Bescheid geben. Sicher sind wichtige Papiere drin und ich will nicht, dass sie sich Sorgen macht oder vielleicht gleich ihre Bankkarten sperren lässt."

Frau Maier schämte sich. Hape war so ein netter Kerl, der sich um alle sorgte. Und sie war so unfreundlich gewesen und hatte sich im Geiste schon eine Absage für seine Essenseinladung zurecht gelegt. Und dabei hatte er davon gar nichts gesagt.

„Nein, ich weiß die Nummer leider nicht", antwortete sie. Dass ihr die Telefonnummer auch wenig nützen würde, weil sie selbst gar kein Telefon hatte, erwähnte sie nicht. Aber sie freute sich ein bisschen darüber, dass Hape wohl davon ausging, dass sie auch privat mit einer so beliebten Person wie Regina Willmers in Kontakt stehen könnte. Anscheinend merkte man nicht sofort, was für ein hoffnungsloser Fall sie war, wenn es um soziale Kontakte ging.

„Bei Frau Rupprecht im Büro ist die Nummer ganz sicher in den Akten vermerkt", schlug Frau Maier vor, um irgendetwas Hilfreiches zu sagen.

„Ich weiß, aber die ist in letzter Zeit so …" Hape kratzte sich am Kopf.

„Gestresst?", warf Frau Maier ein.

Hape nickte. „Gestresst, unter Druck, wie auch immer. Ich will sie jedenfalls nicht behelligen."

„Wissen Sie was? Ich bringe ihr den Geldbeutel schnell vorbei." Frau Maier hatte gar nicht richtig über ihre Worte nachgedacht und hätte sie am liebsten sofort wieder zurückgenommen. Sie wollte doch eigentlich so schnell wie möglich auf ihr Sofa! Zu spät.

„Das wäre natürlich am allerbesten!" Hape strahlte. „Liegt das denn auf Ihrem Weg?"

„Ja, fast", log Frau Maier. Denn Regina Willmers hatte ihr einmal genau beschrieben, wo sie wohnte, und das war so ziemlich am anderen Ende von Kauzing. Frau Maier unterdrückte ein Seufzen, nahm den Geldbeutel von Hape entgegen und machte sich auf den Weg.

„Ein ausführlicher Spaziergang. Genau das, was

ich jetzt noch dringend brauche", brummte sie. Aber immerhin schien die Sonne. Der Wind hatte sich gelegt und es war warm. Und sie würde vielleicht doch noch zu ihrem Kaffee mit Regina kommen. Und zu den Informationen, die sie so brennend interessierten. Fast unmerklich wurden Frau Maiers Schritte wieder ein wenig leichter und schneller.

## III

In der Wohnsiedlung hinter der Kirche, ziemlich am Ortsrand von Kauzing, führte ein recht unauffälliger Fußweg am Feld vom Bauern Knittler entlang. Regina hatte ihr erzählt, dass sie ihr Auto in der Wohnsiedlung parken und die letzten Meter zu ihrem Haus zu Fuß gehen müsste. Hier war es also.

Frau Maier ging langsam den Weg entlang. Rechts davon befand sich eine hohe Hecke und auf der linken Seite lag das freie Feld. Frau Maier blieb kurz stehen, um den Anblick aufzusaugen. Grün und gelb, blau und weiß, die Farben des Frühlings. Grünes Gras, gelber Löwenzahn, blauer Himmel, weiße Berggipfel. Sie atmete tief ein und roch den Duft der Wiese. Dicht an ihrem Ohr summte eine Biene. „Danke", flüsterte sie, ohne recht zu wissen, an wen dieser Dank gerichtet war. Sie blickte kurz in den Frühlingshimmel. Vielleicht wusste sie es ja doch.

## IV

Nach etwa zwei Minuten Fußweg gelangte Frau Maier an ein rotes Gartentor. Dahinter konnte sie ein hübsches kleines Haus mit einem hohen Dach und einem bunt bepflanzten Balkon sehen. *Willmers* stand auf einem offenbar selbst getöpferten Namensschild am Tor.

Erst in diesem Augenblick fragte sich Frau Maier, ob ihr Besuch nicht ein wenig aufdringlich war. Sicher, sie wollte Regina nur einen Gefallen tun und ihr den Geldbeutel bringen. Aber vielleicht wollte Regina einfach ihre Ruhe und keinen unerwarteten Besuch. Am Ende würde sie sich verpflichtet fühlen, Frau Maier ins Haus zu bitten …

Frau Maier zögerte. Gerade wollte sie sich wieder umdrehen und gehen, da stand Regina plötzlich vor ihr. „Frau Maier! Was für eine nette Überraschung!" Sie lächelte ihr herzliches Lächeln und sofort fühlte Frau Maier sich besser.

„Grüß Gott, Frau Willmers, ich habe hier Ihren Geldbeutel. Den haben Sie im Hotel liegen lassen." Immer noch etwas unsicher streckte Frau Maier ihr die braune Geldbörse entgegen.

„Oh je, das hatte ich noch gar nicht gemerkt. Aber wie lieb von Ihnen, dass sie ihn mir extra vorbeibringen." Das freundliche Lächeln wurde zu einem herzlichen Strahlen. „Dafür haben Sie sich jetzt aber mindestens eine Tasse Kaffee verdient. Kommen Sie!"

Regina öffnete das Gartentor und zog Frau Maier am Arm in den Garten. Dann hakte sie sich bei ihr unter und steuerte sie sanft aber energisch aufs Haus zu. Offenbar hatte sie mit ihrem untrüglichen Sinn für ihre Mitmenschen Frau Maiers Unsicherheit bereits bemerkt. Sie plauderte locker über ihre Blumenbeete und ließ keine Befangenheit aufkommen.

Im Haus ließ sich Frau Maier dankbar auf das Sofa sinken. Das Sitzen tat nach diesem langen Vormittag unglaublich gut. Sie freute sich über den herzlichen Empfang und darüber, dass Regina Willmers ihr das Gefühl gab, sie seien beinahe so etwas wie Freundinnen. Oder sie könnten welche werden.

„Ich bin gleich wieder da. Kaffee hatte ich sowieso gerade aufgesetzt", sagte Regina und verschwand in der Küche.

Frau Maier sah sich im Wohnzimmer um. Hell und freundlich war es hier, und der ganze Raum passte einfach zu Regina Willmers: Man fühlte sich sofort wohl darin. Er war nicht zu groß und nicht zu klein, er war aufgeräumt und sauber, aber nicht ungemütlich, und kleine liebevolle Details fanden sich in jeder Ecke. Pflanzen in bunten Töpfen auf dem Fensterbrett, farblich genau darauf abgestimmte Kissen auf Sofa und Sessel. Ein frischer Strauß Gartenblumen auf dem Couchtisch und eine offenbar von Hand bestickte kleine Tischdecke darunter. Ein geschmackvoll renovierter alter Bauernschrank an der Wand und daneben eine schlichte Kommode aus poliertem Holz. Darauf stand eine ganze Reihe von Fotos, jedes liebevoll gerahmt. Von ihrem Platz auf dem Sofa aus konnte Frau Maier zwar keine Gesichtszüge auf den Bildern erkennen, aber sie sah, dass es sich um verschiedene Porträts, Gruppenfotos und Schnappschüsse handelte. Mehrere Erwachsene und einige Kinder konnte sie auf die Entfernung unterscheiden. Die Tatsache, dass Frau Maier trotz ihres grundsätzlichen Interesses an anderen Menschen, der Kommissar Brandner hätte es Neugierde genannt, lieber auf ihrem bequemen Platz sitzen blieb und nicht aufstand, um die Fotos genauer zu inspizieren, sagte einiges darüber, wie müde sie sich fühlte. Ich werde wirklich alt, dachte sie traurig.

Aber Reginas Timing war zum Glück wieder

einmal perfekt. Bevor bei Frau Maier noch mehr trübe Gedanken aufkommen konnten, war sie mit einem Tablett bereits zurück im Wohnzimmer. Und noch immer hatte sie diesen erfreuten Gesichtsausdruck, der Frau Maier glücklich und auch ein bisschen stolz machte.

„So, hier kommt der Kaffee", sagte Regina und stellte zwei Tassen, die Kanne, Milch und Zucker und einen Teller mit Keksen auf den Couchtisch, bevor sie sich neben Frau Maier aufs Sofa sinken ließ.

„Wie war es denn heute in der Arbeit?", fragte sie, noch bevor eine unangenehme Stille entstehen konnte. Für einen Augenblick sah sie Frau Maier aufmerksam an und fügte hinzu: „Sie sehen ein bisschen müde aus."

„Es war auch wirklich anstrengend heute." Ohne weiter darüber nachzudenken, hatte Frau Maier ehrlich geantwortet, obwohl sie Schwäche normalerweise ungern zugab.

„Sie Arme!" Regina Willmers klang ehrlich besorgt. „Es ist wirklich eine schlimme Zeit für uns alle. Wie war denn die Stimmung im Hotel?"

Frau Maier stellte langsam ihre Kaffeetasse ab. Das war die perfekte Vorlage für sie, um das Gespräch auf die Themen zu lenken, die sie so brennend interessierten. Ich bin gar nicht so nett und hilfsbereit wie Hape und Regina denken, stellte sie ein wenig schuldbewusst fest. Wenn ich ganz ehrlich bin, dann wollte ich den Geldbeutel wohl tatsächlich nur vorbeibringen, um Informationen zu bekommen. Laut sagte sie: „Mir kam es wieder etwas ruhiger vor als an den vergangenen Tagen. Aber natürlich reden alle über die neuesten Gerüchte …" Sie biss in einen Keks und wartete ab, ob Regina gleich einhaken würde. Sie wurde nicht enttäuscht.

„Gerüchte?" Regina stellte ihre Kaffeetasse ab. „Sie meinen das mit den Zeugen, oder?"

„Ja, die Zeugen im Zug nach Paris."

„Glauben Sie denn daran?" Regina Willmers klang skeptisch.

„Das kann ich nicht sagen, weil ich nichts Genaueres weiß. Wer die Zeugen sind, was sie genau gesehen haben …" Frau Maier versuchte, nicht zu neugierig auszusehen.

Doch Regina schien nicht zu bemerken, dass sie gerade ausgehorcht wurde. Sie nickte. „Ich weiß auch nicht viel. Ein Zeuge soll ein französischer Geschäftsmann sein. Ihm ist ein blondes Mädchen in Viviens Alter aufgefallen, das im Zug alleine im Korridor auf- und abgegangen ist. Er hat sie zweimal gesehen, als er unterwegs ins Bordrestaurant war, um sich einen Kaffee zu holen."

„Konnte er das Mädchen denn genauer beschreiben?", wollte Frau Maier wissen.

„Nicht wirklich." Regina klang traurig. „Er konnte nur die ungefähre Größe angeben, aus der man dann das vermutliche Alter geschlossen hat, und die Haarfarbe und dass das Mädchen keine Brille trug. Ziemlich dürftig."

„Und der zweite Zeuge?" Frau Maier hatte es aufgegeben, ihre Neugier verbergen zu wollen.

„Das ist eine deutsche Mutter mit einem Buben in Viviens Alter. Der Mutter ist zwar aufgefallen, dass das Mädchen alleine dort saß, aber sie ist davon ausgegangen, dass ihre Begleitperson nur kurz auf der Toilette ist."

„Also auch nichts Handfestes." Frau Maier sprach aus, was beide dachten.

Regina schenkte Kaffee nach. „Nein, nichts Handfestes", sagte sie dann leise. „Aber doch ein kleiner Hoffnungsschimmer. Und es war leider alles, was Frau Rupprecht mir darüber sagen konnte." Regina zögerte nur für den Bruchteil einer Sekunde, bevor sie hinzufügte. „Oder sagen wollte."

„Und wissen Sie, wie die Polizei das sieht?", fragte Frau Maier.

Regina schüttelte den Kopf. „Frau Rupprecht hat nur gesagt, dass sie das Hotel jetzt hoffentlich in Ruhe lassen und ihre Suche nicht mehr auf Kauzing konzentrieren, sondern endlich ausweiten. Sie ist überzeugt …" Regina verstummte und Frau Maier hielt die Luft an. Sie wollte nicht nachfragen, gleichzeitig aber unbedingt wissen, wovon ihre Chefin überzeugt war.

„… dass Vivien entführt wurde und schon nicht mehr in Deutschland ist", fuhr Regina fort. Interessant, dachte Frau Maier. Laut sagte sie: „Aber wie würde dazu denn dann der Selbstmord von Frau Lenz passen? Das ergibt doch keinen Sinn."

Regina Willmers seufzte. „Ich denke auch dauernd darüber nach. Ich würde viel dafür geben, wenn ich es wüsste, glauben Sie mir. Vielleicht …" Sie zögerte kurz. „Vielleicht war Vivien verschwunden. Entführt oder weggelaufen. Und vielleicht war Frau Lenz so verzweifelt darüber, dass sie … Vor allem, weil sie doch so labil war …" Reginas Stimme wurde immer leiser, bis sie ganz verstummte.

Beide Frauen schwiegen jetzt. Frau Maier fiel auf, wie still es in dem kleinen Haus war, und dass Regina Willmers eigentlich ähnlich einsam und abgelegen wohnte wie sie. Aber es gab doch einen Unterschied. Einen sehr großen Unterschied. Frau Maiers Blick fiel wieder auf die liebevoll gerahmten Fotos auf der Kommode. Auch wenn Regina vielleicht alleine hier im Haus wohnte, war sie doch nicht einsam. Sie hatte eine Familie, Freunde, Menschen, deren gerahmte Fotos ganz selbstverständlich einen Platz in ihrem Wohnzimmer hatten.

Regina Willmers' Blick folgte dem von Frau Maier und sie lächelte. „Meine Kinder und Enkelkinder", sagte sie. Der Stolz in ihrer Stimme war unüberhörbar und versetzte Frau Maier einen größeren Stich, als sie erwartet hätte. Sie räusperte sich und versuchte, ebenfalls zu lächeln. „Leben sie denn hier in der Nähe?"

Ein Schatten legte sich kurz über Reginas Gesicht, aber sie hatte sich schnell wieder unter Kontrolle. „Leider nein", antwortete sie. „Meine Tochter lebt mit ihrer Familie in Norddeutschland und mein Sohn in Amerika." Sie ließ ihren Blick nachdenklich auf den Bildern ruhen und hatte dann ihr Lächeln schnell wiedergefunden. „Aber Hauptsache, es gibt sie überhaupt in meinem Leben. Egal, wo sie wohnen."

In dem Moment, in dem sie die Worte ausgesprochen hatte, bemerkte sie, wie unpassend sie in Frau Maiers Gegenwart klangen. Für einen kurzen Augenblick sah die sonst so souveräne Regina verlegen aus und hätte sich wohl am liebsten auf die Zunge gebissen. Dann versuchte sie, noch etwas zu retten. „Es hat natürlich auch sein Gutes, wenn man nicht ständig mit der Familie beschäftigt ist", sagte sie hastig. „So habe ich immer genug Zeit für alle meine Interessen und Hobbys. Ich bastle und handwerke nämlich leidenschaftlich gerne."

„Und was basteln Sie so?" Frau Maier hörte selbst, wie bemüht und unnatürlich ihre Frage klang. Die gute Stimmung vom Anfang ihres Besuchs war mit einem Mal verflogen.

„Alles Mögliche! Zum Beispiel die Tassen hier, die habe ich getöpfert. Und den Schrank dort in der Ecke, den habe ich komplett restauriert."

Frau Maier spürte, wie sehr Regina sich bemühte, wieder einen lockeren Ton zu finden und beschloss, sich ebenso zu bemühen. Immerhin hatte sie vorhin kurz das Gefühl gehabt, Regina und sie könnten Freundinnen werden – und trotz aller Unterschiede hatten sie schließlich auch einiges gemeinsam. Sie sah sich die Tassen und den Schrank aufmerksam an und sagte dann: „Respekt. Ich könnte Ihre Arbeit nicht von der eines Profis unterscheiden!" Frau Maiers Bewunderung war nicht gespielt und Regina schien sich auch ehrlich darüber zu freuen.

„Woher können Sie das?", fragte Frau Maier.

„Ich habe mir viel von meinem Vater abgeschaut, der war Schreiner und hat nebenbei noch alte Möbel restauriert. Und weil ich einfach schon immer gerne mit meinen Händen gearbeitet habe, habe ich im Laufe der Jahre noch einige Kurse besucht und mir vieles selbst beigebracht. Und in den vielen Jahren, die mein Leben jetzt schon dauert, hatte ich ja auch Zeit, viel zu lernen!" Regina lachte und Frau Maier dachte einmal mehr, wie jung sie aussah und wie viel Charme sie hatte. Und handwerklich begabt war sie auch noch. Und sie hatte Kinder. Und Enkelkinder. Frau Maier musste ein Seufzen unterdrücken und bemerkte im gleichen Augenblick, dass Regina sie sehr aufmerksam musterte. Bestimmt war sie wieder einmal dabei, ihre Gedanken zu lesen … Aber das wollte sie nicht. Nicht jetzt.

„Wo ist denn das Badezimmer? Ich müsste kurz …" Frau Maier stand auf. Regina behielt ihren forschenden Blick bei, antwortete aber in ganz normalem Ton: „Natürlich. Aus dem Wohnzimmer in den Gang hinaus und dort die letzte Tür rechts."

Als Frau Maier die Badezimmertür hinter sich schloss, fühlte sie sich seltsam erleichtert. Sie machte kurz ihre Augen zu. Was war es eigentlich, was sie gerade so anstrengte? Immer noch der chaotische Tag bei der Arbeit? Die Informationen über Vivien, die sie wenig optimistisch stimmten? Die gerahmten Fotos? Reginas forschende Blicke? Sie seufzte und öffnete die Augen. „Alles zusammen", brummte sie und ging zum Waschbecken. „Weil du eine komische alte Frau bist", raunte sie dort noch ihrem Spiegelbild zu und ließ sich kühles Wasser über Hände und Unterarme laufen.

Ihr Blick fiel auf den Beckenrand, wo eine geöffnete Schachtel stand. „Intensiv deckende Haartönung", las sie halblaut. Es dauerte einen kleinen Augenblick, bis die Information in ihrem Gehirn angekommen war, wo sie einen wahren Tumult an Gedanken und Gefühlen auslöste. Und doch ist nie alles so, wie es scheint, war ihr erster Gedanke. Wie naiv von mir, dass ich Regina immer so dafür bewundert habe, dass sie kein einziges graues Haar hat und nie daran gedacht habe, dass man da nachhelfen kann. Zum Glück ist sie doch nicht so perfekt, war Frau Maiers zweiter Gedanke. Und der nächste: Ich sollte mich nicht so schnell von anderen Leuten verunsichern lassen. Irgendwie auch schade, dass der Mythos der ewigen Jugend von Regina Willmers jetzt einen Kratzer hat, überlegte sie schließlich. Frau Maier schaute sich noch einmal im Spiegel an. Ihr rundliches Gesicht, die Lachfalten, die grünen Augen, die grauen Haare. „Du spinnst, dass eine Haartönung dich so durcheinander bringt", flüsterte sie streng und ging zu Regina ins Wohnzimmer zurück.

Erst, als sie sich endlich daheim in ihrem kleinen Haus am See auf dem Sofa ausstreckte, fiel ihr auf, dass sie Regina Willmers gar nicht auf Paderborn und eine mögliche Verbindung zwischen Ulrike Rupprecht und Simones Vater angesprochen hatte. Aber sie ärgerte sich nicht darüber. Für heute hatte sie sowieso genug von allem und ihr Hirn war voll.

Sie zog sich die abgewetzte, karierte Wolldecke über den Kopf und versuchte, ihre Gedanken langsam zur Ruhe kommen zu lassen.

Erst, als die Katze sich schnurrend auf ihre Beine legte, gelang es ihr ganz allmählich.

# Zehntes Kapitel
## Montag

# I

„Sie werden es nicht glauben, Frau Maier!"

Frau Maier konnte vor allem nicht glauben, dass Elfriede Gruber um sieben Uhr morgens vor ihrer Haustür stand und aussah, als hätte sie gerade einen Geist gesehen.

„Jetzt kommen Sie erst mal rein!"

„Nein, nein, ich muss ja zur Arbeit ... Ich weiß gar nicht, warum ich Sie damit belästige, ich bin nur so durcheinander."

„Elfriede." Frau Maier bemühte sich, ruhig und streng zugleich zu klingen. „Was ist passiert?"

Es schien zu wirken. Elfriede atmete tief durch und sagte dann: „Die Polizei war gestern Abend bei mir. Sie haben mich gefragt, wann ich den Alexander Knauer zuletzt gesehen habe. Scheinbar ist er ..." Elfriede stockte und senkte ihre Stimme dann zu einem Flüstern, obwohl sie hier ganz bestimmt niemand außer der Katze und vielleicht noch der Ente hören konnte. „Er ist verschwunden. Er ist am Freitagabend nicht zu einer Familienfeier erschienen und seitdem konnte ihn auch keiner erreichen. Keiner seiner Verwandten oder Freunde weiß etwas." Elfriedes Augen sahen in ihrem bleichen Gesicht riesengroß aus.

„Und hat die Polizei eine Vermutung?"

„Ich glaube, sie finden ihn jetzt wieder verdächtig", antwortete Elfriede leise. „Ich hatte
den Eindruck, dass sie glauben, er ist abgehauen,
weil er doch etwas mit der ganzen Sache zu tun
hat. Mit der Frau aus dem Kurhotel und ihrer
kleinen Tochter. Die denken bestimmt, er ist mit
der Kleinen weg."

„Aber das glauben Sie nicht?"

„Nein. Ich mache mir Sorgen um ihn. So ein
netter junger Mann! Vielleicht ist ihm etwas zu-
gestoßen. Oder er hat sich …" Elfriede schluckte. „Wegen seiner Frau, also Ex-Frau meine ich,
und jetzt wegen der Frau Lenz …"

„Das glaube ich nicht!" Frau Maier bemühte
sich, ihre Stimme fest und zuversichtlich klingen
zu lassen. „Das wäre ja wohl doch etwas zu viel
des Zufalls, wenn gleich zwei Menschen, die sich
gerade erst kennengelernt haben, hintereinander
…" Sie sprach den Rest nicht aus. Elfriede wirkte
kein bisschen beruhigt.

„Kann ich etwas für Sie tun?", fragte Frau
Maier sanft. „Wollen Sie einen Kaffee?"

„Nein, wie gesagt, ich muss zur Arbeit. Entschuldigen Sie die frühe Störung, Frau Maier.
Aber ich konnte die ganze Nacht nicht schlafen
und musste dringend vor der Arbeit noch mit
jemandem reden …" Sie zuckte bedauernd die
Achseln und wandte sich zum Gehen.

„Sie können jederzeit zu mir kommen", sagte Frau Maier. „Wirklich jederzeit."

Und sie konnte nicht anders, als sich zu freuen, dass Elfriede zu ihr gekommen war. Trotz allem.

## II

Auch Elvis konnte nichts daran ändern. Er gab sich Mühe, keine Frage. Er schmetterte mit so viel Innbrunst *Devil in Disguise*, man konnte ihm wirklich keinen Vorwurf machen. Aber das schlechte Gefühl, das sich seit Elfriedes Besuch in Frau Maiers Magengrube ausbreitete, das konnte auch er nicht vertreiben.

Frau Maier nahm noch einen Schluck Kaffee und zwang sich, Elvis zuzuhören und nicht an Alexander Knauer zu denken. Vergeblich. Sie ahnte nichts Gutes für den jungen Mann, den Elfriede so vehement gegen jeden Verdacht in Schutz nahm. *Devil in Disguise* … von einem Teufel in Verkleidung sang Elvis. Das wusste Frau Maier, weil sie alle Elvis-Texte in ihrem alten Englisch-Wörterbuch nachgeschlagen hatte. Ein Teufel in Verkleidung, genau so einer lief da draußen herum. Und sie war sich ziemlich sicher, dass er nicht in Paris oder Portugal herumlief, sondern hier. In Kauzing. Und es wurde langsam Zeit, etwas dagegen zu unternehmen.

„Herrschaftszeiten!“, entfuhr es Frau Maier beim Blick auf die Uhr. Wenn sie jetzt keinen wirklich sportlichen Spaziergang hinlegte, würde sie zu spät zur Arbeit kommen. „Na bravo“, brummte sie. Frau Maier hasste Sport.

## III

Jetzt waren sie wieder da, die Polizeiautos vor dem Hotel. Frau Maier konnte sich lebhaft vorstellen, wie sehr Ulrike Rupprecht sich darüber aufregen würde. Gerade, als sie gedacht hatte, Kauzing und das Hotel wären aus dem Schneider und der Einsatz würde im Ausland weitergehen. Aber das Verschwinden von Alexander Knauer änderte natürlich alles. Bestimmt würden noch einmal alle im Hotel verhört werden. Vielleicht war ja doch noch jemandem eingefallen, dass Simone Lenz eine Bemerkung über ihn gemacht hatte. Oder dass Vivien während der Verabredung ihrer Mutter tatsächlich noch irgendwo im Hotel gewesen war …

„Ah, Frau Maier!“ Die kühle Stimme der Chefin riss Frau Maier aus ihren Gedanken. Sie sah auf und bemerkte, dass sie in der Eingangshalle fast mit Frau Rupprecht zusammen gestoßen war. Schon wieder so ein peinlicher Auftritt. Ausgerechnet jetzt, ärgerte sich Frau Maier. Sie lächelte freundlich, aber ihr Lächeln wurde nicht erwidert.

„Bestimmt haben Sie die Polizeiautos gesehen", sagte Ulrike Rupprecht, „Sie werden nachher verständigt, wenn die Beamten mit Ihnen sprechen wollen. Es gibt neue Entwicklungen."

Mit diesen Worten rauschte sie davon und sie konnte schon wieder ganz gut rauschen, stellte Frau Maier fest. Der Fuß schien fast vollständig verheilt zu sein.

Die Vernehmung wurde wieder von den beiden Polizisten durchgeführt, die Frau Maier schon vom letzten Mal kannte, und sie dauerte etwa drei Minuten. Nein, Frau Maier hatte nichts von einem Treffen gewusst. Nein, sie kannte Herrn Alexander Knauer nicht. Nein, sie hatte ihn demzufolge auch nicht gesehen. Nein, Vivien war ihr zur fraglichen Zeit nicht im Hotel aufgefallen, aber nachmittags hatte sie auch keinen Dienst gehabt.

Als Frau Maier später am See entlang nach Hause ging, musste sie einmal mehr ihr schlechtes Gewissen beruhigen. Sie hatte den Polizisten nicht erzählt, dass sie den Herrn Knauer am Freitag gesund und lebendig gesehen hatte. So lebendig, dass er sie mühelos abgehängt hatte, als sie ihn durchs Dorf hatte verfolgen wollen. Aber wie hätte sie das auch erzählen sollen, ohne sich verdächtig zu machen? Oder ohne seltsam zu wirken? Wie eine verrückte Oma? „Mei o mei", seufzte Frau Maier leise. Da hatte sie sich wieder in etwas hineinmanövriert. „Selbst schuld", murmelte sie.

Den See interessierten ihre Nöte nicht. Er lag spiegelglatt vor ihr und das Wasser war so klar, dass sie die Steine darin wieder deutlich sehen konnte. Sie schimmerten bunt und glatt unter der Wasseroberfläche. Die Berge waren in leichte Wolken gehüllt.

Langsam ging Frau Maier weiter. Sie wusste nicht, wie die Vernehmungen von Regina Willmers und Hape gelaufen waren. Heute hatte sie keine Lust auf einen Kaffee in der Küche gehabt. Sie wollte einfach nur heim und in Ruhe nachdenken. Über ihren Plan. Darüber, wie sie etwas Neues über den Tod von Frau Lenz in Erfahrung bringen konnte.

Es war ein riskanter Plan und wenn etwas schief lief, wäre sie nicht nur ihren Job los. Sie würde bestimmt auch Ärger mit der Polizei bekommen. Aber nachdem sie erst heute wieder einmal im Verhör gelogen hatte … „Auch schon Wurscht", brummte Frau Maier.

## IV

Die Gestalt war doch wiedergekommen und hatte ihr etwas zu essen und zu trinken gebracht. Sie war ganz ruhig liegen geblieben und hatte ihr Gesicht fest in den Armen verborgen.

Ganz fest.

Aber die Gestalt hatte sich ihr genähert.

Langsam.

Sie hatte so große Angst gehabt, dass sie wieder wimmern musste.

Dann hatte sie die Hand gespürt … in ihren Haaren. Die Hand hatte ihren Kopf gestreichelt. Einen Augenblick lang hatte sie gedacht, sie würde brechen müssen, so übel wurde ihr.

Aber trotzdem … Es war eine Berührung gewesen. Eine menschliche Hand. Ein Mensch, der ihr etwas zu essen brachte und der sich um sie kümmerte … Dann war die Gestalt wieder weggewesen, die Tür wurde verschlossen.

Langsam setzte sie sich auf und sah, dass wenigstens das Licht wieder funktionierte.

## V

Die Ente war inzwischen wieder ziemlich mobil. Nach wie vor verbrachte sie die Nacht brav in ihrer Kiste in der Küche und nach wie vor ließ sie sich gerne von Frau Maier mit Futter versorgen. Aber in den letzten Tagen spazierte sie tagsüber immer öfter durch die Räume. Wenn Frau Maier die Küchentür nicht zumachte, kam sie auch durch den Gang ins Wohnzimmer gewatschelt. Doch ein Versuch, ihr im Garten die Freiheit wieder schmackhaft zu machen, war an kläglichem Quaken gescheitert, das in dem Moment aufgehört hatte, in dem Frau Maier sie wieder ins Haus zurück getragen hatte. Besser war das Bad in der Badewanne angekommen, das Frau Maier ihr daraufhin angeboten hatte. Die Ente hatte vergnügt geplanscht und sich dann widerstandslos wieder in ihre Schachtel setzen lassen.

Jetzt stand Frau Maier in der offenen Küchentür und musterte die Ente nachdenklich. Sie saß auf dem Fensterbrett und sah sehr zufrieden aus. Sie musste also dort hochgeflattert sein und damit stand endgültig fest, dass ihr körperlich nichts mehr fehlte. Und je mobiler sie wurde, desto mehr mussten auch ihre Hinterlassenschaften überall aufgewischt werden. Nein, auf Dauer konnte die Ente nicht im Haus wohnen.

„Warum willst du denn nicht zurück in die Freiheit?", fragte Frau Maier.

Die Ente sah sie an und quakte leise. Frau Maier seufzte. Sie wusste, dass sie es nicht übers

Herz bringen würde, die Ente vor die Tür zu setzen. Denn die Sehnsucht nach Sicherheit und Geborgenheit, die kannte sie selbst schließlich nur allzu gut.

## VI

Es war dunkel geworden und die Luft war kühl. Der Frühling zeigte sich tagsüber in all seiner Freundlichkeit und in seinen warmen Farben, aber nachts machte er deutlich, dass er sich dem Winter durchaus noch verbunden fühlte.

Frau Maier fröstelte trotz ihrer warmen Strickjacke leicht, als sie den Weg durch den kleinen Wald vor ihrem Haus zurücklegte. Der Mond schien hell auf den See und zeichnete ein silbriges Muster auf das Wasser, das sich leicht kräuselte. Sie versuchte, die mahnende Stimme in ihrem Kopf zu ignorieren. Du spinnst wirklich, der Brandner hatte schon Recht damals, sagte die Stimme. Frau Maier spürte kleine Schweißperlen auf ihrer Stirn. Was mischst du dich da schon wieder ein? Sie ging schneller. Du musst dich wirklich nicht wundern, wenn das richtig Ärger gibt. Und beschweren schon gar nicht.

Frau Maier blieb stehen. In der Abendluft fühlte sich der Schweiß auf ihrer Stirn und in ihrem

Nacken eiskalt an. Wie eine kalte Hand, dachte sie plötzlich. Sie war außer Atem.

Ganz ruhig, sagte sie sich. Es gibt keine andere Möglichkeit. Und was soll es bringen? Die Stimme war hartnäckig. „Jemand muss endlich Vivien helfen", brummte Frau Maier trotzig und setzte sich wieder in Bewegung.

Der Schlüssel zu allem lag in den Umständen des Todes von Simone Lenz. Wenn endlich jemand herausfand, wie sie wirklich gestorben war, dann würde es auch neue Hinweise auf den Verbleib von Vivien geben, da war sie sicher. Und dieser Jemand musst ausgerechnet du sein?, fragte die Stimme spöttisch. Frau Maier seufzte. Vielleicht ging ja wirklich wieder die Neugier mit ihr durch. Oder sie wollte sich einfach ablenken … Um nicht an die Maria zu denken. In ihrem Schlafzimmer. Und an die Gestalt an ihrem Gartentor.

Plötzlich schoss ihr ein Bild so deutlich in den Kopf, dass ihr für einen Augenblick der Atem stockte. Sie sah und spürte auf einmal wieder die Blicke ihrer Klassenkameradinnen an jenem Sonntag, als sie die Kirche betreten hatte, und irgendjemand das mit ihr und dem Karli herausgefunden hatte. Die Maria saß in der Mitte der Mädchen und Frau Maier spürte die Fassungslosigkeit, die kalte Ablehnung von der Maria und von der Gemeinschaft um sie herum. Was will der Karli nur mit der? Die Frage war in allen Gesichtern deutlich zu lesen gewesen. Aber Frau Maier hatte von der Maria doch nichts gewusst, als sie den Karli kennengelernt hatte. Über all die Wochen hatte sie nichts gewusst, vielleicht auch nichts wissen wollen. Nichts von dem Versprechen. Nichts von dieser Verbindung, die für alle anderen im Dorf so unauflösbar schien. Seit jenem Sonntag ging sie nicht mehr gerne in den Gottesdienst.

Frau Maier schüttelte sich. Sie war tief in Gedanken versunken immer weiter gegangen und hatte jetzt schon den Hügel erreicht, der zum Kurhotel führte. Es war halb zehn. In der Eingangshalle begegnete ihr niemand, die Rezeption war nicht besetzt, im kleinen Hinterzimmer lief ziemlich laut der Fernseher. Bisher lief alles nach Plan.

# VII

Im ersten Stock kam ihr ein Gast entgegen. Es war Frau Becker aus Zimmer 56. Frau Maier mit ihrem guten Gedächtnis für Menschen und Gesichter erkannte sie sofort. Frau Becker auf der anderen Seite sah sie nur ein wenig verwirrt an, schien kurz zu überlegen, ob sie diese Frau schon einmal gesehen hatte, erwiderte dann einfach deren freundliches Lächeln und ging weiter. Umso besser, dachte Frau Maier. Hoffen wir, dass sie die Begegnung auch schnell wieder vergisst. Sie hatte den Gang zum Putzkammerl erreicht und zwang sich, mit ruhigen Schritten weiter zu gehen. Nur keine Aufmerksamkeit erregen.

Das Kammerl war offen. Als Frau Maier hineingeschlüpft war und die Tür hinter sich geschlossen hatte, seufzte sie erleichtert auf. Sie hatte ja gewusst, dass das Kammerl tagsüber nie abgesperrt wurde. Aber sie war nicht sicher gewesen, wie es abends oder nachts war. Plötzlich durchzuckte sie ein erschreckender Gedanke. Was, wenn der Nachtportier auf seiner letzten Runde durchs Haus alle Türen zusperrte? Und wenn sie dann die ganze Nacht in diesem Raum gefangen wäre? Plötzlich nahm sie den chemischen Geruch der Putzmittel überdeutlich wahr und das Atmen fiel ihr schwerer. Sie dachte an schleppende Schritte draußen auf dem Gang und lauschte angestrengt. Eingesperrt sein, wie ein Tier in der Falle … Sie schüttelte sich und konnte sich trotzdem nicht gegen einen Gedanken wehren, der ganz plötzlich in ihr aufstieg und für einen Moment ihren ganzen Kopf ausfüllte: Vivien ist irgendwo eingesperrt. Sie sitzt jetzt in einem engen Raum, sie hat Angst, sie ist gefangen. Frau

Maier spürte ein Brennen in ihren Augen. Sie zwang sich, das Bild von Vivien möglichst weit weg zu schieben. Sie zwang sich, tief zu atmen und wieder in den Augenblick zurückzukehren. Denn in diesem Augenblick gab es bereits mehr als genug zu bedenken ...

Sie kletterte vorsichtig auf einen umgedrehten Putzeimer und hoffte inständig, dass das Plastik hochwertig genug war, um ihr Gewicht für einen kurzen Moment zu tragen. Ansonsten würde vermutlich Frau Leitner sie morgen früh hier im Kammerl mit einem gebrochenen Fuß zwischen lauter Putzeimern vorfinden. Behutsam streckte Frau Maier ihren Arm aus und tastete auf dem obersten Regalbrett nach dem kleinen Kästchen. Sie musste sich auf die Zehenspitzen stellen, um danach greifen zu können, und der Eimer gab bedrohlich nach. Doch im nächsten Moment hatte sie das Kästchen in der Hand und stand wieder auf dem sicheren Fußboden.

Sie öffnete das Kästchen und holte den Generalschlüssel heraus. „Glück gehabt", flüsterte sie, um sich Mut zu machen. Sie hatte einmal gesehen, wie Frau Leitner den Schlüssel dort hineingelegt hatte. „Bitte behalten Sie das für sich, Frau Maier", hatte Frau Leitner peinlich berührt gesagt. „Eigentlich sollte ich den Schlüssel natürlich immer bei mir tragen, aber ich habe schon vor

Längerem einen Ersatzschlüssel hier deponiert. Für Notfälle. Und weil es viel zu lange dauert, noch einmal heimzufahren und meinen zu holen, wenn ich ihn tatsächlich mal dort vergesse. Und hier findet ihn ja bestimmt niemand."

„Nein, bestimmt nicht", hatte Frau Maier damals beruhigend zugestimmt. „Ich finde, das ist eine gute Idee!"

„Und wie gut diese Idee war", murmelte sie jetzt und lauschte wieder in den Gang hinaus.


## VIII

Wie der Ablauf war, das wusste sie. Spätestens ab zehn war die Rezeption nicht mehr besetzt und der Haupteingang des Hotels wurde abgeschlossen. Die Türen ließen sich dann nur noch von innen öffnen. Schließlich handelte es sich um Kurgäste, die sich ihrem Erholungsschlaf hingeben und nicht nachts unterwegs sein sollten. Abgesehen davon wusste Frau Maier auch nicht, was man in Kauzing um diese Uhrzeit noch hätte machen sollen, selbst, wenn die Tür bis zwei Uhr morgens offen gestanden hätte. Auf der Seite des Hauses, die nicht zum Parkplatz, sondern zum See zeigte, gab es noch einen kleinen Hintereingang. In dieser Nacht würde sie dieses Hintertürchen als Fluchtweg nutzen, um nicht noch einmal durch das hell beleuchtete Foyer laufen zu müssen. Falls eine Flucht nötig werden sollte …

Bevor der Nachtportier seinen Dienst beendete, drehte er normalerweise eine Runde durchs Haus und schaute noch einmal nach dem Rechten. Frau Maier hatte allerdings schon von mehreren Mitarbeitern gehört, dass er diese Aufgabe nicht allzu ernst nahm und gerne um kurz nach zehn den Heimweg antrat. Vermutlich begann dann eine Fernsehsendung, die er nicht verpassen wollte. Frau Maier hoffte, dass er den Rundgang auch heute nicht allzu ausführlich gestalten würde.

Doch um kurz nach zehn hörte sie draußen Schritte. Ihr Herzschlag beschleunigte sich, obwohl sie sich zwang, weiter ruhig zu atmen. Es kostete sie einige Willenskraft, nicht an die Schritte im einsamen Haus zu denken und nicht an die Bilder jener Nacht, die untrennbar mit diesen Schritten verbunden waren.

Die Schritte heute waren aber nicht schleppend. Zügig durchquerten sie den Korridor, um genau vor dem Putzkammerl zum Stehen zu kommen. Frau Maier hielt den Atem an. Welche Ausrede konnte sie dafür haben, nachts um kurz nach zehn hier zu sein? Die Antwort war relativ einfach: keine.

Die Türklinke bewegte sich. Frau Maier starrte gebannt darauf und war unfähig, sich zu bewegen. Die Tür öffnete sich einen Spalt breit. Frau Maier schloss die Augen und machte sich auf das Schlimmste gefasst. Ein, zwei lange Sekunden vergingen, nichts passierte. Sie machte die Augen auf. Langsam ging die Klinke wieder nach oben, dann war ein leicht metallisches Klappern zu hören, bevor ein Schlüssel ins Schloss gesteckt und zweimal energisch herumgedreht wurde.

Die Erleichterung darüber, nicht entdeckt worden zu sein, wich sehr schnell dem Entsetzen, jetzt erst recht in der Falle zu sitzen. Eingesperrt. In der Falle. Wie ein Tier. Wie Vivien.

Frau Maier spürte einen stechenden Schmerz in der rechten Hand und sah verwundert nach unten. Sie hielt den Generalschlüssel so fest umklammert, dass er tief ins Fleisch schnitt und rote Striemen hinterließ. Einen Augenblick lang stutzte sie, dann musste sie trotz allem lachen. „Mei o mei, bist du blöd", murmelte sie. Ein Generalschlüssel hieß schließlich Generalschlüssel, weil man damit alle Türen aufsperren konnte. Und zwar von außen und von innen.

Im Korridor war es ruhig und bis auf die trübe Nachtbeleuchtung düster. Es war kurz nach elf. Frau Maier war es schwer gefallen, noch so lange im Kammerl auszuharren, aber sie wollte sichergehen, dass der Rundgang des Nachtportiers beendet und die Gäste möglichst alle in ihren Betten oder wenigstens in ihren Zimmern waren. Ihre eigenen Schritte kamen ihr übertrieben laut vor und sie hielt immer wieder inne, um angestrengt in die Stille zu lauschen.

Bevor sie aus dem Korridor trat und in den Bereich des Treppenaufgangs gelangte, horchte sie besonders aufmerksam. Nichts. Ohne Zwischenfall erreichte sie Ulrike Rupprechts Büro und ohne noch einmal darüber nachzudenken, sperrte sie es auf, schlüpfte hinein und schloss die Tür von innen wieder ab.

Sie wartete, bis ihre Augen sich an die Dunkelheit in dem Raum gewöhnt hatten. Zum Glück schien der Mond hell durch das Fenster, das Licht anzumachen, wäre zu riskant gewesen. Und ihre Taschenlampe war ja kaputt. Seit jener Nacht mit den baumelnden Beinen …

Zusammenreißen, ermahnte sich Frau Maier. Als sie den Blick über den Schreibtisch, die Sitzgruppe und die Regale schweifen ließ, fragte sie sich plötzlich, was genau sie hier eigentlich wollte. Im Grunde wusste sie überhaupt nicht, wonach sie suchte. Es war nur ein Gefühl, das sie hierher geführt hatte. Das Gefühl, dass Ulrike Rupprecht und Dr. Grammling etwas zu verbergen hatten. Und das war im Moment ihr einziger Anhaltspunkt im Todesfall Simone Lenz. Im Todesfall … Oder doch Mordfall?

Vorsichtig und möglichst geräuschlos zog Frau Maier einige Ordner aus den Regalen. Rechnungen. Versicherungsunterlagen. Aufzeichnungen aus einem Seminar über Marketing. Sie achtete darauf, jeden Ordner genau an seinen Platz zurück zu stellen.

Neben den Regalen standen zwei Aktenschränke. „Personal", las Frau Maier auf einem. „Gäste", stand auf dem anderen. Das klang beides interessant. Frau Maiers Forscherdrang wurde allerdings ein jähes Ende bereitet, als sie feststellen musste, dass beide Schränke abgesperrt waren.

Sie ging zum Schreibtisch und warf einen prüfenden Blick darauf. Wo würde Frau Rupprecht wohl den Schlüssel zu den Aktenschränken aufbewahren? Sie öffnete nacheinander die beiden Schubläden am Schreibtisch. In der ersten entdeckte sie nur Bürokram wie Locher, Tesafilm, Stifte und Büroklammern. Und in der zweiten …

„Ja, da schau her!", entfuhr es Frau Maier. Erschrocken legte sie sich die Hand auf den Mund und horchte für einige Sekunden wieder angestrengt. Doch von draußen drang kein Geräusch ins Büro. Sie musste ein wenig schmunzeln, als sie den Inhalt der zweiten Schublade inspizierte. „Gummibärchen", murmelte sie. „Ausgerechnet!" Bunte Bärchen in allen Formen und Größen, tütenweise, ganze Mengen davon, so dass die Schublade fast überquoll.

„Da habe ich ja doch noch ein Laster meiner Chefin entdeckt", murmelte Frau Maier, als sie die Schublade langsam wieder schloss. Und eines, das zu der herben und strengen Frau so gar nicht passte. „Aber bissl was Süßes braucht halt doch jeder im Leben", seufzte sie, und ertappte sich sofort bei dem Gedanken: Und wo ist das Süße in meinem Leben? Zum Glück fiel ihr schnell die Katze ein. Und die Ente.

„Herrschaft, jetzt konzentrier dich mal", ermahnte sich Frau Maier streng und halblaut. Sie war schließlich nicht zum Grübeln hier. Sie musterte den Schreibtisch mit ihren Adleraugen. Ihr Blick blieb an dem aufgeschlagenen Tischkalender mit den Terminen hängen. Vorsichtig nahm sie den Kalender in die Hand. Für die laufende Woche stand relativ wenig darin, vielleicht wollte Ulrike Rupprecht sich mit Terminen zurückhalten, um immer ansprechbar zu sein, bis sich ihr aktuelles Problem gelöst hatte und Gras über die Sache gewachsen war … Frau Maier dachte an den eindringlichen Tonfall ihrer Chefin, als sie das Telefonat in Dr. Grammlings Zimmer mitgehört hatte. *Bis Gras über alles gewachsen ist* … Aber worüber genau? Über den Tod von Frau Lenz und das Verschwinden von Vivien oder war da noch mehr?

„GG", las Frau Maier im Kalender. Am Montag. Sie blätterte zurück. Wieder „GG". Die ganzen letzten Wochen stand immer wieder „GG" im Terminkalender von Ulrike Rupprecht. „GG", murmelte Frau Maier nachdenklich. „Gerd Grammling".

In dem Moment sah sie, dass hinten ein kleines Blatt Papier lose in den Kalender gelegt worden war. Sie zog es heraus. In Frau Rupprechts nüchterner Schrift stand ein Name darauf geschrieben. „Rüdiger König", las sie leise. Der Vater von Simone Lenz. Doch was Frau Maier an dem Zettel irritierte, war nicht der Name. Es war die Tatsache, dass dieser Name dreimal fett unterstrichen und mit einem großen Ausrufezeichen versehen worden war. Und dass deutlich erkennbar war, dass die Schreiberin beim Unterstreichen und bei den Ausrufezeichen fest aufgedrückt hatte. Zu fest. So fest, dass ein Riss im Papier erkennbar war. Es wirkte unkontrolliert. Wütend. Oder ängstlich? Jedenfalls stand es in einem auffälligen Gegensatz zum ansonsten so klaren, ordentlichen Schriftbild von Ulrike Rupprecht.

„Was ärgert dich denn so am Herrn König?", flüsterte Frau Maier. Und dann dachte sie, dass in letzter Zeit eine ganze Menge Ärger unter der sachlichen Oberfläche ihrer Chefin brodelte. Zuerst war es nur der Gips gewesen. Dann waren das Verschwinden der Gäste und die Angst vor der negativen Presse dazu gekommen. Und die Ermittlungen der Polizei. Und was noch? Ein Geheimnis, das sie mit Dr. Grammling verband? Oder mit Rüdiger König? Oder mit beiden? Frau Maier runzelte die Stirn und suchte noch einmal mit den Augen gründlich den Schreibtisch ab. Doch sie entdeckte kein mögliches Versteck für die Schlüssel zu den Aktenschränken. Bevor sie das Büro verließ und hinter sich zusperrte, lauschte sie noch einmal vorsichtig in den Korridor hinaus. Alles war still. Rasch ging Frau Maier zur Treppe und in Richtung des zweiten Raumes, den sie sich in dieser Nacht genauer anschauen wollte.

## X

Es war ein Fehler. Das wusste Frau Maier schon, als sie die Treppe hinunterschlich und den Flur zu Dr. Grammlings Behandlungszimmer durchquerte. Die Härchen an ihren Armen hatten sich aufgerichtet und kleine Schweißperlen bildeten sich in ihrem Nacken. Es war ein Fehler, nicht schleunigst durch den Hinterausgang zu verschwinden und ins sichere kleine Haus am See zurückzukehren.

Frau Maier hörte ihre eigenen leisen Schritte auf dem Linoleumboden. Sie konnte nicht anhalten. Sie konnte die Schritte nicht in eine andere Richtung lenken. Unaufhaltsam zog es sie zu diesem Raum, genau wie vor wenigen Tagen, als sie Ulrike Rupprecht dort begegnet war.

Sie ignorierte alle Warnsignale und sperrte die Tür auf. Als sie sie wieder hinter sich verschloss, musste sie an den eigenartigen Gesichtsausdruck ihrer Chefin bei ihrer Begegnung an dieser Tür vor wenigen Tagen denken. Wütend. Ertappt.

Frau Maier wartete eine Minute, bis ihre Augen sich an das wenige Licht gewöhnt hatten. Dann sah sie sich neugierig um. Sie war noch nie in diesem Zimmer gewesen. Gegenüber der Tür, vor dem Fenster, stand ein großer Schreibtisch. Frau Maier sah auf den ersten Blick, dass er penibel aufgeräumt war. Keine Notizen, kein Terminkalender, keine Fotos.

Rechts an der Wand befand sich eine Sitzgruppe mit Couch. *Der hauseigene Psychiater.* Die spöttische Stimme der Reporterin fiel ihr wieder ein. Ob Simone Lenz wohl auf dieser Couch gesessen hatte? Oder gelegen? Frau Maier wusste nicht, wie so etwas funktionierte. Aber Dr. Grammling war eben kein Psychiater. Er war Allgemeinmediziner. Hatte er bei Simone Lenz vielleicht wirklich seine Kompetenzen überschritten? Hätte er einen Kollegen, einen Spezialisten, zu Rate ziehen müssen? Aber laut Frank hatte er Simone Lenz ja nichts verschrieben, sondern lediglich die Meinung des Spezialisten aus Paderborn geteilt. Allerdings hätte er theoretisch durchaus ein neues Medikament verschreiben können … Als Allgemeinmediziner war er dazu befugt, das wusste sie ebenfalls von Frank.

Frau Maier ließ ihren Blick weiter durch den Raum schweifen. Links standen Aktenschränke. Schnell ging sie hin. Zugesperrt. So etwas Blödes. Dr. Grammling und Ulrike Rupprecht waren eindeutig zu gewissenhaft.

Langsam ging sie zum Sofa und setzte sich hin. An den Wänden hingen mehrere gerahmte Bilder. Ausschließlich Motive von Bergen. Anscheinend teilte Dr. Grammling diese Leidenschaft mit Ulrike Rupprecht. Frau Maier schloss die Augen. Und jetzt? Offensichtlich gab es hier nichts zu entdecken. Aber vielleicht konnte sie etwas spüren. Eine Stimmung, ein Gefühl, eine Atmosphäre hier im Raum? Sie konzentrierte sich und ignorierte, dass ihr Atem alles andere als ruhig und gleichmäßig war. Dass sie angespannt war.

Wieder ein Fehler. Zu spät hörte sie die leisen Stimmen, die an ihr Ohr drangen. Als Frau Maier erschrocken die Augen öffnete und sich aufrecht hinsetzte, waren sie schon direkt vor der Tür des Arztzimmers angelangt.

Ein Flüstern. Frau Maier sprang auf.

Ein Tuscheln. Sie sah sich voller Panik um, wo konnte sie sich verstecken?

Ein unterdrücktes Kichern. Es blieb keine Zeit.

Der Schlüssel im Schloss, hastig gedreht. Sie stürzte hinter einen der bodenlangen Vorhänge neben dem Fenster.

Die Türklinke, leise gedrückt. Sie versuchte, den leicht schwingenden Stoff mit den Händen zur Ruhe zu bringen.

Mit einem Klicken fiel die Tür ins Schloss. Die Stimmen waren im Raum.

„Du hast doch selbst gesagt, wir müssen vorsichtig sein!" Ulrike Rupprecht. Sie klang atemlos. Und eine Oktave höher als sonst.

„Ja, aber zu viel Vorsicht macht eben keinen Spaß!" Dr. Grammling. Er klang schmeichelnd, fast schnurrend. Wie ein Kater, dachte Frau Maier. Und eine Oktave tiefer als sonst.

Ulrike Rupprecht kicherte. Es klang albern und

passte irgendwie nicht zu ihr. Frau Maier war so fasziniert über das, was sie da gerade belauschte, dass sie ihre Panik ganz vergessen hatte. Ihr Atem war wieder gleichmäßig und ruhig.

Doch was passierte jetzt? Ein Rascheln, ein Seufzen? Ein leises Knarzen der Couch? Frau Maier hielt die Luft an. Sie wartete auf eine Fortsetzung des Gesprächs, aber stattdessen ... Ein Kuss?! Na bravo, auch das noch, dachte Frau Maier. Jetzt muss ich das Schäferstündchen meiner strengen Chefin mit anhören. Obwohl es dunkel war und obwohl sie hinter dem Vorhang stand und obwohl überhaupt niemand von ihrer Anwesenheit dort wusste, spürte sie, dass sie rot wurde. Aber es blieb ihr wohl nichts anderes übrig als auszuharren.

Sie schloss die Augen und versuchte, sich an ihre liebsten Fisch-Rezepte zu erinnern und die Zutaten im Geiste möglichst genau aufzuzählen. Forellenfilet, Zitronensaft, Butter – Ulrike Rupprecht seufzte leise, Dr. Grammling machte ein eigenartiges Geräusch, das wie ein Knurren klang. Frau Maier musste viel Willenskraft aufbringen, um sich nicht zu schütteln. Elvis. Sie würde versuchen, im Kopf einen Elvis-Text aufzusagen. Welches Lied sollte sie nehmen? Welches hatte sie kürzlich gehört? *Devil in Disguise*. Teufel in Verkleidung. Und plötzlich mischte sich in das Unbehagen über ihre peinliche Lage wieder das Gefühl der Panik. Panik wegen Vivien. Panik wegen der baumelnden Beine. Panik wegen der schleppenden Schritte im unbewohnten Haus … Frau Maier spürte, wie ihr wieder der Schweiß ausbrach. Zusammenreißen. Ruhig atmen.

Plötzlich hörte sie wie von weit her Ulrike Rupprechts Stimme. „Wir sollten hier verschwinden, Gerd!" Sie klang heiser.

„Nein, das finde ich nicht … noch nicht …" Wieder der schnurrende Tonfall von Dr. Grammling.

„Doch!" Jetzt klang die Chefin etwas energischer und mehr wie die Person, die Frau Maier aus dem Arbeitsalltag kannte. „Deine Frau macht keinen Spaß, Gerd. Wenn sie mitbekommt, dass wir uns immer noch treffen, dann wird sie alle ihre Drohungen wahrmachen. Alleiniges Sorgerecht für die Kinder. Finanzieller Ruin."

Gerd Grammling seufzte. „Na wunderbar. Du kannst einem echt die Laune vermiesen!"

Er klang wie ein beleidigtes Kind. Männer, dachte Frau Maier. Es waren schließlich seine Frau, seine Kinder und sein Geld. Kurz: seine Probleme, um die Ulrike Rupprecht sich Sorgen machte. Und er sah nur sein vermasseltes Schäferstündchen. Jetzt schienen die beiden vom Sofa aufzustehen und in Richtung der Tür zu gehen.

Frau Maier bekam vor Erleichterung weiche Knie.

„Du kannst doch auf einem Umweg später noch zu mir fahren." Ulrike Rupprecht klang schmeichelnd, beinahe bettelnd. Frau Maier spürte die Dynamik dieser Beziehung: Die tüchtige, selbständige Geschäftsfrau wurde zur hilflosen Geliebten und Dr. Grammling ergötzte sich an der Macht, die sie ihm dadurch gab und die ihn in seinen eigenen Augen scheinbar zu einer Art Supermann machte. Du wirst ja wirklich noch zur Hausfrauenpsychologin, dachte sie und erinnerte sich an Franks Worte: Sie sollten meinen Job machen.

Frau Maier schämte sich. Sie wollte das alles nicht wissen. Sie wünschte sich meilenweit weg und verfluchte ihre lästige Neugier. Sie zwang sich, wieder an Elvis zu denken.

Dann hörte sie Ulrike Rupprechts bittende Stimme. „Hier im Hotel sind einfach zu viele Leute. Jemand könnte uns sehen."

„Aber doch nicht mitten in der Nacht", brummte Dr. Grammling. Abweisend. Beleidigt. Seine Macht ausspielend.

Die beiden waren offenbar an der Tür angekommen, denn die Klinke wurde gedrückt und wenige Sekunden später war es wieder völlig ruhig im Raum. So, als wäre nichts gewesen.

Frau Maier zwang sich, lautlos und langsam bis dreißig zu zählen. Dann lauschte sie angestrengt in die Dunkelheit. Stille.

Sie fing noch einmal an zu zählen. Bei achtzehn hielt sie es nicht mehr aus. Sie wollte nur noch weg. So schnell und leise wie möglich schlich sie zur Tür. Noch einmal ein angestrengtes Horchen. Ohren spitzen, leise atmen, das eigene Herzklopfen ausblenden. Nichts. Schnell auf den Korridor schlüpfen. Leise die Tür zusperren. Lautlos den Gang entlanggehen. Den Schlüssel zurückbringen. Und dann schleunigst in Richtung Hinterausgang. In Richtung Sicherheit.

Sie hatte die Tür am Ende des Korridors bereits erreicht und betrat die Eingangshalle. Sie durchquerte sie und wollte gerade weiter Richtung Treppe huschen …

„Frau Maier?" Ulrike Rupprechts Stimme klang wieder streng und hart wie immer. Kein Kichern, kein Seufzen, kein Flehen mehr darin.

Frau Maier blieb stehen. Langsam schaute sie hoch. Frau Rupprecht stand auf der Treppe und im Hintergrund konnte Frau Maier trotz der dämmrigen Beleuchtung Dr. Grammling erkennen, der versuchte, sich möglichst unauffällig weiter nach oben zu bewegen.

„Was machen Sie hier? Wie sind Sie hier hereingekommen? Sie haben doch keinen Schlüssel zum Eingang?" Im Gesicht der Chefin mischten sich Wut, Misstrauen und Schuldbewusstsein.

Frau Maier wusste, dass sie jetzt ganz schlechte Karten hatte. Sie versuchte trotzdem, zu retten, was zu retten war. „Ich habe etwas hier vergessen, heute Morgen. Und ich dachte, ich komme schnell vorbei und …" Sie verstummte unter Ulrike Rupprechts eisigem Blick.

„Was bitte kann denn so wichtig sein, dass Sie es jetzt noch mitten in der Nacht holen und nicht morgen früh, wenn Sie Dienst haben?"

Frau Maier schluckte. Ihr fiel auf die Schnelle nichts ein. Aber es spielte keine Rolle mehr.

„Ich denke, wir brauchen Sie hier vorerst nicht mehr, Frau Maier", sagte Frau Rupprecht kühl.

Frau Maier rutschte das Herz in Richtung Magengrube.

„Ich denke, es ist keine vertrauensvolle Zusammenarbeit mehr möglich. Sie schleichen hier nachts herum und neulich, vor Dr. Grammlings Büro …"

Ulrike Rupprecht drehte sich auf dem Absatz um, ging ein paar Stufen nach oben und wandte sich dann noch einmal Frau Maier zu.

„Wenn Sie irgendwelche Schlüssel haben, geben Sie die bitte bei Frau Leitner ab. Ansonsten brauchen Sie morgen nicht mehr zu kommen."

Mit diesen Worten verschwand sie in der Dun-

kelheit, in der die obersten Stufen des Treppen-
aufganges lagen.

Frau Maier stand ganz still da. Sie fühlte sich
wie in einem Traum. Einem schlechten Traum.
Sie hatte gerade ihre Arbeit verloren. Sie fühlte sich ertappt und schuldig. Und gleichzeitig
wusste sie, dass Ulrike Rupprecht selbst alles andere als souverän gewesen war. Sie hatte überreagiert, weil sie sich ebenfalls ertappt und schuldig fühlte. So wie neulich vor dem Büro von
Dr. Grammling. Aber Frau Maier glaubte nicht
mehr, dass das etwas mit Simone und Vivien
Lenz zu tun hatte. Die Hotelchefin hatte einfach
nur Angst, dass ihre Affäre auffliegen könnte.
Noch mehr Ärger, Prestigeverlust, Ansehen und
vielleicht auch ihre Autorität wären beschädigt,
das zumindest fürchtete sie. Das war alles.

Mit klopfendem Herzen schlich Frau Maier die
Treppe nach oben. Sie wünschte sich weit, weit
weg und vor allem weit weg von dem Stockwerk,
auf dem Ulrike Rupprechts Büro lag und auf dem
sich die Hotelchefin und Dr. Grammling gerade
aufhielten. Aber es half alles nichts: Sie musste
den Generalschlüssel zurück ins Putzkammerl
bringen. Sie biss die Zähne zusammen und
konzentrierte sich darauf, möglichst geräusch-
lose Schritte zu machen. Später wusste sie nicht
mehr, wie sie es geschafft hatte, zum Kammerl

zu schleichen, den Schlüssel zu verstecken und noch einmal an Ulrike Rupprechts Büro vorbei ins Treppenhaus zu gelangen. Aber sie hatte es geschafft. Und sie war niemandem mehr begegnet. Jetzt hoffte sie nur noch, dass Frau Leitner sich am nächsten Tag nicht zu sehr darüber wundern würde, dass die Tür des Putzkammerls nicht abgeschlossen war. Vermutlich würde sonst der arme Nachtportier Ärger bekommen.

Als Frau Maier das Hotel durch die Hintertür verlassen hatte und den Weg Richtung See einschlug, da dämmerte es ihr: Sie hatte ihre Arbeit völlig umsonst aufs Spiel gesetzt. Denn die nächtliche Spionage hatte sie keinen Schritt weitergebracht. Keinen Schritt näher zu Vivien oder zu den Todesumständen von Simone Lenz. Sie hatte nur etwas über das Privatleben ihrer Chefin erfahren. Und dann auch noch etwas, was sie gar nicht hatte wissen wollen.

„Na bravo", seufzte sie.

Der See lag still und stumm da. Von ihm konnte sie um diese Uhrzeit wohl keine Antwort erwarten.

# Elftes Kapitel
## Dienstag

# I

Das Morgengrauen war vor allem eines: grau. Noch war nicht absehbar, dass es ein sonniger Frühlingstag werden würde. Noch wurde das Schwarz der Nacht nur einen Hauch heller und im Grau tauchten allmählich Konturen auf. Bäume, Häuser, Straßen. Es war kalt.

Der Hund bog in den Kiesweg etwas außerhalb von Kauzing ein. Seine Nase hielt fast ständigen Kontakt mit dem Boden. Unendlich viele Gerüche strömten auf ihn ein, aber es machte ihm wenig Mühe, sie zu unterscheiden. Links vom Kiesweg zweigte ein Pfad zwischen Büschen in ein kleines Gehölz ab. Kurz hob der Hund den Kopf. Hörte er sein Herrchen rufen? Er ignorierte es. Da gab es etwas, das ihn unwiderstehlich anzog und er zwängte sich durchs Gestrüpp. Seine Nase war jetzt mit dem Boden verwachsen, keinen Millimeter hob er sie, um die Spur nicht zu verlieren. Ein Abhang, dichtes Gebüsch. Der Geruch wurde stärker. Nach wenigen Metern konnte der Hund seine Aufregung nicht mehr im Zaum halten. Er schnüffelte, bellte, tänzelte und wedelte. Immer wieder stupste er den Fuß an, den er gefunden hatte. Nach ein paar Minuten drehte er sich um und ließ das kostbare Fundstück zurück. Aber nur kurz. Er wusste, dass jetzt der Augenblick war, an dem er zu seinem Herrchen zurücklaufen und es durchs Gestrüpp hierher führen musste. Zur Quelle des aufregenden Geruches an diesem Dienstag im Morgengrauen.

## II

„Gefeuert." Frau Maier trank einen Schluck Kaffee und schüttelte den Kopf. Sie stand am Küchenfenster und schaute in ihren kleinen Garten. Die Bäume und Sträucher wurden mit jedem neuen Tag von einem üppigeren Grün bekleidet, so dass sie den See dahinter kaum noch sehen konnte. Sie erkannte nur kleine hellblaue Flecken, die zwischen dem Laub aufblitzten.

„Gefeuert. Kannst du dir das vorstellen?" Sie drehte sich um und sah die Ente an. Die saß ganz still in ihrem Karton und betrachtete Frau Maier aufmerksam aus ihren schwarzen Knopfaugen. Sie legte den Kopf ein wenig schief, aber sie sagte nichts. „Siehst du!" Frau Maier seufzte und ließ sich auf einen Stuhl sinken. „Dazu fällt auch dir nichts mehr ein." Sie streckte ihre Beine aus. Verflixt, das Knie tat wirklich weh. Ob sie doch einmal zum Arzt gehen sollte? Sie wollte nicht. Sie mochte keine Ärzte. Es war lange her, seit sie eine

Arztpraxis von innen gesehen hatte. Außer zum Putzen.

Der Kaffee war heiß und stark. Er tat Frau Maier gut. Sie hatte kaum geschlafen, nachdem sie aus dem Hotel heimgekommen war. Sie hatte sich im Bett hin und her gewälzt und geschwitzt und sich Fragen gestellt. Fragen ohne Antworten. Wie soll ich es Elfriede sagen? Wann soll ich es Elfriede sagen? Wie finde ich neue Arbeit? Was wird Regina von mir denken? Werde ich sie überhaupt noch einmal treffen? Warum bin ich überhaupt ins Hotel gegangen? Wo ist Vivien? Habe ich etwas übersehen? Ist das Geheimnis von Ulrike Rupprecht und Dr. Grammling wirklich nur ihre Affäre? Was ist mit dem Medikament von Simone Lenz? Was ist mit Rüdiger König? Warum ist Ulrike Rupprecht so wütend auf ihn? Wo ist Vivien? Wann isst Ulrike Rupprecht all diese Gummibärchen? Wem gehören die schleppenden Schritte? Warum nur bin ich ins Hotel gegangen?

Gestern auf dem Heimweg war sie fest davon überzeugt gewesen, dass es außer der Affäre kein Geheimnis im Kurhotel gab. Doch sobald sie zuhause angekommen war, war sie sich dessen schon wieder nicht mehr so sicher. Es gab noch so viele Puzzleteile, die einfach keinen Sinn ergeben wollten. Und es gab immer noch dieses

Gefühl der Unruhe, das Frau Maier umtrieb und das dafür sorgte, dass sie ständig ein leichtes Prickeln in ihrem Nacken spürte.

Auch jetzt, nach der dritten Tasse Kaffee, schwirrte ihr immer noch der Kopf von all den Fragen, die sie im Bett nicht zur Ruhe hatten kommen lassen. Sie beschloss, mit einer Frage anzufangen und sich wenigstens eine Antwort selbst zu geben. Und zwar auf die Frage: Wann soll ich es Elfriede Gruber sagen? Sie würde jetzt gleich zur Sparkasse gehen. Es war kurz nach drei, Elfriede machte um fünf Feierabend. Sie wollte verhindern, dass Elfriede von ihrer Schnüffelei und dem Hinauswurf aus dem Hotel über die Kauzinger Gerüchteküche erfuhr. Und sie wollte ihr auch gleich sagen, dass die Einzahlungen auf das Sparbuch vorläufig aufhören würden. Und wie leid es ihr tat, dass Elfriede sich im Hotel so für sie eingesetzt hatte und sie dann diesen dummen Fehler gemacht hatte. Die Tatsache, dass Frau Maier wusste, dass es falsch gewesen war, sich den Generalschlüssel zu nehmen und in die Büros zu schleichen, machte alles noch viel schlimmer.

„So was Blödes", brummte Frau Maier und stellte ihre Kaffeetasse ins Spülbecken. Im gleichen Moment spitzte sie die Ohren. Das leise Quietschen des Gartentürchens war hier im Haus eigentlich kaum hörbar, aber sie bemerkte es trotzdem sofort. Der Karli, durchzuckte es sie. Er ist wieder da. Sie zögerte kurz und wollte dann zum Fenster gehen, um hinauszuschauen. Würde er wieder am Tor stehen bleiben? Oder war er in den Garten gekommen?

Da klingelte es bereits an der Haustür.

### III

Frau Maier holte tief Luft. Sie hatte den Karli so lange nicht gesehen. Sie beide hatten eine Begegnung vermieden, seit sie ihm damals diese Vorwürfe gemacht hatte … Seit sie erkannt hatte, dass es nichts brachte, sich weiterhin zu grämen und dauernd in den Fischladen zu gehen, um ihn kurz zu sehen. Seit auch sie ein eigenes Leben leben wollte.

Und jetzt? War er da, um ihr zu erzählen, wie krank die Maria war? Brauchte er Trost? Beistand?

Frau Maier öffnete die Tür. Davor stand Regina Willmers. Frau Maier war so erstaunt, dass sie einige Sekunden lang nichts sagen konnte. Dann hörte sie Reginas Stimme: „Frau Maier! Darf ich kurz hereinkommen?"

Frau Maier registrierte, wie ernst sie aussah. Kein herzliches Lachen so wie sonst. Das Herz rutschte ihr in die Hosentasche. Regina Willmers war sicherlich furchtbar enttäuscht von ihr. Ulrike Rupprecht hatte bestimmt ihre nächtliche Schnüffelei als Grund für die plötzliche Kündigung genannt, und so wie Regina würden auch die anderen Kollegen den Kopf darüber schütteln. Frau Maier wurde es heiß, aber sie versuchte, sich nichts anmerken zu lassen.

„Natürlich, kommen Sie. Ich mache uns einen Kaffee."

„Nein, danke. Keinen Kaffee für mich."

Frau Maier schluckte. So schlimm stand es um ihr Ansehen, dass Regina nicht einmal mehr einen Kaffee mit ihr trinken wollte? Die Vorstellung, Regina und sie könnten Freundinnen werden, war plötzlich in weite Ferne gerückt.

„Ja, dann …" Frau Maier machte eine unsichere Handbewegung in Richtung der Wohnzimmertür. „Setzen wir uns doch erst einmal."

Als Regina Willmers neben Frau Maier auf dem Sofa Platz genommen hatte, schaute sie ihr ernst mit ihrem klaren und direkten Blick in die Augen. „Frau Maier, es ist schon wieder etwas passiert. Etwas Schreckliches." Sie atmete tief durch.

Vivien, dachte Frau Maier. Sie haben Vivien gefunden. Tot. Kaltes Entsetzen packte sie. Wie eine Hand, die ihr an den Kragen und dann an die Kehle fasste, so fest, dass ihr fast die Luft wegblieb.

„Heute ist direkt bei Kauzing eine Leiche gefunden worden. Von einem Spaziergänger mit Hund." Reginas Stimme war meilenweit entfernt. Wie durch einen Tunnel bahnten sich die Worte ihren Weg und kamen dann erst allmählich bei Frau Maiers Ohren an. Und dann in ihrem Gehirn. Ein Bild tauchte vor ihrem inneren Auge auf. Ein blondes Mädchen mit braunen Augen, fröhlich lachend. Und dann das blonde Mädchen mit den braunen Augen, die plötzlich seltsam starr aussahen …

„… eindeutig Alexander Knauer. Er wurde von seinen Eltern identifiziert."

Frau Maier versuchte, sich wieder auf Regina Willmers zu konzentrieren. Und darauf, was sie gerade gesagt hatte.

„Alexander Knauer?" Ihre eigene Stimme kam ihr fremd und brüchig vor.

„Ja, Sie wissen schon. Der Verdächtige. Er ist tot."

Regina schüttelte den Kopf. Sie schien nicht glauben zu können, was in den letzten Wochen alles passiert war. Was immer noch passierte. Im Hotel, in Kauzing.

Frau Maier konnte es auch nicht glauben. Im Moment konnte sie es noch nicht einmal richtig erfassen und verstehen. Sie wusste nur, dass sie einen Augenblick lang überwältigend große Erleichterung darüber empfand, dass es nicht die kleine Vivien war, die man tot aufgefunden hatte. Dass es immer noch Hoffnung gab. Sofort schämte sie sich dafür. Ein Mensch war gestorben. Ein Mensch, der jetzt von Familie und Freunden vermisst wurde. Und jeder Mensch war schließlich gleich viel wert.

Sie dachte an Elfriede. *So ein netter Mann.* Und sie dachte an das ungute Gefühl, das sie im Hinblick auf Alexander Knauer gehabt hatte. Plötzlich spürte sie die Stille und Regina Willmers' forschenden Blick. Wie lange hatte sie schon in Gedanken versunken hier gesessen und nichts gesagt? Einige Sekunden? Eine Minute? Zusammenreißen.

„Und woran ist er … Also wie ist er …?"

„Das weiß ich nicht." Regina Willmers zuckte mit den Schultern. „Es war nur die Polizei im Hotel und hat Ulrike Rupprecht informiert und auch wieder einmal befragt. Sie ist inzwischen völlig aus dem Häuschen. Ständig Besuch von der Polizei, ständig neue Befragungen. Und jetzt ist sie auch noch von *Rüdiger König* angezeigt worden. Vom Vater von Simone Lenz."

„Angezeigt?" Frau Maier wurde immer verwirrter. Sie hatte das Gefühl, dass ihr Gehirn heute nicht schnell genug in der Lage war, Informationen zu verarbeiten.

„Er hat von Anfang an damit gedroht. Weil Frau Rupprecht nicht früher die Polizei verständigt hat oder weil Frau Lenz im Hotel die falsche Behandlung bekommen hat, ich weiß es nicht genau. Aber ich habe Frau Rupprecht noch nie so gesehen …"

Frau Maier dachte an den Namen auf dem Notizzettel. Rüdiger König. Wütend unterstrichen.

War das endlich ein Puzzleteil, das einen Sinn ergab?

„Kannten sich Ulrike Rupprecht und Rüdiger König eigentlich schon vorher?" Frau Maier hatte die Frage in ihrem Kopf laut ausgesprochen, ohne darüber nachzudenken. Als sie Reginas irritierten Gesichtsausdruck sah, bereute sie es sofort.

„Wie kommen Sie denn darauf?" Regina Willmers hatte eine Augenbraue hochgezogen und sah plötzlich sehr streng aus. Frau Maier kratzte alle Gelassenheit, die ihr an diesem seltsamen Morgen noch zur Verfügung stand, zusammen und antwortete mit sehr ruhiger und beiläufiger Stimme: „Ich habe zufällig mitbekommen, dass Herr König aus Paderborn stammt. Genau wie Frau Rupprecht. Und da habe ich mich einfach nur gefragt, ob sie sich vielleicht von früher kannten."

Regina Willmers' Gesicht entspannte sich wieder. „Ich glaube nicht, dass sie sich gut kannten. Aber um ein paar Ecken schon. Deshalb hat Herr König auch unser Hotel für seine Tochter ausgesucht." Sie seufzte. „Und jetzt will er die ganze Schuld für ihren Tod auf das Hotel schieben."

Frau Maier schaute an Regina vorbei zum Wohnzimmerfenster. Die Frühlingssonne schien mild in den Raum und in ihren Strahlen tanzten tausende von Staubkörnern. Ich muss unbedingt wieder einmal putzen, dachte Frau Maier. Sie wunderte sich über diesen profanen Gedanken, aber wahrscheinlich brauchte ihr verwirrtes Gehirn etwas, an dem es sich kurz festhalten konnte. In dem es sich einen Moment lang ausruhen konnte, bevor die Gedanken wieder wirr und beunruhigend wurden. Frau Maier spürte die Wärme der Sonne im Raum. Sie kämpfte gegen den Drang an, ihre Augen zu schließen und sich einfach nur wärmen zu lassen. Sie dachte an Rüdiger König. An seine Wut, seine Verzweiflung und seine Trauer. An seine Angst um die Enkeltochter. An sein starkes Auftreten und sein schwaches Bein. Sie glaubte nicht mehr, dass die schleppenden Schritte im verlassenen Haus seine Schritte gewesen waren. Und sie glaubte auch nicht mehr, dass ihn ein dunkles Geheimnis mit Frau Rupprecht verband. Die Phantasie war mit ihr durchgegangen. Wieder einmal. Sie erinnerte sich an ihren Verdacht gegen Frank Schön damals am Kilianskircherl und schüttelte sich unwillkürlich. Sie hatte wirklich einen Hang dazu, das Gras wachsen zu hören ...

„Frau Maier?" Regina Willmers' Stimme klang zögerlich. Mühsam richtete Frau Maier ihre Aufmerksamkeit wieder auf das Gespräch. „Da ist ja auch noch die Sache mit Ihrer Kündigung ..."

Frau Maier wurde es siedend heiß. Natürlich, die Kündigung! Sie hatte Regina Willmers ja noch nicht einmal nach dem Grund für ihren Besuch gefragt, aber eigentlich lag der wohl auf der Hand. Bestimmt wollte sie eine Erklärung für ihr Verhalten. Oder eine Entschuldigung? Frau Maier holte tief Luft.

Doch Regina Willmers redete bereits weiter: „Es tut mir unheimlich leid, dass Frau Rupprecht so reagiert hat. Sie ist so unter Druck im Moment, das war sicher eine Kurzschlusshandlung. Sie hat irgendetwas von Herumschnüffeln gesagt und dass sie Ihnen nicht traut ... Aber ich kenne Sie, Frau Maier. Und ich weiß, dass Sie nicht herumschnüffeln und dass man Ihnen hundertprozentig vertrauen kann."

Regina Willmers legte ihre Hand auf die von

Frau Maier und drückte sie kurz und herzlich. Dazu lächelte sie aufmunternd. „Wir warten einfach, bis sich alles ein wenig beruhigt hat im Hotel. Und dann werde ich ein gutes Wort für Sie einlegen."

Frau Maier rutschte auf dem Sofa hin und her. Sie zwang sich, Regina Willmers anzulächeln, aber es fiel ihr unendlich schwer. Sie hätte mit Vorwürfen oder Enttäuschung irgendwie umgehen können, aber diese Freundlichkeit, die sie gar nicht verdient hatte, die war kaum zu ertragen. Und Reginas Vertrauen, das hatte sie erst recht nicht verdient. Sie dachte an die vergangene Nacht und sie sah sich selbst, wie sie den Schlüssel nahm. Wie sie in die dunklen Räume schlich. Wie sie nach dem Schlüssel für die Aktenschränke Ausschau hielt …

Sie schämte sich fürchterlich. Aber sie musste sich jetzt zusammenreißen. Regina Willmers hatte schließlich die Fähigkeit, Menschen zu durchschauen. Und im Augenblick musterte sie sie wieder einmal ganz besonders eindringlich.

Frau Maier lächelte und drückte ihrerseits kurz Reginas Hand. „Vielen, vielen Dank. Es bedeutet mir wirklich viel, dass Sie zu mir halten, Frau Willmers!" Die Worte klangen gestelzt, unnatürlich. Und das Lächeln schien Frau Maier im Gesicht festzufrieren. Sie konnte mit solchen

Situationen einfach nicht umgehen. Trotz Frank. Trotz Elfriede. Vielleicht ist Regina mir geschickt worden, um immer weiter zu üben, dachte Frau Maier. Sie hatte keine Ahnung, was sie als Nächstes sagen sollte.

Zum Glück kam in diesem Augenblick die Katze ins Wohnzimmer spaziert. Sie streckte und reckte sich bei jedem Schritt und gähnte erst einmal herzhaft, bevor sie ihren Blick kurz zum Sofa schweifen ließ. Vermutlich hatte sie sich gerade nach einem Nickerchen aus Frau Maiers Bett erhoben. Zu Frau Maiers Erleichterung war Regina Willmers offenbar eine Katzenfreundin. Sie ließ sich von der weißen Vorderpfote und den grünen Augen und dem samtig-schwarzen Fell jedenfalls sofort ablenken. Der Rest des Besuches beschränkte sich auf entzückte Blicke und Lockrufe in Richtung der Katze. Beides wurde leider vollständig ignoriert.

„Ich muss wieder zurück ins Hotel." Regina stand auf und die beiden Frauen gingen zur Haustür. Plötzlich fiel Frau Maier ein, dass sie eigentlich immer noch nicht so genau wusste, warum Regina Willmers vorbeigekommen war. Sollte das vielleicht ein Zeichen sein? Ein Hinweis, dass sie trotz allem Freundinnen werden könnten, trotz der Schnüffelei, trotz der Kündigung?

Frau Maier fühlte sich sehr unsicher, aber sie musste es einfach wissen. „Sind Sie … Sind Sie extra vorbeigekommen, um mir zu sagen, dass Sie mir nach wie vor vertrauen?" Sie fühlte sich wie damals in der Schule, als jeder sein Lieblingsgedicht aufsagen sollte und sie plötzlich das Gefühl gehabt hatte, viel zu viel von sich preisgeben zu müssen. Aber Regina Willmers wischte die Verlegenheit mit ihrem offenen Blick und ihrem herzlichen Lächeln sofort weg. „Das auch. Aber vor allem wollte ich Ihnen gleich die Neuigkeit vom Alexander Knauer erzählen. Ich weiß doch, wie sehr sie die ganze Sache mit der Frau Lenz mitnimmt. Und die kleine Vivien …" Ihr Blick wurde wieder forschend, wie vorhin auf dem Sofa. „Sie fragen sich doch auch die ganze Zeit, wo sie ist und würden am liebsten selbst nach ihr suchen, stimmt's?"

Frau Maier nickte. Sie dachte wieder an ihre vergebliche Suche nach Hinweisen in der vergangenen Nacht und vermied es, Reginas direkten Blick zu erwidern.

Als sie die Tür hinter ihrem Besuch geschlossen hatte, ging sie ans Küchenfenster. Sie sah, wie Regina Willmers den Garten durchquerte und noch kurz versuchte, die Katze zu streicheln, die mit ihr ins Freie geflitzt war. Doch die Katze duckte sich weg und verschwand im Gebüsch.

Frau Maier runzelte die Stirn. Offenbar hatte die Katze heute schlechte Laune.

Regina verschwand durchs Gartentor und Frau Maier fragte sich, ob sie wohl irgendwann noch einmal zu Besuch kommen würde. Oder war ihre beginnende Freundschaft schon wieder zu Ende, genau wie die Arbeit im Hotel?

Die Ente kam zum Fenster gewatschelt. Sie quakte eindringlich. „Was ist denn los?", fragte Frau Maier. „Du beschwerst dich doch sonst nie. Wird es dir vielleicht allmählich doch zu fad hier drin?" Die Ente gab keine Antwort.

Frau Maier schaute wieder in den Garten hinaus. Sie verstand nicht, warum sie sich plötzlich so unbehaglich fühlte. War es wegen dem Alexander Knauer? Oder wegen der Ente? Oder wegen der Arbeit?

Sie spürte das Kribbeln in ihrem Nacken stärker als die letzten Tage und sie fühlte einen kalten Klumpen in der Magengegend. Irgendetwas war gerade passiert. Ihr Körper wusste es schon, nur ihr Geist hinkte noch hinterher.

## IV

*Tapp. Tapp. Tapp.* Schleichende Schritte.
Schleichende Schritte? Oder schleifende Schrit-

te? Frau Maier versuchte sich zu konzentrieren. Ein Hinken, ein Nachziehen des Fußes? *Tapp. Tapp. Tapp.* Die Schritte waren ganz nah. Frau Maier spürte Kälte in sich aufsteigen. Sie musste sich jetzt konzentrieren. Wem gehörten diese Schritte? Rüdiger König war es nicht. Woher wusste sie das?

Ulrike Rupprecht. Der Gips. Die Krücken. Nein … Frau Maier runzelte die Stirn. Die Krücken auf der Treppe im verlassenen Haus, das hätte sich anders angehört. Wo war sie? Es war dunkel. War sie wieder im Schrank im ersten Stock? Oder im Putzkammerl? Warum konnte sie sich nicht mehr daran erinnern, wo sie war und wie sie hierher gekommen war? Die Kälte wurde stärker. Sie breitete sich von ihrem Magen allmählich in ihrem ganzen Körper aus. Und sie rieselte von ihrem Nacken aus langsam ihren Rücken herunter.

Frau Maier streckte vorsichtig ihre Hand in die Dunkelheit. Sie versuchte die Schritte zu ignorieren. Sie wollte irgendetwas anfassen, etwas greifen, um zu verstehen, wo sie war. Nichts. Ihre Hände tasteten ins Leere. Und dann … sie zuckte zurück. Was war das gewesen? Eine Hand? Eine kleine Hand. Eine Kinderhand.

Frau Maier wachte von ihrem eigenen unterdrückten Schrei auf. Nur langsam sickerte in ihr

Bewusstsein, dass sie zuhause auf dem Sofa lag. Die karierte Wolldecke war auf den Boden gerutscht, ihr war kalt. Sie zitterte. Langsam deckte sie sich wieder zu und schloss noch einmal die Augen. Die Erleichterung darüber, dass sie nur geträumt hatte, wollte sich nicht einstellen. Die Kinderhand war so real gewesen ... Fröstelnd zog sie die Decke näher an ihr Kinn. Vivien, eingesperrt. Sie wusste es. Aber wo?

Wie gerade eben im Traum versuchte Frau Maier, sich zu konzentrieren. Rüdiger König, Ulrike Rupprecht, Gerd Grammling. Keiner von ihnen hatte etwas mit dem Tod von Simone Lenz und dem Verschwinden von Vivien zu tun. Das sagten ihr sowohl ihr Verstand als auch ihr Bauchgefühl.

Alexander Knauer. Sie hatte die Information über seinen Tod noch gar nicht richtig verdaut. Sie hatte noch nicht einmal richtig darüber nachgedacht. Woran war er gestorben? Warum war er ausgerechnet jetzt gestorben? Konnte das ein Zufall sein? Natürlich nicht. Es musste etwas zu bedeuten haben. Und es konnte eigentlich nur eines zu bedeuten haben: Dass er etwas gewusst hatte. Über Simone Lenz. Oder über Vivien. Oder ... Frau Maier schluckte. Oder er hatte sich selbst umgebracht. Aus schlechtem Gewissen. Weil er doch etwas mit dem Tod von Simone Lenz zu tun hatte. Oder weil er Vivien entführt hatte.

Aber wenn er tot war … Hieß das dann, dass Vivien jetzt in einem Versteck saß, von dem niemand sonst etwas wusste? Dass sie niemand je finden würde? Dass sie verhungern würde oder vielmehr verdursten? Frau Maiers Hände, die die Decke umklammert hielten, waren feucht. Die Knöchel traten weiß hervor. Was sollte sie nur tun?

Die Antwort war einfach. Nichts. Sie konnte nichts tun. Sie dachte an Frank. Er würde ihr bestimmt das Gleiche sagen: Lassen Sie die Polizei das machen, Frau Maier. Sie konnte seine ruhige Stimme hören, sie sah seine gutmütigen blauen Augen. Beim Gedanken an ihn entspannten sich ihre verkrampften Hände ein wenig.

Sie wusste nicht, wie lange sie auf dem Sofa gesessen und die Decke umklammert hatte. Aber plötzlich klingelte es. Langsam stand sie auf. Sie fühlte sich benommen, nur im Knie spürte sie wieder den stechenden Schmerz. Ihre Hände waren taub.

Sie machte sich keine Gedanken darüber, wer geklingelt hatte. Sie war zu sehr mit der Sorge um Vivien und mit den Überlegungen zum Tod von Alexander Knauer beschäftigt. Aber selbst wenn sie sich Gedanken gemacht hätte, wäre sie doch nie darauf gekommen, wer der Besucher vor ihrer Haustür war.

Hape, der Koch aus dem Kurhotel, lächelte ihr verlegen entgegen.

Frau Maier blinzelte verdutzt. Sie fühlte sich, als wäre sie gerade erst aufgewacht. Alles erschien ihr so unwirklich. Sie sagte nichts, sondern schaute Hape einfach nur an. Wurde er etwa rot?

„Ja, Frau Maier. Ich könnte jetzt sagen, dass ich gerade zufällig in der Gegend war, aber das stimmt eigentlich nicht." Der Koch versuchte ein lockeres Lachen, aber es klang ziemlich gequält. Frau Maier sagte nichts.

„Es ist so …" Kleine Schweißperlen standen auf Hapes Stirn. Er holte tief Luft. „Ich wollte Sie einfach mal besuchen."

Schweigen breitete sich auf der Türschwelle aus. Nach einer gefühlten Ewigkeit fragte Frau Maier: „Aha. Warum denn?"

Sie wollte nicht unfreundlich sein. Sie hatte nur keine Energie, darüber nachzudenken, was im Augenblick höflich gewesen wäre. Vielleicht wäre es ihr auch mit Nachdenken gar nicht eingefallen. Männerbesuch war im kleinen Haus am See schließlich nicht an der Tagesordnung. Wenn man von Frank Schön absah. Und vom Seppi. Aber die zählten ja beide nicht.

Hape sah verwirrt aus. Er schluckte. „Warum? Ja, also … Ich habe das mit der Kündigung gehört und …" Er brach mitten im Satz ab und sah Frau

Maier fast flehentlich an. Daraus schloss sie, dass es an der Zeit war, etwas zu antworten. Ihr fiel aber nichts ein. Also sagte sie nichts. Sie schaute Hape einfach nur weiter an. Der machte einen Schritt von der Tür zurück in Richtung Garten. „Ja, also dann … Vielleicht ein anderes Mal …"

„Was denn für ein anderes Mal?" Frau Maier bemühte sich wirklich um einen freundlichen, interessierten Ton. Aber Hape schwitzte und ging rückwärts die Treppenstufen in den Garten zurück.

„Ich habe gedacht, wir könnten mal ein Eis essen gehen. Oder so." Er erwartete jetzt offensichtlich keine Antwort mehr, denn er winkte Frau Maier im Gehen kurz zu, drehte sich dann schnell um und verließ hastig den Garten.

Frau Maier schaute zum See. Er blinzelte ihr immer noch schelmisch zwischen den grünen Blättern zu und sie erinnerte sich, dass sie im Hotel ein paar Mal den Eindruck gehabt hatte, Hape würde ihr zuzwinkern. Sie schüttelte den Kopf und ging langsam ins Haus zurück. Dort setzte sie sich auf die dritte Treppenstufe und ignorierte das laute Knarzen. Was für ein seltsamer Tag. Eine Weile blieb sie einfach sitzen. Dann ging sie ins Wohnzimmer und legte eine Elvis-Platte auf den alten Plattenspieler.

Noch lange, nachdem das letzte Lied verklungen war, saß sie in ihrem grünen Sessel. Es spielte keine Rolle, dass die Platte längst zu Ende war. Sie hatte sowieso keine Strophe, keine Zeile, keinen Ton davon gehört.

V

Plötzlich war er da gewesen.

Er war noch ziemlich klein.

Die Tür war nur kurz aufgegangen und sie hatte ihr Gesicht in einem Kissen versteckt, um nur die Gestalt nicht anschauen zu müssen. Dann war die Tür wieder zugegangen. Und sie hatte den Schlüssel im Schloss gehört.

Zweimal. So wie immer.

Und als sie dann langsam hinter dem Kissen hervorgelugt hatte, da hatte er einfach dagestanden. Mitten in dem kleinen, düsteren Raum ohne Fenster.

Er zitterte.

Er schaute sie an.

Sie wusste nicht, was sie sagen sollte.

# Zwölftes Kapitel
## Mittwoch

# I

Das innere Frösteln war immer noch da. Unruhig wälzte sich Frau Maier im Bett hin und her. Es ist doch Frühling, dachte sie im Halbschlaf. Warum ist mir so kalt? Im nächsten Moment wurde sie kurz richtig wach. „So ein Schmarrn", murmelte sie. „Man kann auch im Frühling frieren." Dann driftete sie wieder zurück in den unruhigen Halbschlaf.

Die Kälte lauerte in ihrem Magen. Ein kalter Klumpen aus Angst. Und in ihrem Kopf lauerten wirre Bilder. Wirre und düstere Bilder. Sie ging den schwach beleuchteten Korridor im Hotel entlang. Und sie spürte, dass jemand sie beobachtete. Ganz in der Nähe ...

Plötzlich war sie im Treppenhaus des unbewohnten Hauses. Sie hörte Schritte hinter sich. Leicht schleppend. Sie wollte schneller gehen, aber sie konnte nicht. Sie streckte die Hand nach dem Treppengeländer aus, um sich nach oben zu ziehen. Aber als ihre Hand das Geländer berührte, da war es nicht glatt und kühl ... Da lag schon eine Hand. Eine Kinderhand. Frau Maier zuckte zurück. Sie stolperte und fiel rückwärts die Treppe herunter, den schleppenden Schritten entgegen ...

Mit einem Ruck setzte sie sich im Bett auf.

Ihr Herz klopfte unruhig. Es war stockdunkel im Schlafzimmer und ganz still. Atmen, atmen. Ihre Hände waren eiskalt.

Frau Maier ließ sich wieder ins Kissen sinken und zog sich die Decke bis zur Nasenspitze hoch. Sie wollte verstehen, woher genau ihre Angst kam. Natürlich hatte sie Angst, seit sie Simone Lenz gefunden hatte. Natürlich war sie unruhig wegen der Ereignisse im Hotel und wegen des Todes von Alexander Knauer. Und vor allem wegen Vivien. Aber trotzdem war irgendetwas heute anders. Was war es nur? Was war passiert? Was hatte sie gesehen? Sie wollte den Tag zurückverfolgen, in Gedanken alles noch einmal wiederholen. Aber sie war zu erschöpft.

Die Bilder und der schwere Schlaf kehrten zurück. Dr. Grammlings Gesicht war auf einmal direkt vor ihrem. Es war riesig und verzerrt. Aber als er den Mund aufmachte, kam nur ein leises Schnurren heraus. Frau Maier wich zurück. Sie drehte sich um. Direkt hinter ihr stand Ulrike Rupprecht. Sie musterte sie mit einem kühlen, strengen Blick. Dann sagte sie voller Verachtung: „Gehen Sie. Ihnen kann man nicht trauen."

Frau Maier wurde von einer Welle aus Scham überrollt. Trotz der Kälte in ihrem Magen fühlte sich ihr Kopf plötzlich ganz heiß an. Was würde Elfriede denken? Und Regina?

Und dann war sie zurück in ihrem kleinen Haus am See. Erleichterung durchflutete sie. Endlich in Sicherheit. Zuhause. Sie stand am Küchenfenster und schaute in den Garten hinaus. Und dann sah sie Regina, wie sie durch den Garten ging. Wie sie versuchte, die Katze zu streicheln. Wie sie langsam zum Gartentor ging und verschwand …

Frau Maier fuhr hoch. Ihr Mund war trocken. Sie fühlte sich krank. Von draußen sickerte langsam das graue Licht der Morgendämmerung ins Schlafzimmer.

## II

Die Unruhe drohte sie zu überwältigen. Frau Maier ertappte sich dabei, wie sie in ihrem Haus von Zimmer zu Zimmer lief und nicht wusste, was sie tun sollte. Kochbücher lesen und Elvis hören? Sie konnte sich auf beides nicht konzentrieren. Die Katze streicheln? Die war nicht zuhause. Mit der Ente reden? Frau Maier lugte in die Küche. Die Ente schlief.

Langsam setzte sie sich auf die Treppe und fing an, sich ihre Schuhe anzuziehen. Sie würde endlich einmal wieder einen Spaziergang zum Kilianskircherl machen. Am See entlang. Das Wasser anschauen, die Luft einatmen.

Nach langen Minuten saß Frau Maier immer noch auf den Stufen. Sie hatte einen Schuh an, den anderen hielt sie in der Hand und starrte ins Leere. Nein, sie wollte nicht zum Kilianskircherl. Nicht ausgerechnet jetzt und nicht nach allem, was dort passiert war.

Frank Schön. Am liebsten würde sie mit ihm reden. Einfach nur irgendetwas reden. Über Elvis oder über die Klauser Cornelia. Franks Anwesenheit würde sie beruhigen. Frau Maier seufzte. Sie konnte Frank aber nun einmal nicht herzaubern. Sollte sie ihn anrufen? Aber was könnte sie sagen?

Frau Maier zog sich den Schuh wieder aus und dachte an Elfriede. Sie könnte in der Sparkasse vorbeigehen mit einem Stück Kuchen. Aber sie wusste ja nicht, wie Elfriede jetzt zu ihr stand, nach der Kündigung. Und wie sie den Tod vom Alexander Knauer verkraftet hatte. Sie war ja schon so aufgebracht gewesen, als er verschwunden war. So ein netter, freundlicher Mann. Ich hätte doch gestern gleich zu ihr gehen sollen, dachte Frau Maier. Mit jedem Tag, der verstrich, würde das Wiedersehen verkrampfter werden.

Frau Maier drehte eine Runde durch die Küche und eine durchs Wohnzimmer. Sie könnte auch zum Supermarkt gehen. Sie hatte sowieso nicht mehr viele Vorräte im Haus. Und sie könnte sich dort die Zeitung kaufen und sehen, was über Alexander Knauers Tod berichtet wurde. Aber auch bei diesem Gedanken war ihr nicht wohl. Wen würde sie treffen? Jemanden aus dem Hotel? Was wurde im Dorf über sie erzählt? Seit sie sich neulich plötzlich so überdeutlich an die Szene von damals erinnert hatte, an die Szene im Gottesdienst vor so vielen Jahren, da fühlte sie sich wieder so unsicher wie früher. Und so verletzlich.

Auf der anderen Seite ... Ein freundliches Gespräch mit dem Seppi wäre schon angenehm. Und vielleicht würde er ihr sogar den Einkauf nach Hause bringen und kurz bleiben? Auf einen Kaba? Frau Maier konnte beim Gedanken daran zum ersten Mal an diesem Tag ein wenig lächeln. Und plötzlich stutzte sie. „Mei o mei, bist du blöd!", murmelte sie. Mit ein paar schnellen Schritten war sie beim Wohnzimmerregal und fischte einen Stapel Papier heraus. Sie hatte ja immer noch nicht alle Ausdrucke zu Ende gelesen! Sie fand es ziemlich mühsam und es hatte sie schon nach den ersten Seiten nicht mehr wirklich interessiert, aber sie hatte das Gefühl, dass sie es dem Seppi schuldig war, alles zu lesen. Er hatte sich schließlich so bemüht und alles extra für sie beschafft.

Frau Maier machte sich eine Kanne Kaffee. Sie

würde jetzt endlich und ein für alle Mal die Seiten komplett lesen und dann in den Supermarkt gehen.

## III

*Eisprinzessin: Wieso heißt Du eigentlich Fußballfan_13? Ist 13 Deine Glückszahl?*
*Fußballfan_13: Nein, das ist wegen Michael Ballack. Der war immer mein Lieblingsspieler und hatte als Capitano die 13.*
*Eisprinzessin: Capitano?*
*Fußballfan_13: Ich sehe schon, Fußball ist nicht so Dein Ding.*

„Doppelpunkt, Strich, Klammer – ein Lächeln", murmelte Frau Maier.

*Fußballfan_13: Und wieso heißt Du eigentlich Eisprinzessin?*

Auf diese Frage fand Frau Maier keine Antwort. Simone Lenz hatte eine Weile nichts mehr geschrieben. Frau Maier mühte sich durch zwei Seiten, auf denen Supermario und Bergfex sich darüber austauschten, welche Bergtour im Voralpenland wohl die schönste sei. Sie seufzte.

Dann, nach zweieinhalb Seiten endlich wieder ein Lebenszeichen von der Eisprinzessin.

*Eisprinzessin: Ich fange bald an zu packen!*

Und Fußballfan_13 ließ sich nicht lange bitten. Er antwortete sofort. Er war wohl wirklich ziemlich interessiert an der Eisprinzessin.

*Fußballfan_13: Ich weiß, in drei Tagen ist es so weit! Die Kur wird bestimmt toll. Das Wetter ist gut im Moment.*

Die Eisprinzessin hielt sich wieder bedeckt. Keine Antwort.
„Und da fragst du noch, warum sie sich Eisprinzessin nennt?", murmelte Frau Maier. Eine Seite weiter dann plötzlich ein euphorischer Eintrag.

*Eisprinzessin: Ich freue mich so auf den Aufenthalt am See. Endlich passiert etwas in meinem Leben und ich komme mal raus aus dem grauen Alltag. Und auf Leihoma.de habe ich auch endlich eine nette Dame gefunden, die mir nach der Kur helfen will. Vielleicht wird doch noch alles gut.*

„Und natürlich wieder Doppelpunkt, Strich, Klammer!", brummte Frau Maier.

Sie ließ die Blätter auf ihren Schoß sinken. Stimmungsschwankungen. *Die Frau Lenz ist ja so labil.* Reginas Stimme.

*Fußballfan_13: Ich freue mich auch. Ich freue mich, Dich endlich zu sehen. Dich, oder vielmehr natürlich EUCH!*

Frau Maier spürte plötzlich wieder das Kribbeln in ihrem Nacken. Sie fühlte das ungute Gefühl der letzten zwei Tage mit aller Macht aufbranden. Was hatte es ausgelöst? *Er will Vivien unbedingt treffen. Er fragt so viel nach ihr.* Auf einmal waren da wieder die Zeilen aus Simone Lenz' Tagebuch in ihrem Kopf. Daran hatte sie gar nicht mehr gedacht. Wie hatte sie das vergessen können? *Endlich ein Mann, der Kinder mag.*

Frau Maiers Mund war ganz trocken. Sie trank einen Schluck kalten Kaffee. Wie gerne hatte Alexander Knauer Kinder gemocht?

Sie dachte an die kleine Kinderhand, die sie jetzt schon zweimal im Traum ganz deutlich gespürt hatte. Die Buchstaben auf den ausgedruckten Seiten verschwammen, und sie musste kurz warten, bevor sie weiterlesen konnte.

Auf den folgenden Seiten fand sie keine Einträge von *Eisprinzessin* und *Fußballfan_13* mehr. Bestimmt hatten die beiden alles weitere, wo und wann sie sich treffen wollten, über persönliche Nachrichten ausgetauscht. Der Seppi hatte ihr ja erklärt, dass das öffentlich zugängliche Forum nicht unbedingt für den privaten Austausch genutzt wurde. Was hatten sich die beiden wohl persönlich noch geschrieben? Oder vielleicht hatten sie dann auch schon Telefonnummern ausgetauscht und waren nicht mehr auf das Internet angewiesen gewesen. Frau Maier runzelte die Stirn. Bestimmt hatte die Polizei das Handy von Simone Lenz überprüft. Aber vermutlich war nichts Wichtiges dort aufgetaucht, sonst wäre es bestimmt irgendwie durchgesickert.

Sorgfältig legte sie die ausgedruckten Seiten wieder auf einen Stapel. Dann machte sie sich auf den Weg zum Supermarkt.

## IV

„Im Fall des tot aufgefundenen Kauzingers Alexander Knauer hält sich die Polizei mit Verweis auf die laufenden Ermittlungen noch vollkommen bedeckt. Ein Bekannter des Toten will aber bereits in Erfahrung gebracht haben, dass eine Fremdeinwirkung sehr wahrscheinlich ist …"

Frau Maier ließ die Zeitung sinken. Von der Bank am See aus war der Blick bis hin zu den dunkelblauen Bergen mit den weißen Gipfeln einfach grandios. Sie atmete die frische Luft tief ein. „Fremdeinwirkung", murmelte sie. Also hatte jemand den Alexander Knauer umgebracht. Aber wer? Warum? Sie dachte daran, wie wütend und verzweifelt Rüdiger König gewesen war. Vielleicht hatte er Alexander Knauer zur Rede stellen wollen. Hatte erfahren wollen, wo seine Enkeltochter war. Und dabei war es zum Streit gekommen …

Eine leichte Brise kräuselte die glatte Wasseroberfläche. Draußen verharrten reglos einige Fischerboote. Frau Maier dachte an die Fische und die Fischer und den Karli und die Maria … Sie schüttelte sich und konzentrierte sich wieder auf die Zeitung.

„Der Leichenfund sorgt auch für neue Spekulationen im Fall Simone Lenz. Offenbar war ihr Tod bisher von Polizei und Staatsanwaltschaft als Suizid eingestuft worden. Doch jetzt könnte es zu neuerlichen Untersuchungen kommen. Immerhin hatten sich Simone Lenz aus Paderborn, die sich als Gast im Kurhotel Alpenblick aufhielt, und Alexander Knauer erst kürzlich kennengelernt und getroffen. Dass rund eine Woche später beide verstorben sind, erscheint zumindest den meisten Menschen im Dorf mehr als verdächtig."

Es folgten einige Meinungen von Dorfbewohnern, die die Chance ergriffen hatten, einmal in der Zeitung zitiert zu werden. Frau Maier überflog sie flüchtig, bevor sie am letzten Absatz des Artikels wieder hängen blieb: „Nach wie vor herrscht Unklarheit über das Schicksal der kleinen Vivien. Die Tochter der verstorbenen Simone Lenz bleibt verschollen, obwohl in ganz Europa nach ihr gesucht wird. Nachdem sich zwei Zeugen gemeldet hatten, die das Mädchen in einem Zug nach Paris gesehen haben wollen, hatte sich die Fahndung zunächst ganz auf diese Spur konzentriert. *Doch mit dem noch völlig undurchsichtigen Tod von Alexander Knauer steht zu erwarten, dass die Polizei sich bei der Suche wieder auf Kauzing und die nähere Umgebung konzentrieren wird.* Nachbarn des Verstorbenen berichten, dass sein Wohnhaus bereits mit einem großen Polizei-Aufgebot und Hunden durchsucht wurde, offenbar ohne nennenswerte Ergebnisse. Was das Schicksal der kleinen Vivien betrifft, heißt es also weiterhin: hoffen und beten."

Frau Maiers Blick wanderte über den friedlichen See und das Bergpanorama. Die Ereignisse der vergangenen zwei Wochen erschienen ihr bei diesem Anblick vollkommen irreal. „Devil in Disguise", murmelte sie. Irgendein Teufel hatte sich in dieses Idyll eingeschlichen. Einer, der sich gut verstecken konnte. Und einer, dessen Plan sie kein bisschen durchschaute, so sehr sie auch darüber nachgrübelte.

Sie überflog noch kurz den Artikel mit der Überschrift „Erbitterter Rechtsstreit droht". Darin wurde berichtet, welche Vorwürfe Rüdiger König gegen das Kurhotel und insbesondere gegen dessen Leiterin, Ulrike Rupprecht, und gegen den behandelnden Arzt seiner Tochter, Dr. Gerd Grammling, erhob. Frau Maier seufzte. Das Szenario, vor dem die Hotelchefin solche Angst gehabt hatte, war längst eingetreten und sie würde um den guten Ruf ihres Hauses vermutlich hart kämpfen müssen. Plötzlich tat ihr die strenge und ehrgeizige Frau Rupprecht leid. Ärger im Hotel und ein Geliebter, der sie für seine Machtspielchen benutzte. „Dann lieber keine Arbeit und keinen Geliebten", murmelte sie, aber so richtig überzeugt war sie davon auch nicht.

Der Heimweg erschien Frau Maier sehr, sehr lang. Sie mühte sich mit ihrer Einkaufstasche ab und spürte den stechenden Schmerz im Knie bei jedem Schritt. Aber der Seppi war leider nicht da gewesen.

Als sie am kleinen Parkplatz kurz vor dem Wäldchen angekommen war, stockte sie. Für einen Moment lang fühlte sie sich in der Zeit zurück versetzt: Da standen mehrere Polizeibusse.

Die Beamten waren nicht zu sehen. Durchkämmten sie noch einmal das Wäldchen? Das Seeufer? Das verlassene Haus? Sie dachte an den Artikel, den sie gerade gelesen hatte. *Doch mit dem noch völlig undurchsichtigen Tod von Alexander Knauer steht zu erwarten, dass die Polizei sich bei der Suche wieder auf Kauzing und die nähere Umgebung konzentrieren wird.*

Offensichtlich wurde keine Zeit vergeudet.

## V

Am Gartentor blieb Frau Maier stehen. Das unangenehme Gefühl in der Magengegend schlug mit solcher Wucht zu, dass sie kurz nach Luft schnappen musste. Das kleine Tor stand einen Spalt breit offen und Frau Maier war sich absolut sicher, dass sie es wie immer sorgfältig hinter sich geschlossen hatte.

„Jetzt spinn' dich wieder aus", ermahnte sie sich halblaut und betrat den Garten. Schließlich musste ein geöffnetes Gartentor nichts bedeuten. Und schon gar nichts Schlimmes. Aber seit der Geschichte mit dem Maskenmann …

Frau Maier kniff die Augen zusammen und runzelte die Stirn. Eine weiße Tüte. Sie hing an der Türklinke. Ihr Herz schlug von einer Sekunde zur nächsten nicht mehr in ihrer Brust, sondern in ihrer Kehle. Hastig drehte sie sich um. Wo war er? Doch sie konnte die vertraute Gestalt nirgends entdecken. Sie ließ ihre Einkaufstasche auf den Boden sinken. Bevor sie sich ihrer Schritte bewusst war, hatte sie schon den Kiesweg vor ihrem Garten überquert und ging leise die kleine Böschung zum Seeufer herunter.

Als sie ihn da stehen sah, wäre sie am liebsten sofort wieder umgekehrt und weggelaufen. Aber sie wusste, dass eine Begegnung irgendwann unvermeidbar war. Und bevor er wieder nachts an ihrem Gartentor stand …

Er drehte sich um, obwohl Frau Maier hätte schwören können, dass sie kein Geräusch gemacht hatte. Obwohl er angespannt aussah und so alt, wie Frau Maier ihn noch nie gesehen hatte, ging kurz ein Leuchten über sein Gesicht, in dem sie wieder den jungen Mann von damals erkannte. Er nickte. „Da bist du ja", sagte er.

„Ja, Karli, da bin ich." Mehr fiel ihr nicht ein.

Er musterte sie eindringlich und sie widerstand dem Impuls, seinem Blick auszuweichen und auf den See hinaus zu schauen.

„Wir haben uns so lange nicht gesehen", sagte er. Es klang weder vorwurfsvoll noch bedauernd. Es war einfach nur eine Feststellung. „Wie geht es dir?"

Frau Maier schluckte. Sie wollte die Sanftheit in seiner Stimme nicht hören. „Gut", sagte sie. Und nach einem kurzen Zögern: „Und dir?"

Jetzt zögerte auch er. Er wandte sich kurz ab, musterte mit zusammengekniffenen Augen das Wasser. So, als würde er einschätzen wollen, ob die Fische heute gut beißen würden. Aber das wollte er nicht. Er suchte nach Worten. Frau Maier kannte ihn und sie ließ ihm Zeit.

Der Karli räusperte sich. „Nicht so gut", antwortete er schließlich, und seine Stimme klang nicht mehr sanft, sondern hart. „Die Maria … Sie ist sehr krank."

Frau Maier ließ die Worte zwischen ihnen in der milden Frühlingsluft schweben, aber sie erwiderte nichts. Sie wollte ihm nicht erzählen, dass sie das längst wusste. Und sie konnte ihm nicht erzählen, dass sie die Maria nachts in ihrem Schlafzimmer gesehen hatte.

Er sah ihr in die Augen, er wartete auf eine Antwort. Als keine kam, fuhr er fort: „Krebs. Magenkrebs. Es wird nimmer lang gehen."

Frau Maier erschrak. Sie fröstelte. Sie hatte es gewusst, aber es so deutlich ausgesprochen zu hören, das war trotz allem noch einmal etwas anderes.

Schulter an Schulter standen sie jetzt am Ufer und schauten aufs Wasser hinaus. Was sah er, was sah sie? Frau Maier dachte, dass man sich noch so nahe stehen und trotzdem nichts über den anderen wissen kann. Nicht, was er denkt. Nicht, was er fühlt. Noch nicht einmal, was er sieht, wenn er auf den gleichen See hinaus schaut.

Sie spürte die Stille zwischen ihnen. Es war immer eine vertraute Stille gewesen, ein freundliches Schweigen. Früher. Aber in diesem Moment wusste sie, dass der Karli auf eine Reaktion von ihr wartete. Ein Wort, eine Geste. Sie könnte seine Hand nehmen, so wie sonst. Oder etwas sagen. Aber was?

„Hier haben wir uns so oft getroffen", sagte der Karli nach einer langen Zeit. Wieder kein Bedauern, keine Nostalgie. Nur eine Feststellung.

Und Frau Maier fühlte auf einmal wieder das Gefühl aufsteigen, das sie damals in der Kirche gehabt hatte. An jenem Sonntag, im Gottesdienst. Sie konnte sich nicht dagegen wehren, es war einfach da.

„Warum hast du mir damals eigentlich nicht gleich von der Maria erzählt?", fragte sie leise.

„Damals?" Der Karli klang verwirrt. „Wann denn damals?"

„Damals eben. Als wir uns kennengelernt haben. Alle im Dorf wussten es doch. Nur ich nicht."

„Du wusstest es nicht?"

Frau Maier sah ihn erstaunt von der Seite an. Sie dachte, dass sie sich verhört haben musste. „Natürlich nicht. Hast du etwa auch geglaubt, was alle geglaubt haben, all die Jahre? Dass ich dich der Maria absichtlich wegschnappen wollte? Dass ich mich freiwillig zur Aussätzigen im Dorf gemacht habe?" Sie hörte, wie wütend ihre Stimme plötzlich klang, aber sie konnte nichts dagegen tun.

„Nein, aber …" Der Karli rückte ein Stück zur Seite, ein Stück weiter weg von ihr.

„Aber?"

„Es wussten eben alle im Dorf, dachte ich. Alle." Er klang resigniert. Müde.

Frau Maier schluckte.

Dann sagte er: „Aber wie kommst du da ausgerechnet jetzt drauf?"

„Ich komme nicht jetzt drauf", antwortete sie. „Aber jetzt habe ich dich gefragt."

Beide schwiegen. Sie sah seine Falten, die grauen Haare. Er kam ihr kleiner vor als sonst. Sie war plötzlich unendlich traurig.

Langsam drehte sie sich um und ging zur Böschung zurück. Sie schaute noch einmal zum Karli hin. Der Blick in seinen Augen war schwer zu deuten.

„Das mit der Maria", sagte sie. „Das tut mir

ehrlich leid. Auch, wenn du und alle im Dorf das sicher nicht glauben." Dann ging sie.

„Natürlich glaube ich dir!", rief der Karli ihr nach.

„Ich kenne dich doch", fügte er leise hinzu und berührte mit der Schuhspitze einen großen Stein, der aus dem Wasser ragte.

Aber Frau Maier hörte ihn schon nicht mehr.

## VI

*You're the devil in disguise.* Wieder und wieder musste sie dieses Lied anhören. Es war längst dunkel geworden und sie hatte kein Licht im Wohnzimmer angemacht. Nach der Begegnung mit dem Karli hatte sie lange gebraucht, um das Zittern in ihren Händen, in ihrem ganzen Körper wieder in den Griff zu bekommen. Sie hatte die geräucherte Renke, die er ihr in der Plastiktüte an die Türklinke gehängt hatte, gegessen, aber sie hatte nach nichts geschmeckt. Sie hatte die Ente in der Badewanne schwimmen lassen. Und sie hatte Elvis gehört. Den ganzen Abend.

Sie sah die Dunkelheit vor dem Wohnzimmerfenster. Es war so still im kleinen Haus am See.

Heiße Schokolade, überlegte sie. Eine heiße Schokolade im Bett. Sie tappte in die Küche. Und verharrte mitten in der Bewegung. Sie spitzte ihre Luchsohren. Sie lauschte angestrengt. Dann öffnete sie die Haustür und stellte sich auf die Veranda. Das Geräusch kam näher. Ein Brummen. Und im nächsten Moment sah sie bereits die Suchscheinwerfer des Hubschraubers.

Sie stand ganz still da. Wieso suchten sie wieder mit Hubschraubern nach Vivien? Gab es neue Anhaltspunkte? Oder …

Schnell ging sie zurück ins Haus. Sie sollte am besten nur noch an heiße Schokolade denken.


## VII


*You look like an angel.* Du siehst aus wie ein Engel. *You walk like an angel.* Du gehst wie ein Engel. Frau Maier seufzte im Halbschlaf und drehte sich auf die andere Seite. Der Text von *Devil in Disguise* dröhnte in ihrem Kopf, sie fand keine Ruhe. Sie hatte das Lied einfach zu oft angehört. Du gehst wie ein Engel, dachte sie. Du gehst wie ein Engel. Du gehst wie ein Engel?

Plötzlich war sie hellwach. Sie brauchte einen Augenblick, bis sie den Gedanken fassen konnte. Bis aus der wirren Liedzeile eine Erkenntnis geworden war. Oder war es überhaupt eine Erkenntnis? Oder nur eine Erinnerung? Ohne Bedeutung? Frau Maier schwitzte. Sie sah Regina vor sich, wie sie langsam den Garten durchquerte. Und sie wusste plötzlich, wieso sie sich seit diesem Augenblick so unwohl gefühlt hatte. Wieso sie die Angst im Nacken gespürt hatte, als die Szene sich nachts im Traum wiederholt hatte.

Warum nur hatte sie so lange gebraucht, sich daran zu erinnern?

Sie hatte in dem Moment am Küchenfenster zum ersten Mal bemerkt, dass Regina ganz leicht hinkte.

# Dreizehntes Kapitel
## Donnerstag

# I

Ein Stromschlag musste sich so anfühlen. Oder ein Schlag auf den Kopf mit einem Hammer. Völlig benommen saß Frau Maier in ihrem Bett. Ihr Nacken und ihr Rücken fühlten sich ganz kalt an. Aber ihr war heiß. Siedend heiß sogar. Sie saß da und dachte an gar nichts. Oder dachte sie an tausend Dinge gleichzeitig, die sich in der Summe gegenseitig aufhoben und zu einem großen Nichts wurden?

Als die Katze mit einem vorwurfsvollen Miauen auf das Bett sprang, um ihr Frühstück einzufordern, kam Frau Maier langsam zu sich. Wie lange hatte sie dagesessen? Sie wusste es nicht.

Langsam stand sie auf. Das schmerzende Knie spürte sie kaum. Regina. Regina hinkte leicht. Wie hatte sie das übersehen können? Sie war immer so fasziniert von ihrem jugendlichen Aussehen und ihrem dynamischen Auftreten gewesen. Geblendet anscheinend. „Du spinnst!", flüsterte Frau Maier. „Nur, weil die Regina hinkt, heißt das doch nicht …" Frau Maier verstummte. Ihre Stimme klang ein bisschen zittrig und wenig überzeugt.

Natürlich musste das Hinken nichts bedeuten. Aber es war nicht nur das Hinken … Es war das Gefühl des Unbehagens, das sie seit Reginas Besuch begleitet hatte. Ihr fiel ein, dass die Katze sich nicht von Regina hatte streicheln lassen. Die Katze mit ihrer untrüglichen Menschenkenntnis.

Als Frau Maier am Küchenfenster stand und zum blitzblauen See hinüberspähte, sah sie ihn nicht wirklich. Sie dachte an die Packung mit Haarfärbemittel in Reginas Bad. *Nichts ist so, wie es scheint.* Sie dachte an Elfriede. Daran, wie sie sich über ihre Naivität gewundert hatte. War sie am Ende selbst genauso arglos? Sie, die sich so viel auf ihre Sinne, auf ihre Wahrnehmung, auf ihr Gespür für Menschen und Situationen eingebildet hatte?

„Schmarrn. Du verrennst dich", sagte sie laut in die Küche. Die Ente quakte erstaunt. „Du verrennst dich wieder einmal", fügte Frau Maier hinzu, um dem Ganzen noch mehr Nachdruck zu verleihen. Sie dachte an Frank und an den absurden Verdacht, den sie einmal gegen ihn gehegt hatte. Ihre Stimme zitterte nicht mehr. Aber überzeugt war Frau Maier trotzdem nicht. Von nichts mehr.

## II

Eine Stunde später hatte Frau Maier sich wieder beruhigt. Nachdem sie die Sache ausführlich mit der Ente erörtert hatte, war ihr die Ursache für ihren Schrecken klar geworden.

Regina Willmers war natürlich nicht die Person im verlassenen Haus gewesen und sie hatte erst recht nichts mit dem Tod von Frau Lenz zu tun. Oder mit dem Verschwinden des Kindes. Nein, etwas ganz anderes war Frau Maier in die Glieder gefahren: Die Erkenntnis, dass sie so unaufmerksam gewesen war. Dass sie sich hatte blenden lassen und nie bemerkt hatte, dass Regina leicht hinkte. So viel zu meiner Beobachtungsgabe, dachte sie. So viel zu meinen scharfen Sinnen. Und dazu kamen noch die Hubschrauber, die nachts über dem See gekreist waren. Und die Sorgen um Vivien. Und Karli. Und die schrecklichen Bilder aus jener Nacht im unbewohnten Haus. Und der verlorene Job. Da konnte man schon einmal schwach werden. Selbst Frau Maier.

Als es klingelte, zuckte Frau Maier in ihrem Cordsessel zusammen. So ganz hatte sie ihre innere Ruhe wohl doch noch nicht wieder gefunden. „So ein Schmarrn", brummte sie und ging zur Tür. Sie sah nicht, dass der Schwanz der Katze, die auf dem Sofa lag, unruhig zuckte.

Als sie die Tür öffnete, fuhr ihr der Schreck schon wieder in die Knochen. Da stand Elfriede Gruber und sie sah aus wie ein Gespenst. Als Alexander Knauer verschwunden war, war sie be-

reits ziemlich außer sich gewesen. Aber jetzt …
Jetzt war sie wirklich leichenblass. Der Tod ihres Nachbarn schien ihr enorm zuzusetzen. Aber noch bevor Frau Maier irgendetwas Beruhigendes oder Tröstliches oder auch nur eine Begrüßung hervorbringen konnte, rief Elfriede: „Frau Maier! Es ist wieder ein Kind aus dem Hotel verschwunden."

## III

Er hatte immer noch kein Wort gesagt. Aber vielleicht konnte er auch gar nicht sprechen? Er war ja noch so klein.

Wann lernten kleine Kinder sprechen?

Sie wusste es nicht.

Aber sie wusste, dass sie sich um ihn kümmern musste. Sie war schließlich die Ältere. Und sie war schon länger hier. Sie musste jetzt ganz tapfer sein.

Er hatte große braune Augen und sah sie unverwandt an.

Als sie langsam auf ihn zuging, sah sie, dass sich zu seinen Füßen eine kleine Pfütze gebildet hatte.

# IV

„Es ist wieder ein Kind aus dem Hotel verschwunden?" Frau Maier fiel nichts anderes ein, als Elfriedes Worte zu wiederholen. Vielleicht musste sie die Worte auch selbst aussprechen, damit ihr Gehirn die ungeheuerliche Botschaft darin aufnehmen konnte.

Irgendwie waren Elfriede und sie wohl ins Wohnzimmer gelangt, denn da saßen sie nun nebeneinander auf dem Sofa. Frau Maier schaute auf ihre Hände herab und sah, dass Elfriede eine davon fest umklammert hielt. Eine Weile schwiegen sie beide, dann sagte Elfriede mit leiser, monotoner Stimme: „Es ist ein kleiner Junge. Drei Jahre ist er erst alt. Die Barbara Winkler war heute in der Sparkasse. Die Erzieherin aus dem Hotel. Der Bub war das jüngste Kind in ihrer Gruppe. Moritz heißt er. Die Barbara Winkler hat ganz laut angefangen zu weinen. Mitten während sie das Überweisungsformular ausgefüllt hat. Einfach so und ziemlich laut. Der Kollege Koch hat es sogar im Hinterzimmer gehört und ist gleich nach vorne zu den Schaltern gelaufen. Er wusste ja nicht, was passiert war."

Elfriede machte eine Pause. Dann sagte sie: „Die Barbara Winkler musste dann ins Hotel, weil dort schon die Polizei gewartet hat, um sie zu vernehmen. Der Moritz ist ein schüchterner Junge, hat sie gesagt. Er hat jetzt sicher ganz furchtbare Angst. Und dann hat sie so geweint, dass sie nichts mehr sagen konnte."

Frau Maier schluckte. Ihre Augen brannten. Sie wusste, wer der Moritz war. Ein süßes Kind mit ganz großen, braunen Augen. So hübsch wie seine Mutter ... Die Mutter! Frau Maier wurde es kalt.

„Und ist die Mutter auch ..." Sie stockte. „Ich meine, ist sie ... Wie die Frau Lenz?"

Elfriede schien eine Weile zu brauchen, bis sie verstand, was Frau Maier meinte. Dann schüttelte sie den Kopf. „Nein, nein. Die Mutter lebt. Aber sie ist im Krankenhaus. Ein Nervenzusammenbruch, meint die Frau Leitner."

Für einen kurzen Moment fragte sich Frau Maier, warum die halbe Belegschaft des Hotels offensichtlich heute früh morgens schon in der Sparkasse gewesen war. Dann wandten sich ihre Gedanken wieder wichtigeren Dingen zu. In Kauzing verbreiteten sich Neuigkeiten nun einmal wie ein Lauffeuer. Das war immer so gewesen und das würde immer so bleiben. Sie wusste es ja aus eigener Erfahrung seit der Sache damals ...

Zusammenreißen, befahl sie sich.

„Seit wann ist das Kind denn verschwunden?", fragte Frau Maier. Sie klang ein wenig atemlos.

Wie nach dem kleinen Anstieg zum Kurhotel. Und das, obwohl sie auf dem Sofa saß.

„Seit gestern." Elfriede seufzte. „Die Mutter hatte eine Massage gebucht und den Moritz vor dem Spielzimmer abgesetzt. Die Barbara Winkler war noch in der Mittagspause. Als sie zum Spielzimmer kam, hat sie den Moritz nirgends gesehen. Erst, als die Mutter ihn zwei Stunden später wieder abholen wollte, haben sie bemerkt, dass er weg war. Die Barbara Winkler macht sich solche Vorwürfe. Und nach der Sache mit der anderen Kleinen, die verschwunden ist ..." Elfriedes Stimme zitterte. Sie schluckte und fuhr fort: „Sie haben dieses Mal sofort die Polizei verständigt. Und die haben auch sofort gesucht. Mit Hunden. Und mit Hubschraubern."

Frau Maier spürte das vertraute Kribbeln in ihrem Nacken. Hubschrauber. Sie hatten gar nicht nach Vivien gesucht in der Nacht, sondern nach Moritz. Nach dem kleinen, schüchternen Moritz. Ihre Augen brannten so heftig, dass sie sie für einen Moment schließen musste. Als sie die Augen wieder öffnete, schaute Elfriede sie ernst und besorgt an.

„Das nimmt Sie sehr mit, oder, Frau Maier? Kein Wunder. Für alle, die etwas mit dem Hotel zu tun haben, ist es sehr schwer. Wenn ich da an die Barbara Winkler denke ... Und die Regina Willmers ist auch außer sich, hat die Frau Leitner erzählt. Regina liebt Kinder ja so sehr … Und wenn man selbst schon einmal eines verloren hat … Da kommt sicher vieles hoch bei ihr."

Frau Maier war noch so beschäftigt mit Moritz und den Hubschraubern, dass Elfriedes Worte nur ganz langsam in ihr Gehirn sickerten. Regina liebt Kinder, ja, stimmt. Sie dachte daran, wie sehr sie Viviens Verschwinden beschäftigt hatte. Regina hat selbst schon einmal eines verloren … Wie bitte?! Plötzlich wurde Frau Maier bewusst, wie wenig sie doch über Regina Willmers wusste. Sie hatte sich ihr die letzten Wochen immer näher gefühlt, aber eigentlich hatte Regina nur wenig von sich erzählt.

„Regina Willmers hat ein Kind verloren?", fragte sie leise.

„Ja." Elfriede nickte ernst. „Eine Tochter. Sie ist mit drei Jahren an einer Lungenentzündung gestorben. Das muss schrecklich gewesen sein. Meine Mutter hat mir davon erzählt. Sie kannte die Familie gut."

Frau Maier schüttelte traurig den Kopf. „Zum Glück hat sie noch zwei gesunde Kinder und auch Enkelkinder. Das hat ihr bestimmt geholfen."

Elfriede sah sie erstaunt an. „Sie verwechseln da etwas, Frau Maier. Regina Willmers hat keine Kinder."

Frau Maier hörte das Blut wieder in ihren Ohren rauschen. „Doch", protestierte sie schwach. „In Amerika ..."

„Nein, ganz sicher nicht. Ihr Mann hat sie nach dem Tod der Kleinen damals verlassen und sie hatte nie mehr einen anderen Partner oder weitere Kinder. Das war ja das Schlimme. Und der Mann hat dann mit einer anderen Frau eine Familie gegründet. Die Regina engagiert sich seitdem ja so sehr für andere Kinder. Im Kurhotel und im Kinderhilfswerk. Und sie hilft allein erziehenden Müttern im Dorf ..."

Elfriedes Stimme verschwamm zu einem undeutlichen Hintergrundgeräusch. Schon wieder fühlte sich Frau Maier, als hätte ihr jemand einen Schlag auf den Kopf verpasst. Aber dieses Mal war der Schlag noch härter. Er machte sie für einen Moment benommen. Und dieses Mal wusste sie, dass sie sich in nichts verrannte. Gesichter zogen an ihrem inneren Auge vorbei. Gesichter in Bilderrahmen. Fotos, die auf einer Kommode standen.

Mit Regina Willmers stimmte etwas nicht. Ganz gewaltig sogar. *Devil in Disguise.* Der Teufel in Verkleidung. Das Lied und seine Melodie waren auf einmal alles, was noch in Frau Maiers Kopf Platz hatte.

# V

Mit klopfendem Herzen stand Frau Maier an der ungemütlichen Telefonsäule auf dem kleinen Parkplatz. Ihre Hände zitterten, als sie die Nummer wählen wollte. So heftig, dass sie sich verwählte.

Sie musste ein paar Mal tief durchatmen. Sie schaute zum See hinüber. Dunkelblau. Kleine Schaumkronen. Große Unruhe.

Es gelang ihr endlich, die richtige Nummer zu wählen. Sie hielt die Luft an.

„Guten Tag, das ist die Mailbox von Dr. Frank Schön …"

Frau Maier schloss die Augen. Er ging nicht ans Telefon. Ausgerechnet jetzt.

Was sollte sie bloß tun? Sie hatte noch nie eine Nachricht auf irgendeiner Mailbox hinterlassen. Was sollte das auch bringen? Frank konnte sie ja sowieso nicht zurückrufen.

Wilde Gedanken fegten durch ihren Kopf. Sollte sie mit dem Bus in die Stadt fahren und im Krankenhaus nach Frank suchen? Nein, dafür war keine Zeit mehr. Keine Zeit.

Regina Willmers' Haus sah ganz friedlich aus.
Friedlich, gemütlich, einladend. Frau Maier
stand am Gartentor und hoffte, dass die Hecke
ihre Rundungen komplett verdecken würde. Sie
spürte ihr Herz in ihrer Kehle klopfen. *Devil in
Disguise* sang es in ihrem Kopf.

Einige Minuten verstrichen und nichts rührte
sich. Weder am Haus noch auf dem schmalen
Weg, der am Feld entlang zum Haus führte.
Auch Frau Maier stand ganz still. Sie merkte
nicht, dass ihr Knie schmerzte und dass sie schon
wieder so fest die Zähne zusammenbiss, dass ihr
ganzer Kiefer wehtat.

Wieso war sie hierher gelaufen? Sie wusste es
nicht. Wie ein Magnet hatte das Haus sie an-
gezogen. Unwiderstehlich. Frau Maier hatte das
Gefühl, dass keine Zeit mehr zu verlieren war.

Konnte Regina wirklich der Teufel sein, der
sich in Kauzing eingeschlichen hatte? Es gab doch
nur so wenige vage Anhaltspunkte. Eigentlich war
nur eine einzige wirklich eigenartige Sache passiert: Regina Willmers hatte Frau Maier die gerahmten Fotos von ihren Kindern und Enkelkindern gezeigt. Und die existierten in Wirklichkeit
gar nicht. Aber machte sie das zu einer Entführe-
rin? Oder gar zu einer Mörderin? Natürlich nicht,

das war Frau Maier klar. Ihr war auch klar, dass die wahrscheinlichste Erklärung dafür war, dass Regina sich einfach einsam fühlte und den Tod ihrer kleinen Tochter nie verwunden hatte. Und dass sie sich deshalb eine kleine, heile Scheinwelt aufgebaut hatte.

Trotzdem. Trotzdem!, sagte Frau Maiers innere Stimme mit einem dicken Ausrufezeichen dahinter. Es war, als wäre eine Maske gefallen. Die selbstsichere, engagierte, einfühlsame, tüchtige Regina. Sie hatte plötzlich ein ganz anderes Gesicht bekommen. Und Frau Maier spürte mit allen ihren Sinnen, mit jeder Faser ihres Körpers, in sämtlichen Härchen auf ihren Armen, dass das noch längst nicht alles war. Seit Reginas Besuch hatte sie sich so unbehaglich gefühlt. Dann der Traum, das leichte Hinken. Und schließlich Elfriedes Besuch …

Frau Maier verließ ihr Versteck hinter der Hecke. Sie öffnete das Gartentürchen. Sie ging langsam auf das Haus zu. Sie klingelte. Eigentlich sollte Regina im Hotel sein, es war Donnerstag und sie hatte Dienst. Aber wenn sie doch daheim sein sollte, dann würde Frau Maier … Ja. Was würde sie eigentlich? Fragen: „Haben Sie Vivien entführt?" Oder sagen: „Mir ist plötzlich bewusst geworden, dass Sie nicht alle Tassen im Schrank haben?" Oder einfach nur: „Elfriede Gruber sagt, dass Sie keine Kinder und Enkelkinder haben. Warum haben Sie mich angelogen?"

Frau Maier hatte sich für die letzte Variante entschieden, als ihr auffiel, dass sich im Haus nichts rührte. Sie klingelte noch einmal. Und dann, einem unbestimmten Impuls folgend, drückte sie die Klinke der Haustür vorsichtig herunter. Und spürte, wie ihr Herz kurz stolperte. Die Haustür war offen.

## VII

Sie stand im Hausflur und lauschte. Lauschte, so genau sie nur konnte. Nichts. Langsam ging sie ins Wohnzimmer, in dem sie schon einmal gesessen hatte. Frische Blumen standen auf dem Tisch und die gerahmten Fotos waren immer noch da. Frau Maier spürte das Kribbeln in ihrem Nacken, als sie sich die fröhlichen Gesichter darauf ansah. Wer waren diese Menschen? Hatte Regina Willmers sie aus einer Zeitschrift oder einem Katalog ausgeschnitten?

Sie warf einen Blick in die Küche. Alles ordentlich aufgeräumt. Und im Bad stand dieses Mal keine Packung mit Haarfärbemittel herum. Das vierte Zimmer hatte Frau Maier bei ihrem Besuch nicht gesehen. Sie öffnete leise die Tür und zuckte zusammen. Auf einem Wäscheständer mitten in dem Raum, der wohl als Gästezimmer eingerichtet war, hingen fein säuberlich aufgereihte Kleidungsstücke. Kinderkleidung. Frau Maier hörte wieder das Blut in ihren Ohren rauschen. Rosa T-Shirts in der Größe, die Vivien passen würde. Und etwas kleinere blaue Hosen und eine Jacke … Sie schloss die Augen. Regina Willmers war sehr engagiert. Vielleicht spendete sie Kleidung an Vereine, die bedürftigen Kindern halfen. Oder sie wusch die Kleidung für die Nachbarskinder … *Sie hilft allein erziehenden Müttern im Dorf.* Elfriedes Stimme.

Aber Frau Maiers Herz ließ sich nicht beruhigen. Die Kleidungsstücke sandten irgendetwas Bedrohliches aus, das sie nicht erklären konnte. Schnell verließ sie das Zimmer und schloss die Tür hinter sich. Sie atmete erleichtert auf.

Eine Treppe führte nach oben. Dort war sie noch nie gewesen. Frau Maier zögerte. Sie fühlte sich unwohl. Sie fühlte sich beobachtet. Sie fuhr herum, aber niemand stand hinter ihr. Während sie noch versuchte, ihren Mut zusammenzunehmen, um in den ersten Stock zu gehen, bemerkte sie mit ihren Adleraugen plötzlich etwas Eigenartiges. Unter der Treppe war eine Garderobe angebracht, an der ganz ordentlich Reginas Jacken und Mäntel hingen. Doch zwischen zwei Schals blitzte etwas Metallisches hervor. Frau Maier näherte sich und schaute genauer hin: Es war eine Türklinke. Sie schob die Jacken ein wenig beiseite und sah tatsächlich eine kleine Tür, die sich dahinter verbarg.

Alle Alarmglocken in ihrem Körper schrillten jetzt gleichzeitig und sie fühlte sich für einen kurzen Augenblick wie benommen. Dann hatte sie sich schon wieder gefangen und drückte die Klinke nach unten. Die Tür war versperrt.

Und da hörte sie es. Hinter sich. Ein kleines, leises Geräusch. Ein Rascheln nur. Oder ein hinkender Schritt? Frau Maier spürte den kalten Schweiß in ihrem Nacken. Sie drehte sich langsam um. Im Gang hinter ihr stand Regina Willmers. Sie lächelte ihr liebenswürdiges Lächeln. Und auch ihre Stimme klang freundlich wie immer, als sie sagte: „Hallo, Frau Maier!"

Frau Maier spürte Erleichterung aufbranden. Wahrscheinlich hatte sie sich doch alles nur eingebildet. Reginas vertrautes Gesicht und ihre klare Stimme beruhigten sie sofort. Doch dann sah Frau Maier etwas aufblitzen. Es war das Küchenmesser in Regina Willmers' Hand. „Ich habe Sie schon erwartet", sagte Regina.

„Wollen Sie einen Tee?", fragte Regina Willmers höflich.

Frau Maier nickte benommen. Sie saßen am Tisch im hellen und freundlichen Wohnzimmer. Regina holte die selbst getöpferten Tassen aus dem Schrank, ganz so, als ob es sich bei ihrem Zusammensein um eine freundliche Nachmittagseinladung handeln würde. Die ganze Situation war so absurd, dass Frau Maier immer wieder für einige Sekunden ihre Angst vergaß. Allerdings nur so lange, bis ihr Blick wieder auf das Küchenmesser fiel, über dessen Klinge Regina von Zeit zu Zeit liebevoll strich. Frau Maier dachte an den Maskenmann und das Kilianskircherl. Damals. Müssen mich denn immer alle mit einem Messer bedrohen?, dachte sie. Ausgerechnet? Alles andere wäre ihr lieber gewesen. Aber ein Messer … Sie schüttelte sich.

„Was ist denn los, Frau Maier? Geht es Ihnen nicht gut?" Reginas Stimme klang wie immer. Aufmerksam, besorgt, interessiert. Oder? Frau Maier war sich plötzlich nicht mehr sicher, ob sie nicht einen Hauch von Häme darin spürte. Sofort bekam sie die Bestätigung.

„Tja, es war eben ein bisschen dumm von Ihnen zu glauben, ich hätte die Haustür versehentlich offen gelassen. So leicht sind Sie in die Falle getappt!" Reginas Grinsen war jetzt eindeutig höhnisch. „Frau Maier, Frau Maier. Ich wusste ja, wie neugierig Sie sind. Eine richtige Schnüfflerin. Kein Wunder, dass Frau Rupprecht das nicht mehr dulden wollte. Aber dass Sie auch noch dumm sind ..."

Frau Maier zuckte zusammen. *Eine Schnüfflerin.* Da hatte Regina Willmers nicht Unrecht. Und wahrscheinlich dachten die anderen Kollegen im Hotel auch so über sie.

„Sie trinken Ihren Tee ja gar nicht, Frau Maier. Er wird doch kalt."

Frau Maier führte die Tasse zum Mund. Ihre Hand zitterte nicht. Zum Glück. Sie wollte Regina Willmers keinen Triumph gönnen. Doch bei Reginas nächsten Worten zuckte sie so heftig zusammen, dass sie den Tee verschüttete.

„Alexander Knauer hat er auch gut geschmeckt, mein Tee."

Frau Maier sah Regina Willmers an. Die verzog keine Miene, aber ihre Augen waren eiskalt. Und sie wirkten plötzlich eine Schattierung dunkler als sonst. Auf einmal kam Regina ihr vor wie ein Dämon, der sein Gesicht verändern konnte und jetzt seine böse Fratze zeigte. Devil in Disguise. In Reginas Haaren fiel Frau Maier eine dicke graue Strähne auf. Als sie die Tasse wieder abstellte, ohne daraus getrunken zu haben, zitterte ihre Hand so heftig, dass die Tasse auf dem Untersetzer laut klapperte. Regina Willmers lachte leise.

„Schade um das schöne Gift. Aber ich habe ja noch andere Möglichkeiten." Wieder strich sie sanft über die Klinge des Messers.

Frau Maier fröstelte und zog ihre Strickjacke enger um sich.

„Trinken Sie doch den schönen, warmen Tee, wenn Ihnen kalt ist. Dann wird Ihnen wärmer. Zumindest kurz. Danach wird Ihnen dann allerdings wieder kalt. Ziemlich kalt sogar. Und für eine ziemlich lange Zeit." Wieder lachte sie.

Frau Maier spürte neben der Angst plötzlich auch Wut in sich hochsteigen. Diese Frau hielt sich für so schlau, so überlegen. Allmächtig. Wusste sie nicht, dass ihr Spiel bald zu Ende sein würde?

„Schauen Sie", sagte Frau Maier und bemühte sich um einen freundschaftlichen Tonfall. „Wenn ich darauf gekommen bin, dass Sie …", Frau Maier suchte nach den richtigen Worten, „… in die ganze Sache verwickelt sind, meinen Sie dann nicht, dass noch jemand anderes bald darauf kommen wird? Die Polizei zum Beispiel?"

Regina Willmers zuckte die Schultern. „Vielleicht ja, vielleicht nein", sagte sie. „Ich glaube aber eher, dass niemand darauf kommen wird. Dafür war mein Plan einfach zu gut."

Sie ist tatsächlich wahnsinnig, dachte Frau Maier. Größenwahnsinnig.

„Welcher Plan?", fragte sie und bemühte sich, einen möglichst beiläufigen Tonfall anzuschlagen. Die Mühe war umsonst.

„Tun Sie doch nicht so scheinheilig, Frau Maier." Reginas Stimme war scharf und böse. „Sie wollen doch nur Zeit schinden. Und ihre armselige Neugier befriedigen. Aber wissen Sie was? Den Gefallen tue ich Ihnen. Um unserer schönen, aufkeimenden Freundschaft willen." Jetzt lachte sie so laut und schrill, wie Frau Maier es bei ihr noch nie gehört hatte. Der Ton fuhr ihr durch Mark und Bein. Auf einmal saß nicht mehr Regina Willmers vor ihr, sondern eine völlig Fremde. Und trotzdem taten ihr die Worte weh. *Unsere schöne, aufkeimende Freundschaft.* Frau Maier hatte daran tatsächlich geglaubt. Sie hatte sich darüber gefreut. Sie war stolz gewesen, dass jemand wie Regina sich für sie interessierte. Und dabei war es gar nicht um Freundschaft gegangen. Im Gegenteil. Nur um ihren bösen Plan war es gegangen.

„Sie sind schon eine harte Nuss, Frau Maier." Regina Willmers betrachtete nachdenklich das Messer. „Es war wirklich nicht leicht, Sie zu durchschauen. Aber eben auch nicht unmöglich. Zumindest nicht für mich." Sie lächelte zufrieden. „Als ich Sie in Ihrem Haus besucht habe, nachdem Sie gefeuert worden waren ... Da wollte ich nur sichergehen, dass Sie nichts wissen. Dass Sie nichts gefunden haben. Und da habe ich gespürt, dass etwas anders ist als sonst. Dass Sie unbedingt die Wahrheit wissen wollen. Und dass es nur noch eine Frage der Zeit ist ..."

Frau Maier erschrak. Bei Reginas Besuch hatte sie doch selbst noch nicht einmal gewusst, dass Sie Verdacht geschöpft hatte. Da war nur dieses unbehagliche Gefühl gewesen. Und die Katze, die sich von Regina nicht hatte anfassen lassen. Sie hatte eine Gänsehaut. Konnte diese Frau tatsächlich hellsehen? „So ein Schmarrn", brummte sie.

„Ein Schmarrn, sagen Sie?" Regina Willmers wurde jetzt richtig böse. Ihre Augen waren noch eine Spur dunkler und sie blitzten gefährlich. „Sie werden schon noch merken, dass das alles andere als ein Schmarrn ist. Dass ich Sie aus dem Weg räumen werde, so wie ich diesen dummen Jungen aus dem Weg geräumt habe."

„Den dummen Jungen?" Frau Maier schluckte. Alexander Knauer.

„Er wollte auf eigene Faust Nachforschungen anstellen. So wie Sie. Nur, dass er einen guten Grund hatte. Er wollte seine eigene Haut retten und den Verdacht gegen sich selbst aus der Welt schaffen. Sie dagegen, Frau Maier ... Sie hatten keinen Grund für Ihre Schnüffelei."

Regina strich wieder behutsam über die Klinge. Einen Moment lang schien sie den Faden verloren zu haben. Dann fuhr sie fort: „Wie dem auch sei. Der Kavalier aus dem Internet ist ins Hotel gekommen. Er wollte sich noch einmal umhören und fragen, ob nicht doch jemand Vivien gesehen hat, während seiner Verabredung mit Simone Lenz. Gleich unten in der Eingangshalle habe ich ihn getroffen und er hat mich um Hilfe gebeten. Da hatte er richtig Glück, finden Sie nicht? Da war er gleich an die Richtige geraten. Regina Willmers. Mädchen für alles. So hilfsbereit! Und weiß über alles Bescheid, was im Hotel vor sich geht. Eine bessere Person hätte er gar nicht ansprechen können. Finden Sie nicht, Frau Maier?"

Wieder der scharfe Tonfall, die funkelnden Augen. Frau Maier schluckte. Sie nickte langsam. Sie hatte das Gefühl, dass sie keinen Ton herausbringen würde.

„Ich habe ihm gesagt, dass ich mich für ihn umhören würde. Dass er sich auf mich verlassen könnte. Und dass er am nächsten Tag zu mir nach Hause kommen sollte, dann würde ich ihm alles berichten. Das war wirklich freundlich von mir, oder? Sogar meine Adresse habe ich ihm noch aufgeschrieben und ihn dann schnell wieder hinaus komplimentiert. Schließlich wollte ich nicht, dass jemand der Polizei von seinem Erscheinen im Hotel berichten würde." Regina sah so zufrieden aus, dass Frau Maier richtig schlecht vor Wut wurde. Das Glück war wirklich auf Regina Willmers' Seite gewesen! Ausgerechnet ihr war der arme Alexander Knauer in die Arme gelaufen. Sie sah ihn wieder vor sich, wie er am Freitag sein Haus verlassen hatte. Mit dem Zettel in der Hand, auf dem vermutlich Regina Willmers' Adresse gestanden hatte. Sie sah, wie er sportlich und schnell die Straße entlang gegangen war, zum letzten Mal. So ein netter, freundlicher Mann! Frau Maier hörte Elfriedes Stimme und hatte einen Kloß im Hals. Ihr wurde bewusst, dass Regina bei ihrem aberwitzigen Plan sogar mehrmals großes Glück gehabt hatte. Nicht nur, als sie Alexander Knauer direkt am Eingang des Hotels getroffen hatte. Auch, als sich die Zeugen aus dem Zug nach Paris gemeldet hatten. Die Zeugen, die die vermeintliche Vivien gesehen hatten. Das hatte ihr eine Weile Ruhe verschafft, denn die Ermittlungen waren erst einmal außerhalb von Kauzing weitergegangen. Es war so ungerecht! Vielleicht wäre ihr die Polizei sonst viel früher auf die Schliche gekommen … Oder Rüdiger König und sein Privatdetektiv …

Sie sah auf und direkt in Regina Willmers' spöttisches Gesicht. Auf einmal spürte Frau Maier das dringende Verlangen, sie zu ärgern. Sie herunterzuholen von ihrem hohen Ross. Der perfekte Plan? Von wegen.

„Und hatten Sie nicht daran gedacht, dass die Polizei den Zettel mit Ihrer Adresse bei Alexander Knauer finden könnte?", fragte sie und wusste im selben Moment, dass es ein Fehler war, Regina Willmers wütend zu machen. Deren Augen waren jetzt von Hass erfüllt.

„Sie finden sich wohl besonders schlau, Frau Maier", zischte sie. „Aber wenn Sie es genau wissen wollen: Es wäre völlig egal gewesen, ob die Polizei die Adresse gefunden hätte. Wissen Sie, das ist der Vorteil, wenn man überall beliebt ist. Niemand wird einem etwas unterstellen. Alle, die die Polizei befragen würde, würden bestätigen, dass er meine Adresse nur hatte, weil ich ihm helfen wollte. Aber das können Sie natürlich nicht wissen. Wie es ist, so beliebt zu sein, meine ich." Regina Willmers lächelte selbstzufrieden und fügte dann im Plauderton hinzu: „Aber er hatte den Zettel sowieso dabei und ich konnte ihn ganz normal entsorgen. Im Papiermüll übrigens. Ich trenne meinen Müll immer. Und bevor Sie jetzt noch fragen, ob niemand gesehen hat, wie der dumme Kerl zu mir gekommen ist: Nein, offensichtlich nicht. Das ist der Vorteil einer abgeschiedenen Wohnlage. Das war auch beim Entsorgen der Leiche hilfreich. Nur mit diesem lästigen Hund hatte ich nicht gerechnet ... Ich hatte gehofft, dass man die Leiche erst viel später finden würde ..."

Wieder schien Regina Willmers in ihre eigene Gedankenwelt abzudriften. Einen Moment lang war es ganz still im Wohnzimmer. Und dann war es Frau Maier auf einmal, als würde sie ein leises Geräusch hören. Irgendwo unter ihr oder hinter ihr? Ihr Mund wurde trocken. Was war das? Ein Rufen? Eine Kinderstimme?

Plötzlich wurde ihr bewusst, dass Regina sie die ganze Zeit genau beobachtete. Als sie ihr den Blick zuwandte, legte Regina Willmers den Kopf in den Nacken und brach in ein unnatürliches, hysterisches Lachen aus.


IX


Sie wusste nicht, warum sie es nicht schon viel früher getan hatte. Sie hatte einfach nicht daran gedacht.

Aber jetzt, wo der Kleine da war, da musste sie doch etwas tun. Sie war ja die Ältere.

Und wenn man in Not ist, dann muss man

um Hilfe rufen. Das wusste doch eigentlich jedes Kind.

Sie flüsterte dem Kleinen zu, dass er keine Angst zu haben brauchte. Dass sie jetzt Hilfe holen würde.

Er reagierte nicht.

Er kauerte auf dem Boden neben der Pfütze, wie schon die ganze Zeit vorher.

Dann rief sie, so laut sie konnte.

Und noch einmal.

Und noch einmal, bis sie außer Atem war.

Nichts rührte sich.

Auch die Gestalt kam nicht.

Ihre Augen brannten so heftig, dass sie sie zumachen und ihre Hände darauf pressen musste.


## X


„Jetzt schauen Sie doch nicht so blöd, Frau Maier", sagte Regina Willmers, als sie sich wieder beruhigt hatte. „Dass die Kinder hier sind, das müssen doch selbst Sie inzwischen begriffen haben, oder?"

Frau Maier hatte noch gar keine Zeit gehabt, wirklich darüber nachzudenken. Aber jetzt spürte sie vor allem Erleichterung darüber, dass die Kinder noch lebten.

„Sie sind leider nicht so schlau wie Sie denken, Frau Maier." Regina seufzte bedauernd. „Ihre wunderbare Menschenkenntnis … Doch nicht so wunderbar, oder?" Sie lachte wieder.

„Aber Sie sind leider auch nicht so schlau wie Sie denken, Frau Willmers." Frau Maiers Stimme klang jetzt scharf. Ihr reichte es. Und sie hatte nichts mehr zu verlieren. Regina Willmers hatte das Messer. Was konnte sie schon dagegen ausrichten? „Sie glauben ernsthaft, dass Sie mit Ihrem Plan durchkommen. Dabei hat er viel zu viele Schwachstellen!"

Regina ging gar nicht darauf ein, sondern betrachtete Frau Maier eine Weile nachdenklich. „Tja", sagte sie dann. „Vielleicht sind wir uns ja gar nicht so unähnlich. Wir halten uns beide für schlau. Wir glauben beide, dass wir eine gute Menschenkenntnis haben. Wir wohnen beide in abgelegenen Häusern. Wir arbeiten beide im Kurhotel. Wobei … Das stimmt ja gar nicht. Sie sind ja gefeuert worden."

Frau Maier wurde es heiß. Nicht nur wegen der Kündigung. Nein, ein neuer Gedanke hatte sich in ihren Kopf eingeschlichen: Waren sie und Regina Willmers sich tatsächlich ähnlich? War Regina so etwas wie ihr eigenes, böses Zerrbild? Ein Mensch, der andere aushorchte und manipulierte? Regina redete weiter.

„Und da wären wir auch schon beim großen Unterschied zwischen uns. Ich bin tüchtig und beliebt. Sie sind nur eine arme, einsame, alte Frau."

„Ich bin einsam?" Jetzt war es Frau Maier, die kurz auflachte. „Und was bitte sind Sie? Sie sind so einsam, dass Sie sich Fotos von irgendwelchen erfundenen Kindern und Enkelkindern ins Wohnzimmer stellen!"

Regina Willmers' Hand mit dem Messer donnerte so heftig auf den Tisch, dass Frau Maier ein kleiner Schrei entfuhr. „Sparen Sie sich Ihren Atem!", zischte Regina. „Es wird noch genug Gelegenheit zum Schreien für Sie geben!" Sie zitterte vor Wut am ganzen Körper. „Ich bin nicht einsam. Ich habe mein Kinderparadies. Direkt unter Ihnen. Zwei Enkelkinder habe ich schon. Und glauben Sie mir: Es werden noch viel mehr werden, wenn ich Sie erst aus dem Weg geräumt habe!"

In diesem Moment war Frau Maier klar, dass Regina Willmers tatsächlich jeden Bezug zur Realität verloren hatte. Sie glaubte offenbar allen Ernstes, dass sie sich ein Kind nach dem anderen aus dem Hotel holen konnte und dass ihr nie jemand auf die Schliche kommen würde.

„Welches Kinderparadies?", fragte sie ungläubig.

„Ein eigenes kleines Reich, hier unten im Keller. Die Tür haben Sie ja schon entdeckt. Ich habe alles selbst ausgebaut und eingerichtet dort unten. Richtig gemütlich ist es da. Und ich habe noch viel Platz." Regina Willmers sah stolz aus. Frau Maier spürte wieder die Übelkeit von vorhin. Sie wurde stärker.

„Ich habe Ihnen ja schon erzählt, dass ich handwerklich sehr geschickt bin", ergänzte Regina. „Ich würde es Ihnen gerne zeigen, aber momentan baue ich eine Beziehung zu den Kindern auf und ich will nicht, dass sie durch Fremde verwirrt werden."

Frau Maier fiel nichts mehr ein, was sie darauf sagen konnte. Der Kloß in ihrem Hals wurde immer größer. Die fröhliche Vivien. Der schüchterne Moritz.

„Sie brauchen gar nicht so eine bekümmerte Miene aufzusetzen, Frau Maier! Die Kinder haben es gut bei mir. Sie bekommen alles. Und bald werden sie merken, dass sie es bei mir besser haben als bei ihren Müttern." Sie verzog verächtlich ihren Mund. „Die Lenz, diese arme Kranke. Wie soll so eine sich denn bitteschön angemessen um ein Kind kümmern?"

Frau Maier schluckte. Vielmehr wollte sie schlucken, aber ihr Mund war zu trocken. Sie fuhr sich mit der Zunge über die Lippen. „Und die Mutter vom Moritz …"

„Männergeil", fiel Regina Willmers ihr ins Wort. „Viel zu männergeil. Wie die sich an den Physiotherapeuten herangemacht hat, das hätten Sie mal sehen sollen. Ständig hat sie sich Massagen geben lassen … Es war höchste Zeit, dass der Kleine von ihr weg kommt. In ein vernünftiges Zuhause."

„Aber …" Frau Maier zögerte. „Die Mutter vom Moritz … Die lebt noch …"

Regina zuckte die Achseln. „Wäre zu aufwändig gewesen, sie zu beseitigen. Und sie wird das Kind nicht weiter vermissen, wissen Sie. Die hat ab jetzt viel Zeit für ihre Männergeschichten!"

„Und die Frau Lenz?"

„Die habe ich nur aus dem Weg geschafft, weil es so leicht war. Es hätte auch nicht klappen können. Wäre egal gewesen. Aber so habe ich die arme Frau wenigstens von ihrem Leiden erlöst."

Aus der Übelkeit wurde ein Brechreiz. Frau Maier musste all ihre Selbstkontrolle aufbringen, um ihn zu unterdrücken, und um zu fragen: „Dann war das kein Selbstmord bei der Frau Lenz?"

„Doch! Doch natürlich war das ein Selbstmord. Sie ist selbst auf den Stuhl geklettert. Ich habe ihr nur ein bisschen geholfen. Das Seil aufgehängt. Den Stuhl umgestoßen. Und natürlich die Tabletten vertauscht."

„Die Tabletten vertauscht?"

Plötzlich hatte Frau Maier ein Bild ganz klar vor Augen: Regina Willmers, die aus dem Raum mit den Medikamenten kam. Einem Raum, in dem sie eigentlich nichts zu suchen hatte. Warst du blöd, schimpfte sie sich selbst in Gedanken. Total verblendet. Wenn sie nur ein bisschen nachgedacht hätte! Dann würde Alexander Knauer vielleicht noch leben. Und die Kinder müssten nicht in diesem Keller furchtbare Ängste ausstehen.

„Ja, ein bisschen kenne ich mich aus mit psychischen Krankheiten. Wenn man so viel mit Leuten redet und einem so vieles anvertraut wird, wissen Sie", sagte Regina und versuchte, bescheiden auszusehen. Es misslang.

Offensichtlich weißt du aber nicht genug über psychische Krankheiten, dachte Frau Maier. Wie irre und wie krank du selbst bist, zum Beispiel, das weißt du anscheinend nicht.

Regina fuhr fort: „Dr. Grammling ist aber auch leicht zu manipulieren. Ein paar besorgte Fragen und ein bisschen geheuchelte Bewunderung meinerseits und schon hat er mir viel zu viel erzählt. Und dann habe ich einfach ein paar andere Tabletten in die Packung auf Frau Lenz' Nachttisch gepackt. Es ist eben praktisch, wenn man weiß, wo der Generalschlüssel liegt. Aber wem sage ich das, nicht wahr, Frau Maier! Wieder so eine Gemeinsamkeit von uns. Wir – wie sage ich das – wir forschen eben gerne nach." Regina Willmers lächelte liebenswürdig. „Schade, vielleicht hätten wir doch Freundinnen werden können."

„Und warum haben Sie die Tabletten vertauscht?", fragte Frau Maier matt. Sie war auf einmal wahnsinnig müde. Wenn sie nicht sicher gewusst hätte, dass sie nichts von Reginas Tee getrunken hatte, würde sie denken, dass sie ein Schlafmittel genommen hatte. Sie vermutete, dass das Gift in Alexander Knauers Getränk eine Überdosis Schlaftabletten aus der Medikamentenkammer gewesen war.

„Schon wieder so eine dumme Frage. Und das von Ihnen! Der selbst ernannten Miss Marple vom See!" Regina schüttelte in gespielter Enttäuschung den Kopf und sah Frau Maier lauernd an. Aber die wollte sich nicht mehr aus der Fassung bringen lassen. Sie war auch viel zu schlapp dafür.

„Ich habe sie natürlich vertauscht, um Frau Lenz noch mehr aus dem Gleichgewicht zu bringen. Wie labil sie ist, das wusste ich ja schon aus dem Forum."

Frau Maier zuckte zusammen. Forum? Hatte sich Regina Willmers etwa auch bei den *Lokalen Singles* umgeschaut? Nein, dämmerte es ihr.

*„Leihoma.de"*, murmelte sie. Schon wieder ein Hinweis, den sie einfach überlesen hatte. Die selbst ernannte Miss Marple. Na bravo.

„Oha!" Regina Willmers nickte anerkennend. „Da haben Sie ja doch einmal eine Spur entdeckt. Gratuliere! Auf Leihoma.de wollte ich nach potenziellen Enkelkindern für mich suchen. Frau Lenz ist mir gleich aufgefallen, weil sie eben so labil wirkte. Und als sie dann geschrieben hat, dass sie hierher zur Kur kommt, da habe ich das als Wink des Schicksals gesehen. So lange habe ich auf das erste Kind für mein Kinderparadies gewartet. Nie war es der richtige Zeitpunkt. Aber dann kam Vivien." Regina Willmers strahlte. Und Frau Maier fand das Lächeln, das sie immer als besonders charmant empfunden hatte, jetzt besonders gruselig.

„Wusste Simone Lenz denn, dass Sie die Frau aus dem Forum sind?", fragte sie müde.

„Nein, natürlich nicht." Regina schnaufte verächtlich. „Jetzt denken Sie doch mal ein bisschen mit. Simone Lenz hat doch jemanden in ihrer Nähe gesucht, der ihr helfen kann. Ich habe so getan, als wäre ich aus Paderborn. Auf diese Weise wusste ich schon einiges über sie und Vivien, als sie hier ankamen. Es war nicht schwer, ihr Vertrauen zu gewinnen. Ich habe Frau Lenz freundlicherweise sofort angeboten, auf Vivien aufzupassen, während sie ihren Kavalier trifft. So bin ich eben. Immer hilfsbereit."

Frau Maier suchte in Reginas Blick und Tonfall vergebens nach auch nur einem Hauch von Ironie: Sie schien das tatsächlich völlig ernst zu meinen.

„Wissen Sie", fuhr sie dann fort und betrachtete eindringlich das glänzende Messer, „das Geniale war, dass ich Frau Lenz so gut manipulieren konnte. Das Treffen mit Alexander Knauer, ich habe ihr eingeredet, dass das unser Geheimnis ist. So wusste niemand, dass ich davon gewusst hatte und niemand ahnte, dass Frau Lenz Vivien vorher schön brav bei mir abgeliefert hat. Wenn Sie so wollen, dann hat sie mir ihre Tochter eigentlich freiwillig überlassen."

Frau Maier überlegte kurz, ob sie sich in den Blumentopf hinter ihr oder direkt auf den Tisch vor ihr übergeben sollte. Dann riss sie sich wieder zusammen. Sie wollte noch mehr wissen.

„Aber wollte Frau Lenz die Kleine denn nach der Verabredung nicht wieder abholen?"

„Ja, wollte sie." Regina Willmers machte eine abfällige Handbewegung. „Aber ich hatte der Kleinen längst etwas zum Schlafen verabreicht und sie ins Kinderparadies gebracht. In ihr kleines Prinzessinnen-Zimmer!" Wieder strahlte sie auf die unheimliche Art wie vorher. Dann wurde ihre Stimme hart. „Ich hätte Vivien ihrer kranken Mutter auf keinen Fall zurückgegeben. Ich habe Frau Lenz gesagt, dass etwas Schlimmes passiert sei und dass ich sie erst einmal an einen sicheren Ort bringen würde, um ihr alles zu erklären."

„Das verlassene Haus", murmelte Frau Maier.

„Richtig. Langsam tauen Sie auf, Frau Maier. Ich habe den Schlüssel zum Haus, weil ich dort ab und zu nach dem Rechten sehe. Es gehört der Nichte einer Bekannten. Und die wollte gerne eine hilfsbereite, vertrauenswürdige Person, die sich dort von Zeit zu Zeit umschaut. Die Polizei hat das natürlich gleich herausgefunden. Sie haben die Hausbesitzerin sofort befragt. Und ich habe ihnen selbstverständlich bereitwillig alles erzählt. Dass ich den Schlüssel habe. Dass ich in einem Gespräch mit Frau Lenz das Haus vielleicht erwähnt haben könnte. Dass ich ausgerechnet in jener Woche vergessen hatte, abzuschließen. Sie können sich gar nicht vorstellen, wie zerknirscht ich war. Wie schuldig ich mich fühlte. Die Polizei hatte danach keinen Grund, mich weiter zu vernehmen. Es war schließlich ein Selbstmord."

Regina lachte leise. „Jedenfalls war Simone Lenz schon fix und fertig, als wir dort ankamen. Sie nahm ja schon eine ganze Weile das falsche Medikament. Und im Haus habe ich ihr gleich noch einmal eine extra Dosis verpasst. Zur Beruhigung." Frau Maier konnte den hämischen Tonfall kaum aushalten. Es war offenbar Zeit für den nächsten kleinen Dämpfer.

„Leider ist Ihnen dabei der Beipackzettel aus der Schachtel gefallen", sagte sie kühl. „Das hat die Polizei sehr interessiert!" Das war natürlich ein Bluff, denn der Beipackzettel lag ja im kleinen Haus am See in einer Küchenschublade. Aber es war sowieso egal. Regina achtete gar nicht mehr auf Frau Maier, sondern war vertieft in ihre Geschichte. Sie schien sich beim Erzählen mehr und mehr an ihrer eigenen Genialität zu ergötzen.

„Dann habe ich behauptet, dass ihr Exmann Vivien abgeholt hätte und dass das Jugendamt eingeschaltet worden wäre. Und dass die Polizei sie wegen Verletzung der Aufsichtspflicht suchen würde. Und dass sie Vivien nie wiedersehen würde."

„Und das hat sie geglaubt?"

„Diese Frau hätte mir alles geglaubt!" Regina grunzte verächtlich. „Der Exmann und das Jugendamt, das waren sowieso ihre größten Schreckgespenster. Und das Gefühl, eine schlechte Mutter zu sein, das hat sie so gequält. Das hatte sie mir alles anvertraut, als ich ihr als liebe Leihoma geschrieben habe. Sie hat gar nicht hinterfragt, woher ihr Ex eigentlich gewusst haben soll, dass er Vivien bei mir finden würde. Und dass die Geschichte mit der Polizei völliger Blödsinn ist."

Regina lachte jetzt wieder laut auf. Frau Maier wurde so wütend, dass sie die Hände zu Fäusten ballte. Sie mochte sich gar nicht vorstellen, welche Qualen die arme Frau Lenz ausgestanden hatte. Und sie mochte sich erst recht nicht ausmalen, wie die Geschichte weiterging. Aber darauf nahm Regina Willmers keine Rücksicht.

„Sie hat selbst gesagt, dass sie so nicht mehr leben kann. Ich habe ihr nicht widersprochen. Ich habe ihr gesagt, dass das ein guter Ausweg wäre. Das Beste für alle. Ich habe ihr gesagt, dass Vivien mir erzählt hätte, dass sie gar nicht mehr zu ihr zurück will."

Frau Maier spürte heiße Tränen auf ihren Wangen. Regina grinste. Sie ist tatsächlich ein Teufel, dachte Frau Maier und schloss die Augen. Devil in Disguise. Elvis wusste eben immer Bescheid. Zwei Sätze aus Simone Lenz' Tagebuch fanden aus dem Nirgendwo den Weg in ihren Kopf. Die Sätze taten weh. *Ich werde sie niemals hergeben. Lieber sterbe ich.*

„Dann ging es ziemlich schnell. Ich habe sie noch die Abschiedsnotiz krakeln lassen. Sie stand von der Extra-Dosis inzwischen völlig neben sich. Selbst diesen einen Satz musste ich ihr diktieren. Sie hat nur noch geheult und gezittert. Wirklich ein schwacher Charakter. Na ja, und den Haken und das Seil und den Stuhl, das hatte ich alles schon vorbereitet …"

Frau Maier durchfuhr die Erinnerung an den Schein der Taschenlampe im verlassenen Haus wie ein Blitz. Wie seltsam bösartig ihr das zuckende Licht vorgekommen war. Welche Angst es ihr eingejagt hatte. Sie zitterte beim Gedanken daran, dass Regina Willmers an jenem Abend im Schein der Taschenlampe den Haken und das Seil vorbereitet hatte …

Plötzlich hielt sie es nicht mehr aus. Sie sprang auf und hatte im nächsten Augenblick schon die Blumenvase in der Hand. Mit voller Wucht schleuderte sie das Gefäß auf Regina Willmers. Leider traf sie nicht und die Vase ging mit lautem Klirren zu Boden. Aber der Moment der Überraschung reichte aus. Mit einem großen Satz war Frau Maier bei der Wohnzimmertür. Sie stürzte in den Gang.

Nur lebendig aus diesem Haus kommen, das war ihr einziger Gedanke. Die Kinder konnte dann die Polizei retten. Aber erst einmal musste sie weg hier. Sie hielt es keine Sekunde länger aus. Sie wollte zur Tür rennen, aber ein plötzliches Stechen in ihrem Knie ließ ihr Bein kurz einknicken.

Und genau diese Sekunde nutzte Regina Willmers. Wie eine Furie stürzte sie sich auf Frau Maier. Das Messer fiel ihr aus der Hand. Wenigstens etwas, konnte Frau Maier noch denken, bevor sie laut schnaufend versuchte, Regina Willmers irgendwie abzuwehren. Aber die raste vor Wut und entwickelte fast übermenschliche Kräfte. Sie drängte Frau Maier mit einer Hand an die Wand und umklammerte mit der anderen ihr Kinn. Frau Maier wurde schwindelig. Sie schloss die Augen. Sie wollte diese Fratze mit den dunklen, irren Augen sowieso nicht mehr sehen.

Maria. Karli. Sie dachte daran, dass der Karli jetzt beide verlieren würde. Sie und die Maria. Und würde sie die Maria wohl irgendwo wieder treffen? Im Himmel? Im Fegefeuer? Vielleicht würden sie doch noch Freundinnen werden.

*Um unserer aufkeimenden Freundschaft willen.* Die spöttischen Worte kamen ihr wieder in den Sinn und störten ihre Gedanken an die Maria und den Karli. Und sie machten sie wütend. Und diese Wut gab ihr noch einmal Kraft. Mit aller Energie, die sie noch in sich spürte, trat Frau Maier gegen Regina Willmers' Schienbein. Sie riss sich los, als sie spürte, dass sich der Griff an ihrem Kinn lockerte, und war mit wenigen großen Schritten an der Haustür. Sie hörte, wie Regina hinter ihr wütend aufkreischte und sah aus dem Augenwinkel, dass sie das Messer aufhob und losrannte. Doch da hatte sie die Haustür schon aufgerissen und war in den Garten gelaufen.

Regina war dicht hinter ihr. Sie hatte sie bestimmt gleich eingeholt. Frau Maier stolperte. Sie wartete auf die Klinge in ihrem Rücken …

Nichts passierte. Sie hörte Geräusche. Schritte. Aber waren das nicht die Schritte von mehreren Personen?

Langsam drehte sie sich um. Einige Polizisten stürmten durch die offene Haustür. Rechts und links davon kauerten weitere Beamte mit gezogenen Waffen an der Hauswand.

Schon wieder wurde Frau Maier schlecht. Dieses Mal konnte sie sich nicht mehr zusammenreißen. Sie würgte. Sie fasste sich an den Hals. Sie kippte wie in Zeitlupe um und kam auf dem Weg, der durch Regina Willmers' liebevoll gepflegten Garten führte, zum Liegen.

## XI

Plötzlich war draußen ganz viel Lärm.

Draußen.

Oder oben?

Sie wusste es nicht.

Sie wusste ja auch gar nicht, wo sie war.

Das Letzte, woran sie sich erinnern konnte, war, dass die nette Tante aus dem Hotel ihr eine Limonade gegeben hatte. So etwas durfte sie bei Mama nicht trinken. Zu viel Zucker, sagte Mama immer.

Und dann war sie in diesem Zimmer hier aufgewacht.

Der Kleine begann leise zu schluchzen. Mit zitternder Hand streichelte sie ihm über den Kopf. Immer wieder. Aber er schluchzte weiter.

Der Lärm wurde lauter. Ein Pochen war das. Wie Schläge von einem Hammer hörte es sich an. Ihr Herz klopfte zum Zerspringen.

Sie kauerte sich neben den Kleinen und fing auch leise an zu weinen.

Der Lärm wurde ohrenbetäubend. Er war jetzt direkt vor der Tür.

Sie schloss die Augen.

Im nächsten Moment stürmten Leute ins Zimmer.

Gestalten.

Nicht nur eine. Viele.

Sie wimmerte vor Angst.

Doch dann hörte sie auf einmal eine Stimme, die ihren Namen sagte. Nicht die Stimme der Gestalt.

Eine vertraute Stimme.

Papa.

Im nächsten Augenblick war sie in seinen Armen. Sie atmete den vertrauten Geruch ein.

Er hielt sie so fest, als würde er sie zerquetschen wollen.

So fest, wie er sie noch nie vorher gehalten hatte.

## XII

Das Erste, was Frau Maier sah, als sie wieder zu sich kam, war ein grinsender Gartenzwerg. Er verschwamm vor ihren Augen. Sie hatte den Eindruck, dass sein freundliches Gesicht plötzlich zu einer dämonischen Fratze wurde. Sie schloss die Augen wieder und stöhnte. Ihr Kopf tat höllisch weh. Ganz zu schweigen von ihrem Rücken, ihrem Knie, ihrem Kiefer … „Frau Maier?"

Sie schnaufte leise. Sie wollte ihre Ruhe. Einfach nur ausruhen. Sie ließ die Augen geschlossen.

„Frau Maier, hören Sie mich?" Die gleiche Stimme, nur eindringlicher. Sie kam ihr vage bekannt vor.

„Frau Maier!" Jetzt klang die Stimme ernsthaft besorgt. „Können Sie mich hören?"

Jemand fing an, ihr Gesicht zu tätscheln. Sanft erst, dann immer fester.

„Aua!", brummte sie. „Ich brauche keine Watschen. Mir reicht es für heute."

Widerwillig öffnete sie ihre Augen und schaute in Frank Schöns Gesicht. Sein Ausdruck schwankte zwischen Besorgnis und Belustigung.

„Frau Maier, schauen Sie genau hin. Wie viele Finger sehen Sie?" Er fuchtelte mit seiner Hand vor ihrem Gesicht herum.

Frau Maier verdrehte die Augen. „Sie können vielleicht blöde Fragen stellen, Frank. Ich wundere mich immer wieder! Sie als Psychologe!" Sie schnaubte empört und Frank konnte sich ein Grinsen nicht verkneifen.

„Ich glaube, wir brauchen keinen Krankenwagen", sagte er über seine Schulter hinweg zu irgendjemandem, der hinter ihm stand.

Langsam drehte Frau Maier ihren Kopf hin und her. Überall im Garten sah sie Polizisten. Sie setzte sich vorsichtig auf und seufzte. Frank stützte sie. Und dann traf sie die Erinnerung an die letzte Stunde wie ein Faustschlag.

„Die Kinder!", rief sie. „Haben Sie die Kinder?"

„Keine Angst, Frau Maier. Regen Sie sich bitte nicht auf, Sie brauchen jetzt Ruhe. Die Kinder sind in Sicherheit."

„Sie müssen nicht wie mit einer alten Frau mit mir sprechen, Frank. Oder wenigstens nicht wie mit einer sehr alten Frau."

Mit diesen Worten rappelte sich Frau Maier möglichst würdevoll auf. Und dann sah sie es. Ein blondes Mädchen, das von einem großen, kräftigen Mann ganz fest im Arm gehalten wurde. Einen kleinen Jungen auf dem Arm einer Frau. Beide hatten die gleichen, großen braunen Augen.

„Frau Maier?" Frank legte ihr sanft die Hand auf die Schulter.

Frau Maier schüttelte sich. „Schon gut. Alles in Ordnung. Mir ist nur gerade eine Fliege ins Auge … Die sind ja wie verrückt jetzt im Frühling, die Fliegen."

Frank sagte nichts, sondern schob sie sanft Richtung Gartentor und dann auf den Weg, der am Feld entlang führte.

„Ich bringe Sie jetzt gleich hier in Kauzing zum Arzt", meinte er nach wenigen Metern.

„Wie bitte? Ganz sicher nicht!"

„Jetzt wehren Sie sich nicht, Frau Maier. Wir müssen wenigstens sichergehen, dass Sie keine Gehirnerschütterung haben."

„Ich gehe nicht zum Arzt! Wissen Sie, wie lange ich schon nicht mehr beim Arzt war? Mir fehlt ja nichts."

Dass sie Angst vor Ärzten hatte, sagte sie nicht. Frank musste ja nicht alles wissen.

„Frau Maier, haben Sie etwa Angst vor Ärzten?"

Mist. Er war eben doch Psychologe.

„Natürlich nicht. Ich …"

„Na also. Dann bringe ich Sie jetzt hin."

Frau Maier machte den Mund auf, um zu protestieren, aber Frank unterbrach sie in strengem Tonfall: „Wenn Sie sich weiterhin weigern, dann muss ich eben doch einen Krankenwagen kommen lassen!"

Frau Maier sagte nichts mehr und stapfte die letzten Schritte bis zur Straße mürrisch hinter Frank her. Dann sagte sie: „Es steht Ihnen ganz gut, wenn Sie so energisch durchgreifen, Frank."

Er lächelte.

„Hat die Cornelia Klauser Sie eigentlich schon einmal so erlebt?", fragte Frau Maier.

Aus dem Lächeln wurde ein Grinsen. Frank verdrehte die Augen und schüttelte den Kopf, aber er gab keine Antwort. Inzwischen hatten sie sein Auto erreicht und Frau Maier stieg ein, ohne weiter zu protestieren.

Auf dem Weg zur Hauptstraße kamen sie an mehreren Polizeiautos vorbei, die entlang des Weges geparkt hatten. Frank musste sehr langsam fahren, um mit seinem Seitenspiegel keinen Schaden anzurichten.

Frau Maier schaute aus dem Fenster. Sie fühlte sich hundemüde. Und plötzlich durchfuhr sie ein Schreck so tief, dass er ihr noch lange Zeit später in den Knochen steckte. Vielleicht würde er sogar für immer dort bleiben.

Hinter der Scheibe eines der Polizeiautos hatte sie für einen Moment Regina Willmers gesehen. Sie hatte aus dem Fenster gestarrt, direkt in Frau Maiers Gesicht. Und vielleicht war es nur die Spiegelung der Scheibe gewesen oder Frau Maiers Müdigkeit, aber sie hätte schwören können, dass sich in dem Moment, in dem sich ihre Blicke getroffen hatten, Regina Willmers' Gesicht zu einer dämonischen Fratze verzogen hatte.

# Vierzehntes Kapitel
## Freitag

# I

Frau Maier stand mit klopfendem Herzen vor Ulrike Rupprechts Büro und wartete. Sie konnte sich noch so oft sagen, dass nach dem gestrigen Tag eigentlich nichts mehr passieren konnte, worüber sie sich noch aufregen müsste. Sie war trotzdem aufgeregt. Unten im Foyer war ihr Barbara Winkler begegnet und hatte sie erfreut angestrahlt. Und auf der Treppe hatte die Frau Leitner sie auch beinahe überschwänglich begrüßt ... Vielleicht hatten die Kolleginnen ihr das Herumschnüffeln doch verziehen?

Jemand räusperte sich hinter Frau Maier und sie zuckte zusammen. Sie würde wieder eine Zeit lang an ihrem inneren Gleichgewicht arbeiten müssen, so viel stand fest.

Frau Rupprecht sah mitgenommen aus. Um ihren Mund zeichneten sich Falten ab, die Frau Maier noch nie bemerkt hatte. Vielleicht musste sie zu oft die Lippen zusammenpressen in letzter Zeit, dachte Frau Maier. Um nicht zu weinen vielleicht. So wie sie selbst immer die Zähne zu fest aufeinander gebissen hatte ...

„Frau Maier?" Ulrike Rupprecht klang tatsächlich ein wenig besorgt. „Alles in Ordnung?"

Frau Maier nickte und folgte der Hotelchefin in ihr Büro und an den Besprechungstisch. Seit

Elfriede ihr gestern Abend erzählt hatte, dass Ulrike Rupprecht sie am nächsten Tag zu einem Gespräch erwartete, fragte sie sich, was wohl dahintersteckte. Sie vermutete, dass Elfriede wie versprochen ein gutes Wort für sie eingelegt und Frau Rupprecht überredet hatte, mit ihr zu sprechen. Es war Frau Maier peinlich, dass Elfriede sich so für sie einsetzte, nach allem, was sie sich geleistet hatte.

„Nein, Frau Maier, wirklich nicht!", hatte Elfriede beteuert. „Die Frau Rupprecht ist eine gute Kundin von mir und sie kam gestern in die Sparkasse und hat gesagt, dass sie sehr gerne noch einmal mit Ihnen reden würde und ob ich Ihnen das ausrichten könnte. Sie weiß, dass wir befreundet sind, und in Ihrer Personalakte hat sie gesehen, dass keine Telefonnummer angegeben ist, unter der Sie zu erreichen sind."

An dieser Stelle hatte Elfriede wieder einmal zu einer Predigt darüber angesetzt, dass Frau Maier sich doch endlich ein Telefon installieren lassen sollte. Sie als Frau, so alleine, in einer so abgelegenen Wohnlage … Aber Frau Maier hatte gar nicht zugehört. Ihr war ganz warm geworden und sie konnte nur daran denken, dass Elfriede gerade *befreundet* gesagt hatte.

Frau Rupprecht räusperte sich schon wieder. Dann sagte sie entschlossen: „Frau Maier, ich muss mich bei Ihnen entschuldigen. Ich habe wohl überreagiert, als ich Ihnen vorgeworfen habe, dass Sie schnüffeln."

„Nein." Frau Maier sah ihr fest in die Augen. „Nein, Sie hatten Recht. Ich habe tatsächlich geschnüffelt und wollte …"

„Wie dem auch sei." Ulrike Rupprecht machte eine abwehrende Handbewegung, um Frau Maier zu unterbrechen. „Wie dem auch sei. Sie haben jedenfalls mitgeholfen, dass die Kinder gefunden wurden. Und dass die Schuldige gefasst ist. Und dass klar ist, dass ich und …" Sie stockte kurz und fuhr dann fort „… dass die Hotelleitung keine Schuld trifft. Und dafür danke ich Ihnen."

Frau Maier war verlegen. Sie hatte das Gefühl, dass sie den Dank nicht verdiente. Ziemlich bald wäre auch jemand von der Polizei auf Regina Willmers gestoßen, da war sie sicher. Zum Glück redete Ulrike Rupprecht schnell weiter.

„Ich würde Ihnen gerne einen Job anbieten, Frau Maier."

Frau Maiers Herz machte einen kleinen Freudensprung.

„Die Kollegin, für die Sie eingesprungen waren, ist wieder gesund. Aber uns fehlt jetzt eine Hilfskraft in der Küche, da Frau Willmers, wie Sie wissen …" Sie suchte nach passenden Worten. Sie fand keine. „Jedenfalls würde ich mich freuen, wenn Sie dreimal in der Woche in der Küche mithelfen könnten. Herr Kruse hat mir gesagt, dass Sie sehr geschickt sind."

Herr Kruse. Hape. Den hatte sie ja ganz vergessen. Sie dachte an seinen eigenartigen Besuch bei ihr. Wie wohl die Zusammenarbeit mit ihm werden würde? Egal. Hauptsache, sie konnte weiter ein wenig Geld zurücklegen. Und Hauptsache, die Kollegen im Hotel vertrauten ihr wieder.

„Sehr gerne!", sagte sie und lächelte Ulrike Rupprecht an. Die lächelte nicht zurück. Sie schien noch etwas auf dem Herzen zu haben.

„Übrigens, Frau Maier. Nur, dass Sie Bescheid wissen. Herr König hat die Anklage gegen mich und gegen Dr. Grammling zurückgezogen. Es wird keinen Prozess geben. Aber Herr Dr. Grammling wendet sich trotzdem neuen Aufgaben zu. Ich habe schon einen Nachfolger für ihn gefunden. Herr Dr. Winkler fängt nächste Woche hier an."

Ihre Stimme klang kühl, aber Frau Maier glaubte, ein leichtes Zittern darin zu hören. Wieder einmal empfand sie plötzliches Mitleid für ihre strenge Chefin. Sie lächelte ihr noch einmal aufmunternd zu. Und dieses Mal lächelte Frau Rupprecht ein kleines bisschen zurück.

Der See leuchtete so blau, dass Frau Maier die Augen ein wenig zusammenkneifen musste, um nach den Fischerbooten Ausschau zu halten. Die Luft war erfüllt von Vogelstimmen und auf der Wiese hinter ihr war das Gras ein leuchtend grüner, dichter Teppich. Die Holzbank, auf der sie saß, war warm von der Frühlingssonne. Frau Maier seufzte leise auf. Zum ersten Mal nach den schrecklichen Ereignissen fühlte sie so etwas wie Erleichterung. Die Kinder waren gerettet. Und sie selbst hatte überlebt und saß hier am See. Immerhin.

Ein paar Blesshühner zuckelten auf dem Wasser vorbei. Frau Maier lächelte. Das Leben ging weiter. Egal, was passiert war.

Aber nicht für alle, fiel ihr dann ein, und sie wurde wieder traurig. Vivien würde ohne ihre Mutter aufwachsen müssen. Und sie hatte zusätzlich noch die Last der Angst zu tragen. Der Angst, die sie in den langen Tagen im Keller ausgestanden hatte. Für dieses kleine, aufgeweckte Mädchen hatte das Leben mit einem Schlag eine ganz andere Richtung eingeschlagen. Der Kloß in Frau Maiers Hals war auf einmal wieder zurück und sie hatte kurz das Gefühl, daran zu ersticken …

„Ja hallo, Frau Maier!", sagte da eine fröhliche Stimme hinter ihr. Sie drehte sich um und sah einen strahlenden Seppi, der mit kaum verhohlenem Stolz ein sehr hübsches, blondes Mädchen im Arm hielt.

„Darf ich vorstellen? Das ist die Lisa. Lisa, das ist die Frau Maier."

Das Mädchen lächelte höflich, aber eine Spur gelangweilt. Sie fragte sich bestimmt, warum ihr neuer Freund ihr eine alte Schachtel so begeistert vorstellte.

Frau Maier lächelte zurück. „Freut mich, Lisa!"

„Dass ich die Lisa überhaupt kennengelernt habe, das habe ich ja eigentlich Ihnen zu verdanken." Der Seppi zwinkerte ihr verschwörerisch zu. „Sie wissen schon!"

Frau Maier zwinkerte zurück und nickte.

„Und bei Ihnen, Frau Maier? Schon etwas Interessantes entdeckt?"

Lisa schaute von einem zum anderen und konnte der Unterhaltung offensichtlich nicht folgen.

Frau Maier stand von der gemütlichen Bank auf und versuchte, das schmerzende Knie zu ignorieren.

„Ich mache euch mal die Bank frei", sagte sie. Und an Seppi gewandt fügte sie hinzu: „Vielleicht ist das alles doch zu neumodisch für mich. Ich werde woanders suchen, glaube ich. Ich habe ja mal gelesen, dass man zum Beispiel am Arbeitsplatz interessante Bekanntschaften machen kann."

„Respekt, Frau Maier!" Der Seppi grinste. „Jetzt greifen Sie richtig an, oder?"

Frau Maier beschloss, auf diesen Kommentar hin nur zu lächeln und zu schweigen. Dann verabschiedete sie sich und machte sich auf den Heimweg. Nach ein paar Schritten drehte sie sich noch einmal um. Seppi und Lisa steckten die Köpfe zusammen. Er sagte ihr etwas ins Ohr, woraufhin sie kokett den Kopf in den Nacken legte und kicherte.

Langsam ging Frau Maier weiter. Neben ihrem Ohr brummte eine Biene. Die Sonne wärmte ihr Gesicht. Vielleicht würde sie doch einmal mit Hape ein Eis essen gehen. Warum eigentlich nicht. Sie konnte sich gar nicht erinnern, wann sie das letzte Mal ein Eis gegessen hatte. Die Zeit war reif für einen großen Eisbecher, beschloss sie. Mit Sahne. Viel Sahne.

# III

An der Türklinke hing eine weiße Tüte. Sie sah sie sofort, als sie das Gartentürchen öffnete. Über die Böschung war sie mit wenigen Schritten am See, aber es war niemand dort.

Langsam ging sie zurück und auf ihr Haus zu. Die Katze schoss aus der Hecke und drängte sich maunzend an ihre Beine. Frau Maier bückte sich, um sie an ihrer Lieblingsstelle am Kinn zu kraulen. „Es ist alles wieder gut", flüsterte sie. „Es ist vorbei. Die Frau von neulich kommt uns nicht wieder besuchen, keine Angst." Die Katze miaute leise. Dann sprang sie auf das Geländer der kleinen Holzveranda und rollte sich für ein Nickerchen in der Sonne zusammen.

In der Küche packte sie den frischen Räucherfisch aus. Sie aß einen Bissen. Köstlich, wie immer. Nachdenklich ließ sie sich auf einen Stuhl sinken. Schon wieder eine Tüte mit Fisch. Was wollte der Karli ihr damit sagen? Wollte er wieder Kontakt zu ihr? Sie wieder regelmäßig treffen? Oder brauchte er ihre Unterstützung, wegen der Maria?

Frau Maier stand auf und ging ans Fenster. Der Garten lag im milden Sonnenlicht da. Das Gras war inzwischen recht hoch gewachsen und leuchtete fast unnatürlich grün. Der See war hinter den dichten Blättern an den Bäumen nicht mehr zu erkennen. Frau Maier schaute zum Gartentor. Sie dachte an den Karli, wie er da nachts gestanden hatte und zum Haus herübergeschaut hatte. Sollte sie zum Fischerladen gehen und fragen, ob sie irgendwie helfen konnte?

„Nein", sagte sie leise. Sie erschrak selbst über die Traurigkeit in ihrer Stimme. Die Ente quakte besorgt. Nein. Die Maria war krank und der Karli musste sich um sie kümmern. Sie hatte dabei nichts verloren.

Sie blieb am Fenster stehen, bis ihr das Knie zu wehtat. Dann ging sie ins Wohnzimmer und legte Elvis auf.

## IV

Frank Schön war nur vorbeigekommen, „um nach dem Rechten zu sehen", wie er sich ausdrückte. Der Arzt hatte zwar am Vortag keinerlei Verletzungen bei ihr festgestellt, aber Frank wollte sichergehen. „Das wäre doch überhaupt nicht nötig gewesen", hatte Frau Maier gebrummt und gleich einen Kaffee aufgesetzt. Bei Franks Anblick hatte sie sich sofort wieder wesentlich besser gefühlt. Aber das musste er ja nicht wissen.

„Ihnen geht es gar nicht gut!", stellte Frank fest. Er saß neben ihr auf dem Sofa und musterte sie. Frau Maier seufzte. Frank war eben nicht so harmlos, wie er aussah. Und er entwickelte allmählich erschreckende Fähigkeiten, wenn es darum ging, sie zu durchschauen.

Tatsächlich fühlte sich Frau Maier gar nicht

gut. Frank hatte mehrmals klingeln müssen, weil sie völlig in Gedanken versunken wieder und wieder *Devil in Disguise* angehört hatte. Und da hatten ihre Luchsohren doch tatsächlich versagt.

Sie dachte an Vivien. An Moritz. An die baumelnden Beine, die ihr immer noch jedes Mal einen Schauer über den Rücken jagten. An den Karli. An die Maria. Und an Regina Willmers. Immer wieder an Regina Willmers. An ihr charmantes Lächeln. Und an die Fratze im Auto …

„Frau Maier? Soll ich für Sie einen Termin bei einem Kollegen vereinbaren? Sie können natürlich auch mit mir sprechen, aber wie ich Sie kenne …“

„Ich brauche keinen Termin“, unterbrach ihn Frau Maier schnell. Gestern war sie zum ersten Mal seit Jahren widerwillig zum Arzt gegangen. Aber zum Psychologen würden sie keine zehn Pferde bringen. Wo kämen wir denn da hin, dachte sie. Sie hatte schließlich in ihrem Leben bisher auch alles mit sich selbst ausgemacht.

Trotzdem. Es gab Dinge, die ließen ihr einfach keine Ruhe. Sie musste diese Dinge irgendwie loswerden, um ihren inneren Frieden wiederzufinden. Wenigstens ansatzweise. Vielleicht sollte sie doch mit Frank …

„Es ist nur …“ Sie zögerte.

Frank sagte nichts. Er sah sie nur an. In seinem Gesicht war nichts zu lesen. Weder Interesse noch Mitleid. Weder Neugierde noch Besorgnis. Das ermutigte Frau Maier irgendwie dazu, weiter zu sprechen.

„Ich fühle mich so schlecht, dass ich … Dass ich Regina Willmers so lange auf den Leim gegangen bin. Ich hätte merken müssen, wie krank sie ist. Und dass sie leicht hinkt. Und dass sie sich die Haare färbt. Und dass sie … Jedenfalls habe ich immer gedacht, so etwas könnte mir nicht passieren."

Frank sagte eine Weile gar nichts. Dann fragte er: „Worum geht es hier eigentlich wirklich, Frau Maier? Um verletzten Stolz? Um Ihre Ehre? Können Sie es nicht aushalten, einen Fehler gemacht zu haben?"

Seine Stimme war sanft, und doch spürte Frau Maier wieder eine gewisse Strenge darin. Sie fühlte sich ertappt. Ihr fiel keine Antwort ein.

Frank sprach weiter: „Jetzt passen Sie mal auf: Sie können sofort wieder damit aufhören, sich Vorwürfe zu machen. Sofort, hören Sie? Sie haben keinen Fehler gemacht. Wenn man mal von dem entwendeten Tagebuch absieht. Und davon, dass sie alleine zu Frau Willmers gegangen sind."

Er grinste, aber Frau Maier war nicht zum Scherzen zu Mute.

Frank wurde wieder ernst. „Frau Maier, es hat

niemand etwas bemerkt. Genau deshalb ist Frau Willmers doch mit ihren Verbrechen überhaupt so weit gekommen! Warum um alles in der Welt wollen Sie denn dafür die Verantwortung übernehmen?"

Wieder wusste Frau Maier nicht, was sie sagen sollte.

„Sie mochten Regina Willmers eben. Und da ist es doch klar, dass Sie sie nicht dieser scheußlichen Verbrechen verdächtigt haben. Sie würden doch auch mich nicht plötzlich verdächtigen!"

Frau Maier wurde es warm. Sie schaute angestrengt auf die gefalteten Hände in ihrem Schoß. Sie dachte an die Geschichte damals mit dem Maskenmann. Und daran, dass sie Frank für einen kurzen Moment durchaus verdächtigt hatte. Vorsichtig schaute sie Frank an, aber er schien ihre Verlegenheit nicht zu bemerken. Und wenn doch, dann verzichtete er dankenswerter Weise auf einen Kommentar dazu.

„Wissen Sie", sagte Frank, „wenn man psychische Erkrankungen sehen könnte, dann wäre vieles leichter. Ich wäre dann zwar vermutlich arbeitslos, aber das würde ich gerne in Kauf nehmen. Aber so ist es eben nicht. Man kann es nicht sehen. Im Gegenteil! Sie glauben gar nicht, welche Fähigkeiten psychisch Kranke entwickeln können, um sich zu tarnen. Und Frau Willmers, das haben erste Gespräche mit ihr bereits ergeben, ist überdurchschnittlich intelligent. Weit über Durchschnitt sogar. Sie ist wirklich exzellent darin, andere zu manipulieren."

„Na gut, ihren Geisteszustand hätte ich ihr vielleicht nicht ansehen müssen. Aber das leichte Hinken …"

„Was haben Sie denn dauernd mit diesem Hinken? Es spielt doch keine Rolle, ob sie hinkt oder nicht. Oder gibt es da etwas, was ich nicht weiß?" Frank sah Frau Maier scharf an. Die schaffte es, einigermaßen unschuldig auszusehen. Einigermaßen.

Frank seufzte und fuhr fort. „Wie dem auch sei. Manche Leute wollen eben überspielen, dass sie hinken. Besonders im Beisein anderer Leute. Und wenn es Sie beruhigt: Ein jugendliches Aussehen täuscht viele. Sie haben Frau Willmers vermutlich eher ins Gesicht geschaut als auf die Beine."

Frau Maier überlegte. Vielleicht hatte Frank gar nicht so Unrecht. Das Hinken war ihr erst aufgefallen, als sie nur auf ihre Ohren angewiesen gewesen war. Als sie nicht von ihren Augen abgelenkt worden war. Damals im dunklen Schrank. Im unbewohnten Haus. Aber das konnte sie Frank natürlich nicht sagen …

„Aber warum hat sie jetzt erst mit diesen …"

Sie merkte, dass ihre Stimme zitterte und machte eine kurze Pause. „… mit diesen scheußlichen Dingen angefangen? All die Jahre hat sie doch auch niemandem etwas getan."

„Sie müssen sich ein Fass vorstellen. Seit dem Verlust des Kindes und des Ehemanns hat es in dieses Fass getropft. Und jetzt war es eben voll. Der berühmte Tropfen, der das Fass zum Überlaufen bringt, ist hineingefallen. Und dann kam auch noch die scheinbar perfekte Gelegenheit dazu: Vivien mit der labilen Mutter."

*Ich habe es als Wink des Schicksals gesehen.* Frau Maier hörte in ihrem Kopf Reginas Stimme. Sie sah, dass ihre Hände leicht zitterten und umklammerte ihre Kaffeetasse fester. Aber als sie hochsah, bemerkte sie, dass Franks Augen auf ihre Hände gerichtet waren. So ein Mist! Allmählich fragte sie sich, ob es überhaupt noch irgendeinen Sinn machte, sich vor ihm zusammenzureißen.

Sie räusperte sich. „Der Selbstmord von Frau Lenz … Das war gar kein Selbstmord. Also kein richtiger. Regina Willmers hat nachgeholfen …"

„Ich weiß", unterbrach Frank sie. „Das hat sie schon erzählt. Sie ist ziemlich stolz darauf."

Frau Maier hörte die Bitterkeit in seiner Stimme.

„Aber, Frank, geht das denn überhaupt? Kann man jemanden in den Selbstmord treiben?"

Frank sah sie ernst an. „Natürlich niemanden, der völlig gesund ist und keinerlei Absicht hat, sich umzubringen. Aber Frau Lenz war suizidgefährdet. Und Sie erinnern sich doch noch an unser Gespräch wegen der Autopsie und diesem Medikament, PSYforte?"

Frau Maier nickte.

„Es war tatsächlich nicht Dr. Grammlings Fehler. Regina Willmers hat die Tabletten von Frau Lenz ausgetauscht. Und Patienten wie Frau Lenz brauchen ein auf die individuelle Erkrankung abgestimmtes Medikament. Das richtige Medikament eben. Dadurch werden Kurzschlussreaktionen unwahrscheinlicher. Und Frau Lenz hat ja nicht nur die falschen Tabletten bekommen, sondern auch noch aufgehört, die richtigen zu nehmen. Das wusste sie natürlich nicht, weil Frau Willmers die falschen Tabletten in die richtige Packung getan hat. Das plötzliche Absetzen von Medikamenten kann auch zu unvorhersehbaren Reaktionen führen. Das war keine gesunde Mischung für Frau Lenz."

Frau Maier sagte nichts. Sie konnte nicht, weil der Kloß in ihrem Hals gerade wieder so groß war. Sie dachte an die schlimmen Dinge, die Regina der armen Frau Lenz gesagt hatte. Dass Vivien gar nicht mehr bei ihr sein wollte …

Franks Stimme riss sie aus ihren trüben Gedanken: „Mir ist allerdings noch nicht klar, woher sie so genau wusste, welches Medikament sie Frau Lenz geben muss und wie es wirken würde. Aber wie gesagt, Regina Willmers ist sehr intelligent und sehr gut darin, andere auszuhorchen."

Frank schaute in seine Kaffeetasse und schien jetzt in seine eigenen Grübeleien versunken.

Frau Maier schwieg eine Weile.

„Wissen Sie denn, wie es Vivien geht?", fragte sie dann. Sie bemühte sich um eine feste Stimme, aber sie konnte Frank nicht in die Augen schauen.

Seine Stimme klang traurig, als er antwortete: „Sie ist zumindest körperlich unversehrt. Und ihr Vater kümmert sich wirklich liebevoll um sie. Ich hoffe, dass Viviens Großvater Herrn Lenz keine Steine in den Weg legen wird, und dass die Kleine bei ihrem Papa leben darf. Das wäre das Beste für sie. Aber der Verlust der Mutter bleibt natürlich trotzdem. Und alles, was sie erlebt hat … Es wird nicht leicht für sie."

Frau Maier schluckte. „Und der kleine Moritz?"

„Ich glaube, dass es für ihn besser aussieht. Er war zum einen wesentlich kürzer in dem Keller gefangen. Und zum anderen hat er jetzt seine Mutter bei sich. Außerdem ist er noch so jung. Vivien hat alles schon sehr viel bewusster erlebt als er."

Frau Maier trank einen Schluck. Der Kaffee war inzwischen kalt, aber sie bemerkte es gar nicht. Eine lange Zeit sagte niemand etwas. Dann räusperte sich Frau Maier.

„Ich habe mich noch gar nicht bei Ihnen bedankt", sagte sie, und bemühte sich um einen leichteren Ton.

„Bedankt? Für meinen Besuch?"

„Nein, nicht für Ihren Besuch. Der wäre ja, wie gesagt, nicht nötig gewesen."

Frank zog leicht die Augenbrauen hoch, aber er sagte nichts.

„Nein, ich meine dafür, dass Sie mir geglaubt haben. Dafür, dass Sie mich ernst genommen haben." Wieder schaffte es Frau Maier nicht, ihn anzusehen.

„Also wenn ich inzwischen eines über Sie gelernt habe, Frau Maier, dann ist es, dass man Sie immer ernst nehmen sollte!"

Frau Maier blickte jetzt doch auf und sah, dass Frank sein freches Grinsen aufgesetzt hatte, das sie so mochte. Da musste sie lächeln.

Dann wurde Frank wieder ernst. „Sie sollten aber aus dieser Sache auch etwas gelernt haben. Und zwar, dass Sie sich endlich ein Handy kaufen müssen. Dann hätte ich sie sofort angerufen, nachdem ich Ihre Nachricht abgehört hatte. Und ich hätte Sie überredet, auf die Polizei zu warten und nicht zu Regina Willmers zu gehen ..."

Frank brach mitten im Satz ab und seufzte.

„Wobei ... Ich hätte Sie ja doch nicht zurückhalten können. Also wäre es vermutlich egal gewesen, ob Sie ein Handy gehabt hätten oder nicht."

Frau Maier hüllte sich in vornehmes Schweigen.

„Sie sind wirklich so was von eigensinnig, Frau Maier! Aber immerhin haben Sie mich dieses Mal gebeten, die Polizei einzuschalten. Sie können froh sein, dass ich meine Mailbox so schnell abgehört habe. Aber warum haben Sie eigentlich nicht direkt bei der Polizei angerufen?"

Frau Maier zuckte die Schultern. „Mir glauben die ja nichts."

„So ein Blödsinn. Bloß, weil der Brandner Ihnen damals nicht geglaubt hat! Sie sind ja nachtragender als ein Elefant, Frau Maier. Die Cornelia hat sofort begriffen, dass es um Leben und Tod geht."

„Ach ja, die Cornelia. Wie gut, dass es sie gibt." Frau Maier war froh, dass sie vom Thema Brandner ablenken konnte. Sie grinste Frank an, aber der ließ sich nicht aus der Fassung bringen.

„In der Tat", sagte er. „Gut, dass es sie gibt. Sonst säßen wir jetzt wohl nicht hier."

„So habe ich das nicht gemeint", erwiderte Frau Maier viel sagend.

„Das ist mir schon klar, Frau Maier. Aber ich meine es so."

Die beiden schauten sich an und mussten gleichzeitig lachen. Frau Maier fühlte sich wieder besser. Vielleicht waren die doch nicht so verkehrt, diese Psychologen.

Es gab ihr einen kleinen Stich, als Frank aufstand und sich verabschiedete. Sie wäre an diesem Abend so gerne nicht alleine gewesen. Zusammenreißen, dachte sie. Sie hatte immerhin die Katze. Und die Ente. Ach ja, die Ente …

„Was machen Sie denn heute Abend?" Frank klang wieder besorgt.

Frau Maier lächelte ihn an. „Machen Sie sich um mich keine Gedanken, Frank. Wo kommen wir denn da hin, wenn so ein junger Kerl wie Sie dauernd an so eine alte Schachtel wie mich denkt?" Sie hoffte, dass Frank die Traurigkeit in ihrer Stimme nicht bemerkte.

„Ich denke tatsächlich oft an Sie, Frau Maier. Ich mag Sie eben", antwortete Frank ruhig.

Frau Maier spürte, wie ihr ganz heiß wurde. Ihr Gesicht fühlte sich an, als würde es brennen. Sie kam sich vor wie ein alberner Teenager.

„Frau Maier! Dass ich es einmal schaffe, Sie aus der Fassung zu bringen! Das ist ein großer Tag. Ein wirklich großer Tag." Frank grinste und ging zur Haustür. Dann drehte er sich noch einmal um: „Aber jetzt sagen Sie mir noch, was Sie heute Abend machen."

Frau Maier überlegte kurz. „Ich werde Fisch essen. Und endlich wieder in meinen Kochbüchern lesen. Und … Und ich habe noch etwas zu erledigen."

„Ich frage jetzt gar nicht erst, was Sie zu erledigen haben. Sie würden es mir ja doch nicht sagen."

Er durchquerte den Garten. Seine Gestalt und sein Gang waren ihr schon so vertraut und doch gab es da tatsächlich einiges, was sie ihm nicht sagte. Und einiges, was sie ihm nie sagen würde. Zum Beispiel, dass sie es gewesen war, die Simone Lenz gefunden hatte. Sie fröstelte und steckte die Hände in die Jackentasche.

„Sie kennen mich inzwischen schon ziemlich gut!", rief sie Frank dann hinterher.

„Ich weiß!", rief er zurück. Dann verschwand er durchs Gartentor.

V

Der Abend war wunderschön. Die Luft war immer noch beinahe frühsommerlich mild und am Himmel bildeten sich in der Dämmerung zartrosa Streifen. Eine perfekte Mondsichel begann sich dort abzuzeichnen und daneben ging strahlend hell der Abendstern auf. Das Wetter würde sich noch eine ganze Weile friedlich und ruhig verhalten, bevor der Hochsommer mit seinen plötzlichen Gewitterstürmen Einzug halten würde.

Frau Maier drückte die Schachtel mit der Ente fest an ihre Brust, als sie die wenigen Schritte zum See zurücklegte. Und obwohl die Ente wieder quietschfidel war, ließ sie sich das Tragen ganz ruhig gefallen. Sie quakte nicht.

Als Frau Maier sie in das stille Wasser gleiten ließ, sahen sich die beiden fest in die Augen. Frau Maier hatte bis dahin nicht gewusst, wie viel die kleinen Knopfaugen einer Ente sagen konnten. Aber sie würde es nie mehr vergessen.

„Du kannst es dir jetzt gleich da drüben im Schilf für die Nacht gemütlich machen. Schau …", murmelte Frau Maier und deutete mit der Hand in Richtung des nahe gelegenen, dichten und schützenden Schilfgebüsches. Und als die Ente begann, ihre großen orangefarbenen Füße im Wasser zu bewegen und sich langsam vom Ufer abdrehte, fügte sie hinzu. „Mach's gut, Emma." Emma quakte leise und schwamm dann zügig in Richtung des Schilfes davon.

Frau Maier sah ihr lange nach. Und sie fragte sich, warum sie der Ente einen Namen gegeben hatte und warum die Katze, die schon so lange bei ihr lebte, keinen Namen hatte. Und noch mehr fragte sie sich, warum sie das eigentlich so traurig machte.

Als sie nach vielen Minuten immer noch keine Antwort darauf wusste, wischte sie sich die Tränen weg und machte sich auf den Heimweg.

Bei Fragen zur Produktsicherheit
wenden Sie sich bitte an:

**Pendragon Verlag**
*gegründet 1981*

Stapenhorststraße 15
33615 Bielefeld
kontakt@pendragon.de
**www.pendragon.de**

*7. Auflage*

Originalausgabe
Veröffentlicht im Pendragon Verlag
Günther Butkus, Bielefeld 2013
© by Pendragon Verlag Bielefeld 2013
Alle Rechte vorbehalten
Lektorat: Eike Birck, Anastasja Schmidt
Herstellung und Umschlag: Uta Zeißler, Bielefeld
Foto: A.B. / Ruediger / A.B. / Corbis
Satz: Pendragon Verlag auf Macintosh
Gesetzt aus der Adobe Garamond
ISBN 978-3-86532-371-2
Gedruckt in Polen